Die Projektion

Über den Autor:

Ricardo Roth ist Jahrgang 1983 und lebt südlich von Berlin. Er ist verheiratet, hat drei Kinder und trinkt heiße Schokolade am liebsten, wenn sie im Ausland serviert wird. Zu Fuß möchte er gern einmal die Annapurna umrunden. In seiner Freizeit spielt er leidenschaftlich gern Tischtennis.

Die Projektion

Roman

Ricardo Roth
1. Ausgabe
2018

Autor und Veröffentlichung:
Ricardo Roth, Ringelnatzweg 8, 15834 Rangsdorf
kontakt@die-projektion.de

Herstellung und Verlag:
BoD – Books on Demand, Norderstedt
ISBN 978-3-7528-0684-7

Prolog

Das musste ein wichtiger Tag für alle hier sein, dachte Harald. Sein Chef hatte ihn gleich bei seiner Ankunft zur Seite genommen und ihm davon erzählt. Noch vor seiner offiziellen Vorstellung im Team sollte er mit ihm kommen, um live dabei zu sein.

Angespannt betrachteten die Ingenieure die Monitorwand des Leitstandes. Die Darstellung der letzten Arbeitsschritte füllte alle Bildschirme. Nur noch zwei Minuten blieben bis zur Fertigstellung. Es war ein gigantisches Projekt, dessen Ende unmittelbar bevorstand. Ein Meisterwerk der Ingenieurskunst, so wie es aussah.

Die Computer meldeten in diesem Moment, die letzten Lücken seien geschlossen. Jubel breitete sich aus und die Ingenieure fielen sich erleichtert in die Arme. Auf der Monitorfläche war zu sehen, wie eine Projektion initialisiert wurde. Diese Projektion werde sie alle unsichtbar machen, hatte sein Chef gesagt. Niemand würde jemals Verdacht schöpfen. Das Projekt sei ein voller Erfolg.

Harald verstand nicht, worum es ging, ließ sich aber gern von der Freude der anderen anstecken. Er war stolz darauf, künftig hier als Wächter arbeiten zu dürfen. Er würde seine Aufgabe sehr ernst nehmen und beschützen, was für alle hier so wertvoll war.

1

Es klingelte. Endlich. Der Unterricht war zu Ende. Seit Wochen zählte Lucy die letzten Schultage rückwärts. Sie konnte es kaum erwarten, dass die Schulzeit zu Ende ging. Kein bisschen fühlte sie die Wehmütigkeit, von denen ihre Mitschülerinnen jetzt immer öfter sprachen. Im Gegenteil. Sie fühlte, wie sich eine Beklemmung immer weiter zu lösen begann. Wie eine Ritterrüstung, deren Hülle stetig dünner wurde. Sie spürte förmlich, wie der Tag näher kam, an dem sie die Teile der Rüstung vom Körper sprengen konnte, um endlich frei zu sein. Frei und unbeschwert von allen Pflichten, die der Schulalltag mit sich brachte. Acht Tage noch. Sie packte ihre Sachen in die Tasche und verließ das Schulgebäude. Während die anderen in Gruppen beisammen standen, ging sie allein. Von den meisten unbeachtet machte sie sich auf den Heimweg. Es störte sie nicht, allein zu gehen. Im Gegenteil. Sie mochte es. Und die anderen schienen das zu spüren und ließen sie in Ruhe. Gerade als sie das Schulgelände verlassen wollte, löste sich Christian aus seiner Gruppe und kam einige Schritte auf sie zu. Er war anders als die meisten in der Schule. Lucy mochte ihn. Er war witzig und ehrlich. Mit ihm konnte sie stundenlang über Gott und die Welt reden, ohne sich zu langweilen. Während die anderen nur die Schule oder ihre Hobbys im Kopf hatten, interessierte sich Christian für die Welt, die Zusammenhänge der Welt insgesamt und wie sich die Welt verändern ließ. Mit ihm konnte Lucy auch die abwegigsten Ideen diskutieren, ohne sich dafür rechtfertigen zu müssen.

„Wollen wir gemeinsam nach Hause gehen? Mein Training fällt heute aus und ich habe Zeit."

Lucy willigte ein und kurz darauf verließen sie das Schulgelände. Christian grinste sie an. Sie spürte, dass er sie insgeheim anhimmelte und mochte den Gedanken, begehrt zu werden. Natürlich war es nicht fair, mit seinen Gefühlen zu spielen. Aber auch wenn sie im Moment keine Beziehung eingehen wollte, gab es ihr ein Gefühl der Stärke, darüber bestimmen zu können, wie es mit ihnen weiterging. Auf eine geheimnisvolle Art und Weise genoss sie es, diesen Aspekt ihrer Freundschaft ungeklärt zu lassen. Auch Christian schien damit kein Problem zu haben. Fast nie unternahm er Annäherungsversuche, die die gewohnten Grenzen überschritten. Und falls Lucy es doch einmal so empfand, war sie sich meistens nicht sicher, ob sie sich das nur einbildete. Vermutlich empfand sie weit mehr für ihn, als sie sich selbst eingestand. Christian bot Lucy an, sich bei ihm einzuhaken. Das war wieder so eine Situation. Wer spielte hier eigentlich mit wem?

Sie wählten den Weg durch den Wald am Bach entlang. Auch wenn dieser Weg etwas länger war als direkt durch den Ort nach Hause zu gehen. Sie beide mochten die Stille und Schönheit der Natur, die hinter dem Schulgelände begann. Hinter einer kleinen Brücke bog Lucy überraschend vom Weg ab. Sie ging in den Wald, geradewegs auf die mächtige Steinformation zu, die sich vor ihnen auftürmte.

„Komm, wir schauen mal, ob es dort noch einen Weg gibt", rief sie und winkte ihn hinter sich her. Er mochte diese spontanen Einfälle und blieb dicht hinter ihr. Ihr Tempo verlangsamte sich, als die Steine am Boden größer wurden und ihre Augen den Weg suchten, den sie als nächstes gehen wollte.

„Schau mal, dort liegt etwas zwischen den Steinen.“

Lucy deutete etwa fünf Meter vor sich auf einen kleinen Zwischenraum. Christian konnte zuerst nicht sehen, was sie meinte, weil der Spalt sehr schmal war und nur Lucy von ihrer Position direkt hineinschauen konnte.

„Du hast wirklich gute Augen“, bemerkte er.

Beide hockten nun direkt vor dem Spalt. Er war nur wenige Zentimeter breit und etwa eine halbe Armlänge tief. Lucy zückte ihr Telefon, schaltete die Taschenlampe ein und leuchtete hinein.

„Da ist etwas! Ganz hinten. Sieht aus wie eine Röhre aus Holz!“, teilte sie ihrem Begleiter mit.

Sofort streckte sie ihren Arm aus und versuchte den Gegenstand herauszuziehen. Der Spalt war etwas tiefer als sie geschätzt hatte und daher musste Christian sie stützen, damit sie nicht nach vorn überkippte. Als sie das Fundstück aus dem Spalt holte, stockte beiden der Atem.

2

Robert öffnete die Klappe seines Briefkastens. Eigentlich bekam er nie Post, doch er hatte von seinen Eltern gelernt, wenigstens einmal am Tag nachzusehen. Nicht viele Verhaltensweisen seiner Eltern hatte er ohne Zögern übernommen, aber das war eine davon. Damals, in den ersten Wochen nachdem er eine eigene Wohnung bezogen hatte, hatte Robert sich noch gefreut, jeden Tag Flyer und Werbung in seinem Kasten zu finden. Letztlich hatte er dann aber doch, als Letzter des Hauses, einen Aufkleber angebracht: „Keine Zeitung, Keine Werbung!" Erstaunlich, wie sich alle Zusteller über die Jahre daran hielten. Als Robert die Klappe schon wieder schließen wollte, bemerkte er den Brief. Überrascht nahm er ihn heraus und las den Absender. Ein Amtsgericht. Sein Adrenalinspiegel erhöhte sich. Was wollten die von ihm? Er widerstand seinem ersten Impuls, den Brief gleich unten im Hausflur zu lesen. So viel Geduld musste sein. Es würde schon nicht so schlimm sein. Und wenn doch, war es allemal besser, wenn er in seiner Wohnung war und nicht voll bepackt im Hausflur stand. Er ging nach oben und verschloss die Tür. Nachdem er seine Sachen ausgezogen hatte, nahm er den Brief, ging in die Küche und betrachtete sich das Papier genauer. Die Postleitzahl des Amtsgerichtes passte nicht zu seiner Stadt. Sie gehörte eher zu der Region, in der er aufgewachsen war und in der jetzt noch seine Eltern lebten. Das ungute Gefühl, etwas Schlimmes gemacht zu haben, war verschwunden. Nun wusste er gar nicht mehr, was er denken sollte und öffnete den Umschlag. Stumm und konzentriert las er die Zeilen, die das gesamte Blatt ausfüllten. Als er am Ende angekommen war, wich sein Adrenalin einer Ratlosigkeit. Ein ungutes Gefühl, nicht zu wissen, was hier gespielt wurde, stieg in ihm auf. Was hatte das mit ihm zu tun? Lag vielleicht eine Verwechslung vor? Er prüfte noch einmal die Adresse. Oben im Briefkopf standen eindeutig sein Name und seine Anschrift. Keine Verwechslung. Im Brief war die Rede von einem Nachlassgericht. Vom Nachlass einer Lieselotte Kramer, die ihn in ihrem Testament als alleinigen Erben ihres Bauernhofes eingesetzt hatte. Robert war verunsichert. In seiner Erinnerung fand er keine Lieselotte Kramer. Er las die Adresse dieser Dame noch einmal und überlegte, woher er diese Anschrift kennen könnte. Die Postleitzahl war identisch mit der seiner Eltern. Vermutlich war der Ortsname das Nachbardorf oder eine neue Großgemeinde, die alle Gehöfte der Umgebung eingemeindete. Er gab die Adresse bei Google Maps ein, doch das genaue Ziel befand sich zwischen zwei Orten. Er stellte die Karte auf 'Satellit' um und zoomte heran. An der Stelle der Zielmarkierung stand kein Haus. Nur eine Straße mit Feldern links und rechts. Er sah genauer hin und entdeckte einen Weg, der direkt neben der Zielmarkierung von der Straße wegführte. Ungefähr 200 Meter von der Straße entfernt am Ende des Weges war ein Gehöft. Als Robert noch einmal heranzoomte, bekam er eine Gänsehaut im Nacken. An diesen Hof konnte er sich sehr wohl erinnern. Konzentriert prüfte er, ob seine Vorahnung stimmte. Er tippte die Adresse seiner Eltern ein. Deutlich erkennbar hatte er nun deren Haus als Luftbildaufnahme vor sich. Mit einem Klick auf 'Routenplaner' erhielt er die Verbindung von seinen Eltern zur Adresse von Lieselotte Kramer. Robert zoomte auf das Haus seiner Eltern und fuhr mit den Augen die Strecke entlang, die der Routenplaner vorschlug. Diesen Weg kannte er nicht. Die Route war für Autos optimiert. Robert klickte auf 'Route für Fahrrad' und der Weg, den er als Junge in den Sommermonaten gefahren war, kam ihm in den Sinn. Er schmunzelte, als er auf dem Luftbild Abkürzungen entdeckte, die der Routenplaner nicht kannte und daher nicht vorschlug. Trotzdem gelang es ihm, den Weg bis zu Lieselotte Kramer nachzuvollziehen. Merkwürdig. Er hatte die alte Dame nie nach ihrem Namen gefragt, obwohl er so oft bei ihr war.

An die erste Begegnung konnte er sich noch gut erinnern. Es war am Ende einer großen Radtour gewesen. Robert war bereits den ganzen Tag unterwegs und es war noch ein ziemlich weites Stück bis nach Hause. Die Sonne schien heiß und seine Trinkflasche war schon seit mehr als einer Stunde leer. Der Weg vom letzten Dorf bis nach Hause zog sich wie Kaugummi in die Länge. Er radelte durch die sengende Hitze und es kam ihm wie eine Fata Morgana vor, als er abseits der Straße in der Ferne einen Hof sah. Es war sein Überlebensreflex, der ihn abbiegen ließ, um dort nach Wasser zu fragen. Die alte Dame, die er auf dem Hof antraf, schien ihn erwartet zu haben. Sie freute sich über seinen Besuch und bot ihm sofort einen Platz auf einem der beiden Gartenstühle an. Die Stühle standen zusammen mit einem kleinen Holztisch im Schatten eines riesigen Nussbaumes mitten auf dem Hof. Robert setzte sich und wenig später kam die Dame mit einem Tablett aus dem Haus, auf dem eine volle Wasserkaraffe und ein Glas standen. Die Erscheinung der freundlichen Frau, die sich zu ihm setzte und ihn lächelnd ansah, hatte sich tief in Roberts Gedächtnis eingebrannt. Sie war eine kleine, zierliche und für ihr Alter ungewöhnlich sportliche Person. Einzig die weißen Haare und die Falten in ihrem freundlichen Gesicht deuteten auf ihr fortgeschrittenes Alter. Im Laufe des Sommers war er oft bei ihr gewesen. Er hatte ihr von der Schule erzählt, vom Hof seiner Eltern und einigen Dingen, die ihn bewegten. Die meiste Zeit jedoch hatte Robert gebannt zugehört, denn die Dame war eine meisterhafte Geschichtenerzählerin. Alles in ihrem Leben schien sie in Geschichten abgespeichert zu haben und sie freute sich, diese Erzählungen mit ihm zu teilen. Robert überlegte, wann er Frau Kramer das letzte Mal gesehen hatte. Es musste im Spätsommer desselben Jahres gewesen sein, in dem sie sich kennengelernt haben. Ihr Abschied erfolgte, ohne jeden Gedanken daran, dass es das letzte Mal sein würde. Sie verabschiedeten sich, als es für Robert Zeit wurde nach Hause zu fahren. Als die Tage kühler wurden, sahen sie sich nicht mehr wieder. Für Radtouren war es zu kalt und den Sommer darauf verbrachte Robert mit seinen Freunden am See. Er bekam einen Kloß im Hals und er fühlte sich plötzlich sehr schlecht, weil er nie daran gedacht hatte, die alte Dame wieder zu besuchen. Es kam ihm wie ein Fehler vor, nie wieder bei Frau Kramer gewesen zu sein. Und es bedrückte ihn, weil er nach ihrem Tod nun keine Gelegenheit mehr haben würde, seinen

Fehler von damals wieder gut zu machen. Warum bloß hatte sie ihn als Erben eingesetzt? Und noch dazu als alleinigen Erben? Robert dachte an ihre Geschichten. Von ihrer eigenen Familie hatte sie nie gesprochen. Und auch anderen Besuch hatte er nie bei ihr angetroffen. War sie ganz allein gewesen? Hatte es niemanden gegeben, der sich um sie kümmerte? Sollte er tatsächlich der einzige Mensch sein, den sie in ihrem Testament bedacht hatte? Robert legte den Brief beiseite und gewöhnte sich langsam an den Gedanken, einen Bauernhof geerbt zu haben.

3

So etwas hatten Lucy und Christian noch nie gesehen. Es war ein massives, rundes Holzstück und gleichzeitig ein Meisterstück filigraner Handarbeit. Es war ungefähr so lang und etwa doppelt so dick wie Lucys Unterarm. Außen um das helle Holz herum zählte Christian 15 drehbare Ringe. Auf den ersten neun Ringen waren jeweils alle Buchstaben des Alphabets aufsteigend angeordnet. Jeder Buchstabe eines Ringes war auf einer eigenen, winzigen Holztaste eingebrannt. Auf den Tasten der hinteren sechs Ringe waren Ziffern aufgebracht. Alle Ringe ließen sich federleicht drehen und rasteten doch hochpräzise an einer gewünschten Position ein. Lucy drückte eine Taste. Ein feines mechanisches Klicken fixierte den Ring, auf dem sie die Taste gedrückt hatte. Sie drückte die Taste noch einmal und konnte den Ring wieder drehen.

„Was ist das hier für ein Ding?", wunderte sich Lucy, nachdem beide staunend eine Weile mit den Ringen und Tasten experimentiert hatten.

„Ich weiß es nicht", antwortete Christian, „so etwas habe ich noch nie gesehen. Es könnte ein Spielzeug sein."

„Vielleicht hast du Recht. Man könnte versuchen, in möglichst kurzer Zeit Wörter einzustellen."

Christian zeigte sich ratlos: „Aber wozu dann die Ringe mit den Ziffern?"

„Gute Frage. Es könnte auch zu einer Maschine gehören. Aber es ist an den Enden abgerundet. Das sieht nicht so aus, als ob es irgendwo dazu passt."

Als Lucy das Holzstück drehte, um sich die Enden genauer anzusehen, bemerkte sie ein leises Geräusch aus dem Inneren. Langsam hob sie es hoch und hielt das Stück nun zwischen ihr eigenes und Christians Ohr. Vorsichtig wog Lucy es hin und her.

„Da ist etwas drin", sagte Christian leise staunend.

„Das Ding könnte eine Kapsel sein. Wenn es uns gelingt, die richtige Kombination einzustellen, können wir sie bestimmt öffnen."

„Und wie bekommen wir die richtige Kombination heraus? Es gibt zu viele Möglichkeiten, um alle durchzuprobieren."

Etwas ratlos schauten sich beide an.

„Ich schau mal, ob noch mehr in dem Spalt zu finden ist."

Ihre Taschenlampe am Handy leuchtete immer noch.

„Nichts zu sehen. Schau du nochmal."

Lucy gab ihm ihr Handy und nahm die Kapsel an sich. Christian suchte zwischen den Steinen, ging anschließend noch um die Fundstelle herum und suchte den Boden ab.

„Weit und breit nichts zu sehen", stellte er ernüchtert fest. Lucy wurde langsam unruhig.

„Lass uns die Holzkapsel mitnehmen und weitergehen. Vielleicht fällt uns später oder in den nächsten Tagen ein, wie wir die Kombination herausfinden können."

„Willst du das Ding etwa behalten?"

„Was denn sonst?", gab Lucy bedenkenlos zurück, „den Besitzer werden wir nur finden, wenn wir es schaffen, sie zu öffnen."

„Aber vielleicht hat der Besitzer das Ding hier versteckt, um es später wiederzuholen." Lucy dachte nach. Das schien möglich zu sein.

„Wollen wir eine Nachricht hinterlassen?", fiel ihr spontan ein. „Wir könnten einen Zettel im Spalt unter einem Stein verstecken. Falls der Besitzer zurückkommt, um die Kapsel zu holen, findet er unsere Nachricht."

Christian hob eine Augenbraue.

„Und was willst du da drauf schreiben? Etwa 'Wir haben deine Holzkapsel. Hol sie dir bei uns ab!'?"

„Warum nicht?", konterte Lucy.

Christian machte große Augen.

„Vielleicht weil der Besitzer WÜTEND darüber ist, dass wir ihm SEINE Kapsel weggenommen haben!? Er könnte uns ÜBERFALLEN und sie sich mit Gewalt zurückholen. Wir müssen vorsichtig sein!"

„Na gut", willigte sie ein. Aber ihre vorherige Idee hatte sie sich noch nicht ganz aus dem Kopf geschlagen.

„Ich möchte die Kapsel trotzdem mitnehmen. Einen Zettel schreiben wir nur für den Fall, dass es den wahren Besitzer noch gibt. Wenn er unseren Zettel findet, muss er uns eben eine Nachricht hinterlassen. Wir werden regelmäßig herkommen und nachschauen, ob er geantwortet hat. Und falls er antwortet, bekommt er die Kapsel zurück."

„Keine schlechte Idee", stimmte Christian zu. Lucy kramte bereits in ihrer Tasche und holte ein Blatt Papier und einen Stift heraus. Sie schrieb klein, aber sehr deutlich:

Das Papier faltete Lucy mehrmals zusammen und legte es in den Spalt an die Stelle, an der zuvor die Kapsel lag. Obendrauf legte sie einen Stein. Von außen war das Papier nicht mehr zu sehen. Sie leuchtete mit der Taschenlampe in den Spalt. Perfekt. Nur wer genau hinsah, würde erkennen, dass ein Stein nicht genau zu den anderen passte. Das Versteck genügte auf jeden Fall, um einen zufälligen Fund der Nachricht zu verhindern. Lucy verstaute ihren Stift und die Holzapparatur in ihrer Tasche.

„Wir können die Stelle immer leicht wiederfinden, wenn wir uns an diesen großen Felsen dort hinten orientieren", bemerkte Christian. Beide betrachteten die zerklüfteten Felsformationen, prägten sich den Fundort noch einmal ein und machten sich auf den Weg nach Hause. Unterwegs überlegten sie, mit welcher Kombination die Holzkapsel wohl zu öffnen war.

4

Was sollte er mit einem Bauernhof? Robert war Anfang 30 und in seinen besten Jahren. Er war sehr gut ausgebildet und in den letzten zehn Jahren ganz und gar zu einem Stadtmenschen geworden. Seit seinem Studium der Wirtschaftsinformatik arbeitete er im Bereich der Computer-Forensik. Seine Aufgabe war es, für Opfer von Hackerangriffen die Spuren der Täter zu finden und Beweise zu sichern. In seiner Freizeit war er das, was andere abfällig als Hacker bezeichneten. Er selbst sah das deutlich entspannter. Für ihn war Hacken eine Lebenseinstellung. Der Umgang mit einem Computer gehörte zum Leben dazu wie die Leidenschaft, hinter die Dinge blicken zu wollen, um sie zu verstehen. Er war ein kreativer Bastler in seiner Freizeit und beruflich ein angesehener IT-Sicherheitsforscher. Unternehmen ließen sich gern von ihm beraten, wenn sie Projekte angingen oder zogen ihn als Experten hinzu, wenn sie gehackt worden waren. Seine Tagessätze konnten sich sehen lassen und in der meisten Zeit des Jahres konnte er sich auch seinen Arbeitsort aussuchen. Robert war rundum zufrieden. Für einen Bauernhof war in seinem Leben kein Platz. Soviel stand fest: Wenn er wirklich der einzige Erbe war, würde er den Hof verkaufen. Falls sich das alte Gehöft überhaupt zu Geld machen ließ. In seiner Erinnerung waren die Gebäude auf dem Hof sehr alt und auch die Lage würde nicht gerade eine Menge interessierter

Käufer anlocken. Dennoch beschloss Robert, sich den Hof morgen Vormittag einmal anzusehen. Anschließend würde er gleich beim Amtsgericht vorbeifahren und versuchen die Formalitäten zu klären.

Als Robert mit seinem Wagen von der Straße in den Weg zum Hof abbog, zögerte er. Er fühlte sich wie ein Einbrecher und musste diesen Gedanken erst abschütteln. Unsinn, dachte er. Er hatte ein Recht dorthin zu fahren. Schließlich würde es bald sein Hof sein. Dennoch stoppte er ein deutliches Stück vor der Hofeinfahrt das Auto und stieg aus, um die letzten Meter zu Fuß zurückzulegen. Alles um ihn herum schien schon länger nicht mehr gepflegt worden zu sein und die Natur hatte bereits begonnen, sich diesen Fleck der Erde zurückzuerobern. Das einzig Moderne war ein Hollandrad, das neben der Hofeinfahrt an der Mauer lehnte. Robert blieb verwundert stehen. Ihm fielen die Gräser auf, die um das Fahrrad herum heruntergetreten waren. Jemand befand sich auf dem Hof. Vorsichtig ging er weiter. Das Hoftor bestand aus zwei verrosteten Flügeln, von denen einer offenstand. Robert ging hindurch und blickte sich um. Er staunte über den Anblick, der sich in all den Jahren überhaupt nicht verändert hatte. Vom Unkraut einmal abgesehen, schien alles absolut so geblieben zu sein wie im Sommer vor etwa 15 Jahren. Der Tisch mit den beiden Stühlen unter dem Nussbaum fiel ihm zuerst auf. Die Erinnerungen an die Geschichten, die ihm Frau Kramer an diesem Tisch erzählt hatte, waren auf einmal so lebendig, als hätte sie gerade erst zu erzählen aufgehört. Sein Blick schweifte über den Hof und Robert entdeckte eine alte Aluminium-Milchkanne, die schon damals

als Deko neben dem Blumenbeet stand. In das Bauernhaus rechts neben dem Hofeingang führte eine große, recht gut erhaltene Eingangstreppe. Neben der Treppe war eine Tür, die vermutlich in den Keller hinunterführte. Hinter dem Haus gab es einen Durchgang zum Obst- und Gemüsegarten. Dort war er oft mit der alten Dame gewesen. Sie hatten Äpfel, Pflaumen und später auch Weintrauben gepflückt und gegessen. Er erinnerte sich auch an einen Birnbaum mit saftigen Birnen. Auf der anderen Seite des Durchganges begann ein Stall, der rechtwinklig zum Haus stand und den Hof auf der rechten Seite begrenzte. Vermutlich lebten zu früheren Zeiten auch einmal Tiere hier, die in diesem Stall untergebracht waren. Vor 15 Jahren hatte Robert allerdings keine Tiere angetroffen, abgesehen von einem Hund und drei Katzen. Der Stall nahm die ganze rechte Seite des Hofes ein und grenzte an der hinteren Ecke an eine Scheune. Während die Scheune seines Elternhauses langgestreckt über vier Doppeltore die gesamte Rückseite des Grundstückes einnahm, war diese Scheune eher klein. Es gab ein großes Doppeltor auf ihrer rechten Hälfte. Das war gerade groß genug, um einen Traktor einfahren zu lassen. Die linke Hälfte der Scheune war zugemauert und diente vermutlich der Lagerung von Stroh und Heu für die Tiere. Links neben der Scheune gab es einen hohen Bretterzaun, der den Hof nicht nur von innen abschirmte. Ganz sicher hat dieser Zaun in der Vergangenheit auch Wildschweine und andere Tiere davon abgehalten, auf den Hof zu gelangen. Auf der linken Seite befand sich noch ein kleiner Stall, in dem vermutlich einmal Enten oder Hühner gehalten wurden. Dieser Stall ähnelte dem Stall auf dem Hof seiner Eltern. An ihn grenzte, direkt neben der Stelle, an der er gerade stand, der leere Hundezwinger. Kein schlechter Standort, dachte Robert. Wer den Hof betrat, wurde hier auf jeden Fall vom Hund bemerkt. Er ging am Haus vorbei und beschloss, sich zunächst den Obstgarten anzusehen. Direkt an der Außenwand des Stalls rankten Weintrauben in die Höhe. Gerade als er prüfen wollte, ob die Früchte schon reif waren, zuckte er plötzlich leicht zusammen. Er hörte Schritte näherkommen. Gespannt drehte er sich um.

5

Lucy konnte es kaum erwarten, Christian am nächsten Tag wiederzusehen. Noch sieben Tage. Vielleicht würde sie ja doch etwas vermissen, wenn sie nicht mehr zur Schule ging? Auch Christian schien es kaum erwarten zu können. Beide gingen zielgerichtet aufeinander zu, als sich ihre Blicke auf dem Schulhof trafen.

„Und? Ist dir gestern Abend noch die erleuchtende Erkenntnis gekommen?"

Christian schien heute guter Laune zu sein und lächelte Lucy an.

„Nein. Leider nicht", sagte sie, „aber ich glaube, ich weiß jetzt, warum es sechs Ringe mit Zahlen an der Holzapparatur gibt."

Lucy grinste nun auch und machte nach ihrem letzten Satz absichtlich eine lange Pause. Es ärgerte Christian ein wenig, dass sie ihn auf die Folter spannte.

„Los! Sag schon! Was vermutest du?"

Lucy zog ihn hinter sich her und ging zwischen den Fahrradständern hindurch an den Rand des Schulgeländes, wo sie unbeobachtet waren. Sie zog die Kapsel aus ihrem Rucksack und deutete auf den zehnten der 15 Ringe. Auf ihm waren Tasten mit den Zahlen von 1 bis 31. Auf dem nächsten Ring gab es Tasten von 1 bis 12 und die letzten vier Ringe enthielten Tasten von 0 bis 9.

„Die ersten beiden Ringe codieren einen Tag und einen Monat und die letzten vier Ringe dienen dem Einstellen einer Jahreszahl."

Ihre Vermutung erschien ihm durchaus plausibel. Stumm und fasziniert starrte er auf das Holzmeisterwerk, das schwer in Lucys Händen lag. Er dachte nach.

„Was ist, wenn du Recht hast?"

Lucy schien diese Frage erwartet zu haben und es platzte aus ihr heraus: „Ich glaube, es ist eine Zeitmaschine."

„Eine Zeitmaschine? Ach was! So etwas gibt es nicht! Und außerdem: Wozu braucht eine Zeitmaschine noch neun Buchstaben-Rädchen? Das ergibt doch alles keinen Sinn!"

Christian war sichtlich durcheinander.

„Ich weiß, dass alles noch keinen Sinn ergibt. Aber ich habe gestern lange darüber nachgedacht. Es ist die einzige Erklärung, die mir einfällt."

„Und wie meinst du, wird die Zeitmaschine bedient?"

Lucys Blick senkte sich und sie wirkte plötzlich wie ausgebrannt.

„Ich habe keine Ahnung", seufzte sie, „sämtliche Kombinationen, die ich probiert habe, funktionieren nicht. Es passiert nichts; ganz egal, welche Worte oder Zahlen ich eindrehe. Es ist zum Verzweifeln. Ich habe die halbe Nacht alles Mögliche probiert. Nichts. Das Ding ist wie tot."

Lucy atmete tief aus und ließ ihre Schultern hängen. Christian legte vorsichtig und etwas unbeholfen seinen Arm um sie. Es war ungewohnt für ihn, sie so niedergeschlagen zu sehen. Er kannte Lucy schon lange. Ihre souveräne Art, alle Situationen im Leben scheinbar mühelos und positiv zu meistern, hatte ihm schon oft imponiert. Oft waren es Kleinigkeiten, die ihn beeindruckt hatten. Eine kreative Idee oder eine passende Antwort auf eine freche Bemerkung. Sie jetzt so hilflos zu sehen, war neu für ihn. Ihre Persönlichkeit strahlte für Christian immer wieder etwas Geheimnisvolles aus. Er fragte sich, ob er sich gerade deshalb so zu ihr hingezogen fühlte. Seinen Arm hatte er ohne jeden Hintergedanken um sie gelegt. Doch nun, wo sie dies so natürlich akzeptierte, weckte die Situation in ihm einen Beschützerinstinkt. Es war ein ganz neues Gefühl, das er so nicht kannte. Er wollte nicht, dass dieses Ding Lucy etwas antat. Und sei es auch nur, dass es sie zur Verzweiflung trieb oder ihr die gute Laune verdarb. Christian überraschten seine eigenen Gedanken. Lucy bedeutete ihm offenbar sehr viel mehr, als er sich bisher eingestanden hatte. Leicht verwirrt zog er seinen Arm wieder von ihrer Schulter.

Lucy, die nicht bemerkt hatte, wie er in Gedanken versunken war, hob ihren Blick und sagte: „Ich werde nachher noch einmal zum Versteck gehen und schauen, ob wir etwas übersehen haben. Kommst du mit?"

Christian war schon wieder überrascht. Diesmal darüber, wie schnell sich ihre Stimmung gewandelt hatte.

„Klar komme ich mit", versicherte er.

„Aber ich habe gestern schon überall geschaut. Ich glaube, wir werden nichts weiter finden. Vielleicht ist es wirklich nur ein Spielzeug aus alter Zeit und wir machen uns viel zu viele Gedanken darüber."

Nach der Schule verließen sie erneut gemeinsam das Schulgelände und hörten, wie die anderen über sie tuschelten. Lucy störte das nicht. Sie war in der Klasse akzeptiert und keine typische Außenseiterin. Sie hatte zwar keine beste Freundin, aber viele gute Freunde. Ihre Meinung wurde geschätzt und mit ihren Noten gehörte sie zu den besten Schülerinnen der Schule. Trotzdem schien kaum jemand wirklich an sie heranzukommen. Lucy wirkte auf viele unnahbar. Deshalb fiel es so vielen auf, dass sie mit Christian schon den zweiten Tag hintereinander gemeinsam nach Hause ging. Christian ließ sich durch die Blicke der anderen deutlich mehr aus der Ruhe bringen. Er war immer noch irritiert von seinen Gefühlen, die ihn am Vormittag so unvorbereitet überrumpelt hatten. Bisher war er völlig unbeschwert, wenn er in Lucys Nähe war. Vermutlich war es genau das, was sie an ihm mochte. Er war anscheinend einer der Wenigen, die durch ihr Wesen nicht abgeschreckt, sondern angezogen wurden. Christian vermutete, die anderen Jungen trauten sich einfach nicht in ihre Nähe. Sie wurden verschreckt, weil sie ihr nicht das Wasser reichen konnten. Lucy war hochintelligent und dazu noch bildhübsch. Diese Erkenntnis war für Christian zwar nicht neu, aber seit heute Morgen hatte diese Kombination eine neue Relevanz für ihn.

„Die tuscheln über uns“, deutete er an und beschloss, seinen neuen Gefühlen zunächst keine weitere Aufmerksamkeit zu schenken. „Wahrscheinlich glauben sie, wir sind ein Paar und du hast dich unsterblich in mich verliebt.“

Er freute sich über seine auflockernde Bemerkung und grinste in Lucys Richtung.

„Wir sollten sie zu unserer Hochzeit einladen", reagierte Lucy keck. „Glaubst du, es könnten Ortsnamen sein?"

Christian starrte Lucy an und blieb stumm.

„Ortsnamen…?", stammelte er und dachte an seine eigene Hochzeit.

„Ja, Ortsnamen! Die Namen der Orte, an die einen die Zeitmaschine bringt. Vorne wird der Ort eingestellt und hinten die Zeit."

„Gut möglich", brachte Christian hervor, während er noch darüber nachdachte, wie schnell Lucy ihre Themen wechselte. Sie diskutierten verschiedene Möglichkeiten der Bedienung, bis sie beim Versteck der Kapsel ankamen. Dort verstummten sie abrupt. Fassungslos schauten sie auf das, was vor ihnen war.

6

„Guten Tag!", hörte Robert die freundliche Stimme rufen. Sie gehörte einer jungen Frau, die ihn gerade mächtig erschreckt hatte. Er betrachtete sie. Zu seiner Erleichterung bot ihre Erscheinung wenig Anlass zur Sorge. Er hatte schon befürchtet, jemand würde ihn voller Zorn mit einer erhobenen Harke vom Hof jagen. Stattdessen stand eine zierliche Person vor ihm, die ihre Arme verspielt in die Seiten gestützt hatte und ihn leicht lächelnd anschaute.

„Hallo", antwortete Robert nach kurzem Zögern. Er hatte sich noch nicht entschieden, ob er sich selbstbewusst geben wollte oder entschuldigend, weil er hier so unangemeldet hineingeschlichen war.

„Suchst du was?", wollte sie wissen.

Sie war ziemlich neugierig, fand Robert. Was ging sie das an? Andererseits war ihre Erscheinung ihm überhaupt nicht unangenehm und daher sah er keinen Grund, ein Gespräch abzublocken.

„Nein, nichts Bestimmtes. Ich schau nur, ob die Weintrauben schon reif sind", behauptete er und lächelte nun zurück.

Die Frau hielt seinem Blick stand. Robert bemerkte ihre Kamera in der Hand.

„Und was machst du hier?", hielt er dagegen.

„Das könnte ich dich genauso fragen!", rief sie und grinste.

„Ich bin Robert und ich war früher öfter hier. Heute wollte ich einfach mal sehen, wie es auf dem Hof mittlerweile aussieht."

Robert fand seine Antwort war nicht gelogen, auch wenn es natürlich noch nicht die ganze Wahrheit war. Er war zu dem Entschluss gekommen, der Situation eine Chance zu geben und ließ sich auf ein Gespräch ein.

„Und wer bist du?", setzte er nach.

„Ich bin Sara", antwortete die junge Frau, „ich fotografiere gern und liebe Motive wie dieses hier." Sie deutete in den Hof hinein. „Eigentlich bin ich mit dem Rad unterwegs und möchte den Tag in der Natur verbringen. Dann habe ich diesen verlassenen Ort entdeckt. Kennst du die Leute, die hier gewohnt haben?"

Robert wog den Kopf seitlich hin und her.

„Die Dame, die hier gewohnt hat, ist vor 12 Tagen gestorben."

Saras Blick wurde ernst.

„Oh. Das tut mir leid. Mein Beileid", stammelte sie.

„Das braucht dir nicht leidzutun. Jedenfalls nicht meinetwegen. Ich kannte die Dame nicht besonders gut. Ich habe sie das letzte Mal vor ungefähr 15 Jahren gesehen."

Robert stockte kurz und überlegte, ob die Offenheit angebracht war, setzte dann aber entschlossen nach.

„Und nun hat sie mich in ihrem Testament zum Alleinerben gemacht."

Es tat ihm gut, die Fakten so klar auszusprechen. Seine Worte verfehlten ihre Wirkung nicht. Sara starrte ihn stumm an. Ihre Augen wurden größer und blickten ihn erstaunt an.

„Dann seid ihr verwandt?", erkundigte sie sich.

Er schüttelte den Kopf. Ihre Augen verengten sich zu Schlitzen.

Skeptisch fragte sie: „Warum bist du dann der Alleinerbe?"

„Ich weiß es nicht", gab Robert offen zu und berichtete ihr von dem Brief vom Nachlassgericht. Die beiden gingen in den Hof zurück und Robert deutete auf die Stühle unter dem Nussbaum, während er von seinen Erlebnissen von früher berichtete. Sara hörte gebannt zu und ihr skeptischer Blick hellte sich sichtlich auf.

„Deine Geschichte ist unglaublich! Das ist traumhaft! Aus diesem Gehöft könntest du so viel machen. Stell dir vor…"

Er unterbrach sie forsch:

„Dieser Hof liegt weit weg von aller Zivilisation. Und mit Zivilisation meine ich nicht das nächste Dorf in fünf Kilometern."

Er deutete in die Richtung seiner alten Heimat und fuhr fort: „Früher, als die Felder hier noch bewirtschaftet wurden und sich alle selbst versorgt haben, da war so ein Hof sicher etwas Tolles. Aber heute? Wer braucht so etwas heute noch? Es gibt hier weder Arbeit in der Nähe noch andere Menschen."

Sara schüttelte heftig den Kopf. So leicht ließ sie sich ihre Begeisterung nicht nehmen.

„Gerade heute in unserer schnelllebigen Welt sind Orte wie dieser hier von unschätzbarem Wert! Hier findet man Ruhe und Natürlichkeit. Keine Hektik, keinen Smog, keinen Lärm. Orte wie dieser bieten die Grundlage für ein gesundes Leben!"

„Wohl eher ein einsames Leben!", setzte Robert spöttisch hinzu.

Saras überschwängliche Stimmung flachte ab. Beide schwiegen sich einen Moment an.

„Was willst du also mit dem Hof tun?", fragte sie schließlich.

„Ich weiß es noch nicht. Wahrscheinlich verkaufen", antwortete Robert.

7

Lucy und Christian standen nebeneinander und schauten stumm auf die Stelle, an der sie gestern die Holzkapsel aus der Felsspalte gezogen hatten. Ein kalter Schauer lief Lucy den Rücken herunter.

„Das ist vollkommen verrückt. Sag, dass ich das träume!"

„Wenn das ein Traum ist, fühlt er sich verdammt real an."

Vor ihnen stand eine Holztruhe. Die Truhe sah aus wie aus einer anderen Welt. Es war, als hätten Piraten oder Ritter aus einer vergangenen Zeit sie an diesem Ort zurückgelassen. Das Einzige, was nicht zu einer echten Schatzkiste aus Lucys Vorstellungen passte, war die Größe. Diese Truhe hier war viel kleiner, etwa so lang wie Lucys Unterarm und etwa halb so breit und hoch. Die vier unteren Ecken waren mit kleinen Eisenbeschlägen verstärkt. Der Deckel war oben abgerundet und vorn war mittig ein Verschluss angebracht, dessen Haken vom Deckel exakt in die Öse auf der Vorderseite griff. Zusätzlich gab es links und rechts vom Verschluss zwei kleine umlaufende Lederbänder, die wie Gürtel geschlossen waren. Ein zusätzliches Schloss konnte Lucy nicht entdecken.

„Die Farbe des Holzes passt genau zu der Kapsel, die wir gestern gefunden haben. Was immer das auch ist, es scheint beides zusammenzugehören."

Lucy und Christian standen immer noch mit einigem Abstand vor der Truhe. Lucy fühlte sich beobachtet. Sie suchte das Gelände um sie herum mit ihrem Blick ab. Es war niemand zu sehen. Sie war sich sicher, auch gestern niemanden bemerkt zu haben. Die Tatsache jedoch, nur einen Tag nach dem Fund der Kapsel nun auf solch eine Truhe zu stoßen, ließ nur einen Schluss zu: Jemand wusste von ihrem Fund der Holzkapsel. Vermutlich wurden sie beobachtet. Eines wurde Lucy in diesem Moment klar: Hier ging es nicht mit rechten Dingen zu. Irgendjemand führte sie an der Nase herum und diese Gewissheit fühlte sich alles andere als gut an. Lucy blickte zu Christian. Er schien das Gleiche zu denken. Sein Blick war ernst und nervös.

„Ich glaube, hier spielt jemand mit uns", fasste Lucy die Lage zusammen, „wir sollten die Truhe hier lassen und die Kapsel am besten auch gleich zurücklegen. Dann hat der wahre Besitzer wieder alles beisammen und keinen Grund mehr, uns zu beobachten oder gar zu verfolgen."

Christian nickte. Lucy kramte bereits in ihrem Rucksack nach der Holzkapsel. Gerade als sie die Kapsel vor die Truhe auf den Boden legen wollte, fiel ihr Blick auf einen Stein. Es war derselbe Stein, mit dem sie am Vortag ihre Nachricht bedeckt hatte. Nun lag er vor dem Spalt. Abermals spürte sie einen kalten Schauer auf ihrem Rücken und eine Gänsehaut im Nacken.

„Christian, unser Zettel ist weg! Gib mir mal eine Taschenlampe."

Sie war geschockt. Christian holte sein Handy hervor, schaltete die Taschenlampe ein und gab sie an Lucy weiter.

Lucy leuchtete in den Spalt hinein und fand dort ein sorgsam zusammengerolltes Papier.

Lucy griff nach der Papierrolle. Sie fühlte sich schwerer an als erwartet. Der Absender hatte ein kräftiges Papier verwendet. Die Rolle war leicht vergilbt und wirkte dadurch sehr alt. Ein kleines Wachssiegel fixierte das Papier und verhinderte somit, dass sich die Rolle von allein löste. Lucy führte das Siegel ganz nah an ihre Augen heran, um die Struktur darauf besser erkennen zu können.

„Es sieht aus wie ein Muster. Fast so wie ein Atom mit Elektronen, die darum kreisen." Sie reichte das Papier an Christian weiter.

„Mich erinnert das eher an Planeten, die um eine Sonne kreisen."

„Wollen wir das Siegel öffnen?", fragte Lucy erwartungsvoll.

„Nein, lieber nicht", antwortete Christian, „wir haben gestern schon die Kapsel mitgenommen, obwohl sie uns nicht gehörte."

Seine Stimme klang leicht panisch, weil er fürchtete, seine Worte würden nicht zu Lucy durchdringen.

„Gestern wussten wir noch nicht, dass der Besitzer der Kapsel irgendwo hier in der Nähe ist und anscheinend regelmäßig vorbeikommt. Vielleicht schaut er uns sogar in diesem Moment zu und will uns auf frischer Tat ertappen. Ich finde, wir sollten alles hier liegen lassen und jetzt gehen."

Er merkte, dass seine Worte Lucy nicht überzeugten. Er schaute sich in alle Richtungen um und setzte nach:

„Lucy, wir haben jemandem sein Eigentum weggenommen. Wir haben jetzt noch die Chance, ihm alles zurückzugeben und zu gehen. Wenn wir stattdessen auch noch so ein altes Siegel brechen, nur weil wir neugierig sind, kommen wir in Teufelsküche!"

Je aufgeregter Christian wurde, desto ruhiger wurde Lucy. Sie musterte ihn nachdenklich. Dann veränderte sich ihr Gesicht zu einem Lächeln.

„Ich weiß, du findest das verrückt. Aber ich finde die Sache spannend."

Lucy schien die anfängliche Starre nun abzuschütteln.

„Schau doch mal! Wenn sich jemand bestohlen fühlt, legt er doch nicht solch eine Truhe an denselben Ort, nur um noch einmal bestohlen zu werden."

„Er könnte uns auf frischer Tat ertappen wollen!", bekräftigte Christian.

„Wir nehmen die Truhe ja gar nicht weg. Jedenfalls noch nicht", erwiderte Lucy.

„Und was willst du stattdessen tun?"

"Ich will die Nachricht lesen! Gestern haben wir an dieser Stelle unsere Nachricht hinterlassen und um eine Antwort gebeten. Hier ist sie!"

Lucy fuchtelte überschwänglich mit dem Zettel vor Christians Augen und setzte nach:

„Wir sollten uns die Antwort wenigstens durchlesen."

Sie spürte, wie Christians Widerstand dahinschmolz. Sie genoss es, wenn sie andere durch ihre positive Energie und Entschlossenheit dazu brachte, trotz anfänglicher Ängste Mut zu fassen und sich auf ein Wagnis einzulassen.

„Na gut. Aber anschließend lassen wir alles hier zurück und beenden dieses Katz- und Mausspiel. Okay?"

Lucy willigte ein, obwohl sie spürte, dass sie ihre Einwilligung vom Inhalt der Nachricht abhängig machen wollte. Auch ihr Herz schlug jetzt wieder schneller, seitdem sie begonnen hatte, vorsichtig an dem Siegel zu ziehen. Sie schob ihren Daumen unter das Papier langsam zum Siegel hin und brach es behutsam auf. Anschließend rollte sie das Papier auseinander und begann die Botschaft zu lesen, die dort in alter Handschrift gut lesbar geschrieben stand:

»Lucy,
Selimundus und du,
ihr habt euch gefunden,
So bist du erwählt,
die Perle zu schützen.«

8

Robert hatte nicht viel übrig für die Schwärmereien von Sara. Ihre Fantasien erschienen ihm kurzsichtig und naiv. Klar, würde man auf diesem Hof Ruhe finden. Und dann? Dann würde einen entweder die Langeweile in den Wahnsinn treiben oder die Arbeit auf dem Hof über den Kopf steigen. Er schaute sich um. Was hier alles zu tun wäre! Das würde ein Vermögen kosten und Jahre dauern, alles zu ertüchtigen. Außerdem kannte er niemanden, mit dem er auf einem solchen Hof leben wollte. Eine Beziehung hatte er lange nicht mehr gehabt und irgendwann hatte er für sich beschlossen, dass er auch sehr gut ohne Partnerin zurechtkam. Die Frauen, mit denen er regelmäßig Kontakt hatte, waren ebenfalls Single und sehr zufrieden damit. Dennoch überkam ihn ein kleines Gedankenspiel. Er dachte darüber nach, auf dem Hof eine Wohngemeinschaft zu gründen. Eine Art Kommune, bei der alle Bewohner gleichberechtigt lebten und sich die Arbeit und die Ernte teilten. In seinem Kopf ging er alle möglichen Kandidaten durch. Einige seiner Freunde hatten bereits eine Familie, andere schienen für ein Leben auf dem Land überhaupt nicht in Frage zu kommen.

„Was machst du eigentlich beruflich?", fragte Sara neugierig und riss ihn aus seinen Gedanken. Der Themenwechsel bot vielleicht die Möglichkeit, die Stimmung zwischen beiden etwas aufzuheitern.

Er ließ sich darauf ein.

„Ich berate Unternehmen in IT-Sicherheitsfragen", antwortete Robert, „und du?"

„Ich stehe kurz vor dem Abschluss meines Mathematik-Studiums."

Die Antwort überraschte Robert.

„Hut ab! Das ist sicher anspruchsvoll. Dann liegt dir also die Logik?"

„Ja, ich mag es, wenn Dinge klar definiert werden können."

„Das würde ich von mir auch behaupten", meinte Robert.

„Wahrscheinlich ist das bei allen Informatikern der Fall."

Sein Blick musterte Sara von oben bis unten.

„Ich finde, du siehst gar nicht aus wie eine typische Mathematikerin."

Robert fand, Sara sah eher wie ein Model aus dem Jack Wolfskin-Katalog aus. Sie trug sportliche Sneakers, eine schmal geschnittene Outdoor-Hose mit seitlich aufgesetzten Taschen und eine taillierte Weste.

„Wie müsste ich denn aussehen, damit du mich als Mathematikerin erkannt hättest?", erkundigte sich Sara mit einem spöttischen Unterton, der deutlich erkennen ließ, dass sie solche Stereotypen für überholt hielt.

„Du wärst nicht geschminkt, hättest einen weiten Wollpullover an und eine Brille mit deutlich sichtbarem Gestell."

Robert fand Gefallen daran, seiner Fantasie Raum zu geben. „Außerdem würdest du eine blaue Jeans und abgetragene Turnschuhe tragen."

„Das ist ja totaler Bullshit!“, blaffte ihn Sara an und setzte nach: „Weißt du, wie viele Möglichkeiten du dir im Leben vergibst, wenn du die Leute von vornherein in solche Schubladen steckst? Du verpasst dadurch die Chance, Facetten einer Persönlichkeit deines Gegenübers für dich zu entdecken, die du noch nicht kennst. Ohne solche Vorurteile könntest du viel eher etwas über dein Gegenüber erfahren, das du nicht erwartet hättest.“

Er fühlte sich gemaßregelt und verteidigte sich:

„Du hast doch gefragt! Hast du etwa keine Schubladen? Jeder hat doch Schubladen! Was hast du zum Beispiel über mich gedacht, als du mich vorhin an den Weintrauben gesehen hast?“

Sara dachte nach.

„Natürlich ordne auch ich Menschen zunächst in Kategorien ein, um dann passend auf sie zu reagieren. Mir ist zum Beispiel aufgefallen, dass du dich für die Weintrauben interessiert hast. Das fand ich sympathisch, weil auch ich Weintrauben mag. Da du dein Auto erst wenige Minuten zuvor geparkt hattest und direkt zu den Weintrauben gegangen bist, dachte ich, du gehörst zum Hof dazu. Daher bin ich aus dem Haus gekommen und habe nachgesehen.“

Robert schaute irritiert.

„Du warst im Haus? Das ist Einbruch oder Hausfriedensbruch oder so!“

„Ach was“, entgegnete Sara, „die Tür war nicht verschlossen und ich hatte nicht vor, etwas mitzunehmen. Außerdem sieht hier alles so verlassen aus, da konnte ich gar keinen Hausfrieden brechen.“ Sie stockte kurz und fügte dann leise hinzu: „Daher war ich auch etwas nervös, als du hier aufgetaucht bist.“

Roberts Überraschung über ihre Schlagfertigkeit wurde noch größer.

„Und du hattest den Mut, MICH zu fragen, was ich hier mache! Aller Achtung!"

Er war tatsächlich beeindruckt.

„Wie sieht es denn drinnen aus? Sind dort noch Möbel und Kleidung oder ist alles leer geräumt?", wollte er wissen.

„Es ist bewohnbar eingerichtet, sieht aber so aus, als ob lange keiner mehr wirklich dort gewohnt hat. Es hängen Bilder an der Wand und alles ist aufgeräumt, aber verstaubt. Vielleicht hat die alte Dame in den letzten Monaten woanders gewohnt."

Beide beschlossen hineinzugehen und sich das Haus noch einmal gemeinsam anzusehen. Im Haus war Robert früher nicht oft gewesen. Vom Flur ging rechts die Küche ab, aus der er manchmal etwas zu essen oder zu trinken geholt hatte. Neben der Küche war das Bad mit der Toilette. Auch hier sah alles noch aus wie damals. Sogar die Badematte erkannte er wieder. Die anderen Räume waren ihm unbekannt. Unten gab es noch drei weitere Zimmer, von denen zwei als Schlafzimmer genutzt wurden und eines als Wohnzimmer. Eine gerade Treppe führte ins Obergeschoss, wo sich ebenfalls diverse Zimmer befanden. Die staubige Leere des verlassenen Hauses erinnerte Robert an ein Museum. Alles in allem war es ein riesiges Haus, das die alte Dame anscheinend allein bewohnt hatte. Sara und Robert beendeten ihren Rundgang und gingen wieder in den Hof. Das Gespräch mit Sara hatte sich positiver entwickelt als Robert zwischenzeitlich befürchtet hatte. Er beschloss, sie nach ihrer Adresse und ihrer Telefonnummer zu fragen.

„Wozu willst du das wissen?" Sara grinste verschmitzt.

„Nur so", log Robert.

„Vielleicht brauche ich Fotos, wenn ich den Hof zum Verkauf ins Internet stelle…"

Dieser Gedanke traf Sara mitten ins Herz. Ihr Blick erstarrte und Robert, der jetzt erst bemerkte, was er angerichtet hatte, setzte mit weicher Stimme nach:

„… oder falls ich mich mit jemandem darüber austauschen möchte, ob ich den Hof verkaufen soll oder nicht."

Sara schwieg einen Moment. Die Worte seines zweiten Satzes schienen langsam bei ihr anzukommen. Sie war einverstanden und beide tauschten ihre Kontaktdaten.

„Das ist höchstens drei Straßen weiter!", rief Sara, als sie seine Adresse sah. „Da fahre ich den halben Vormittag Zug, radle stundenlang durch flache Landschaften und dann treffe ich jemanden aus meinem Kiez!" Sie sagte das, während sie die Daten in ihr Handy tippte. Robert schaute auf die Uhr.

„Ich fahre jetzt zum Amtsgericht. Soll ich dich ein Stück mitnehmen?"

Sara lehnte sein Angebot ab.

Sie steckte ihr Handy wieder in die Tasche und zog die Spiegelreflexkamera heraus.

„Ich mache noch ein paar Fotos und fahre dann gemütlich bis zum Bahnhof."

Sie verabschiedeten sich mit einer kurzen Umarmung und Robert ging zu seinem Auto zurück. Irgendwie hatte er das Gefühl, nicht das letzte Mal mit Sara hier gewesen zu sein.

Der Termin beim Amtsgericht verlief überraschend positiv. Neben dem Hof hatte ihm Frau Kramer noch etwa 10.000 Euro Barvermögen hinterlassen. Sie hatte tatsächlich keine Familie und es gab keine weiteren Erben. Mit der Aussicht, den Erbschein bald in den Händen zu halten, verließ Robert das Gericht. Er beschloss, sein Erbe zu feiern. Ein Blick in seinen Kalender zeigte ihm seinen Termin als Sprecher auf einer IT-Konferenz am nächsten Tag. Diesen Termin hätte er fast vergessen. Er lud seine Freunde für den übernächsten Abend zu sich nach Hause ein und fuhr los, um seine Sachen für die kurze Reise zu packen.

9

„Wie ist das möglich?" Lucy sprach so leise, dass Christian sie kaum hören konnte.

„Woher kennen die meinen Namen? Ich verstehe das nicht! Warum ist mein Name auf diesem Papier? Das ist so stark vergilbt, als wäre es älter als hundert Jahre! Das ist unmöglich! Gestern erst haben wir die Kapsel gefunden und heute steht mein Name auf einem uralten versiegelten Dokument."

Sie setzte sich auf einen Stein und starrte ratlos in die Ferne. Auch Christian hatten die Zeilen sichtlich schockiert. Er ging um sie herum und nahm ebenfalls auf dem Stein Platz.

„Erwählt, erwählt! Wieso bin ich erwählt? Ich will nicht erwählt sein! Keine Ahnung, was die von mir wollen. Sollen die sich doch allein um ihre Juwelen kümmern. Nicht meine Baustelle!"

In Lucy stieg eine Unruhe auf.

„Was wollen die von mir? Gut. Ich habe denen ihre Kapsel weggenommen. Das war vielleicht nicht ganz okay. Aber wir haben doch extra geschrieben, dass wir sie zurückgeben. Die können ihre Kapsel wiederhaben! Wie hatten die sie noch mal bezeichnet?"

Lucy schaute zu Christian auf.

„Selimundus", antwortete dieser und ergänzte eindringlich: „Ihr habt euch gefunden."

„So ein Quatsch!", hielt Lucy dagegen, „Wir sind hier nur langgegangen und da lag dieses Ding. Jeder hätte das finden können. Das war reiner Zufall!"

Ihre Stimme klang gereizt.

„Ehrlich gesagt bist du gestern recht plötzlich und zielstrebig vom Weg hierher abgebogen."

„Zielstrebig?!" Lucys Stimme bebte. „Soll das heißen, du glaubst auch an ‚auserwählt sein‘ und was da noch über mich stand?"

Nun war Christian der Ruhigere von beiden.

„Ich weiß es nicht, Lucy. Das ergibt für mich alles noch keinen Sinn. Ich versuche auch nur herauszufinden, was hier gerade geschieht. Der oder die »Erwählte« schützt anscheinend die Perle und nutzt dabei die Selimundus-Kapsel. Wer immer diesen Brief geschrieben hat, glaubt anscheinend, das sei nun deine Aufgabe."

Sie schnaubte abfällig und begann, an ihren Fingernägeln zu kauen. Seit Jahren hatte sie nicht mehr an ihren Fingernägeln gekaut. Es war ihr egal. Sie war nervös. Sehr nervös. Verzweiflung stieg in ihr auf. Sie raufte sich die Haare und lehnte sich an Christians Seite. Sie sah bemitleidenswert aus. Er legte seinen Arm um ihren Rücken und hielt sie fest. Nach der ganzen Aufregung tat es gut, sich bei jemandem anlehnen zu können. Reglos verharrten sie und dachten nach.

Lucy durchdachte die ganze Situation in ihrem Kopf. Es ergab alles immer noch keinen Sinn für sie. Natürlich war sie es, die den Selimundus entdeckt hatte. Sie war es auch, die ihn mit nach Hause nehmen wollte. Dort hatte sie fieberhaft versucht, das Geheimnis des Selimundus zu entlüften. Und ja, auch sie wollte heute unbedingt noch einmal herkommen. In ihren Gedanken gestand sich Lucy ein, einiges dafür getan zu haben, dass die Nachricht sie heute erreicht. Sie fragte sich, was an dem Inhalt eigentlich so verstörend für sie war. Zum einen war es natürlich die seltsame Aufforderung, mit einer Holzkapsel irgendeine Perle zu schützen. Zum anderen widerstrebte Lucy das Gefühl, die Wahl nicht selbst getroffen zu haben. Solch eine Aufgabe zugeteilt zu bekommen, ohne diese bewusst gewählt zu haben, entsprach ganz und gar nicht ihrem Naturell. Wer waren eigentlich diese Leute, die es sich anmaßten, über sie zu bestimmen? Niemand hatte das Recht, ihr vorzugeben, was sie zu tun hatte! Natürlich war ihr bewusst, was es bedeutete, Pflichten zu erfüllen und sie wusste auch, dass es Dinge gab, die erledigt werden mussten, um Ziele zu erreichen. Dabei war es ihr auch egal, ob sie die Dinge mochte oder nicht. Wenn sie ein Ziel erreichen wollte, war sie bereit, die Aufgaben zu erfüllen, die damit einhergingen. Hier aber war es ganz anders. Diese Leute hatten sich mit dem Selimundus und der Truhe in ihr Leben gedrängt. Das war nicht Lucys Entscheidung und dagegen opponierte sie. Was ging in diesen Leuten vor, dass sie sich ihr derart aufdrängten? Was war das für eine Perle? Und warum brauchte sie Schutz? Wovor musste sie beschützt werden? Geht es den Leuten schlechter, wenn deren Perle gestohlen wird? Warum kann kein anderer die Perle beschützen? Je mehr Fragen sich Lucy stellte, desto hilfloser erschienen ihr die Absender der Nachricht. Was, wenn ihr Leben wirklich von der Perle abhängt? Wäre es dann nicht angemessen, sich die Umstände einmal anzusehen, um zu verstehen, was die Nachricht bedeutet? Vielleicht sehen die Absender keinen anderen Ausweg, als sich an Lucy zu wenden. Das konnte sie zumindest aktuell nicht ausschließen. Und solange sie nicht ausschließen konnte, dass die Absender in Not waren, wollte sie nicht wegsehen. Auf einmal empfand es Lucy als ihre Pflicht, nachzuschauen, was es mit der Truhe auf sich hatte. Vielleicht lag darin die Perle und sie müsste sie nur eine Weile an sich nehmen. Das ließe sich auf jeden Fall machen, wenn sie damit anderen in ihrer Not weiterhelfen konnte. Ja, sie verspürte plötzlich ein starkes Verlangen danach, die Truhe zu öffnen, um mehr zu erfahren. Mit einem beherzten Schwung erhob sie sich aus Christians Umarmung und stand auf.

Die Menge jubelte und Robert vernahm einzelne begeisterte Zwischenrufe. Es war eine merkwürdige Community, dachte Robert in diesem Augenblick. Gerade hatte er in seinem Vortrag eine schlechte Nachricht nach der anderen verkündet und ein Schreckensszenario nach dem anderen skizziert und nun klatschten alle. Sie schienen sich darüber zu freuen, dass er, als anerkannter IT-Sicherheitsexperte, die Bedenken der Community teilte und sogar noch vergrößerte. Hier waren sie alle unter sich. Eine Gruppe technikaffiner Menschen, die die Vorteile der Informationstechnologie gerne für sich nutzte und dennoch kritisch über die Folgen nachdachte. Es war eine merkwürdige Gesellschaft. Einerseits erfreute sie sich an den Fortschritten, die ihr die Vernetzung aller Alltagsdinge bringen konnte, andererseits ahnte sie, welche Macht andere Menschen oder gar die Technologie selbst dadurch über sie erlangen konnten. Und trotzdem wollten die Menschen nur eins: weitermachen und darüber reden. Einfluss nehmen, das wollten alle hier. Die Politik zum Handeln treiben. Gesetze erzwingen, welche die negativen Aspekte der Entwicklung in Schranken weist. Gesetze, die den positiven Entwicklungsmöglichkeiten der neuen Technik eine Chance zur Umsetzung boten. Was für ein utopisches Weltbild! Manchmal musste Robert dabei an Bakterien denken, die durch Antibiotika eingedämmt werden sollen. Immer wieder gibt es Rückschläge bei der Wirksamkeit dieser Medikamente, weil sich Resistenzen schneller bilden als neuartige Wirkstoffe auf den Markt kommen. Natürlich gab es Optimisten, die einen verantwortungsvollen Umgang und eine gezielte Anwendung predigten. Doch es war in diesem Bereich nicht anders als überall sonst: Hatte sich ein neuer Wirkstoff als effektiv erwiesen, wurde er auch eingesetzt. Nicht nur dort, wo er vorgesehen war und nicht nur auf die Art, wie es empfohlen wurde, sondern auch so, wie es für das Erreichen des gewünschten Ziels sinnvoll erschien. Und das führte zu Bakterien, die eine Menge Gelegenheiten bekamen sich auszuprobieren: Hier mal ein Hack, dort mal eine Mutation. Irgendein Weg würde schon zum Ziel der Resistenz führen. Bei den technischen Errungenschaften war es ebenso. Sobald ein neues technisches Gadget den Markt erreichte, gab es neben den normalen Nutzern sofort eine Gruppe von Menschen, die darauf einhackte und versuchte, es auf eine Art und Weise anzuwenden, mit der sich ein anderes als das gedachte Ziel umsetzen ließ. Falls nötig, wurde die Systemsoftware dazu vorher verändert. In jedem Fall verliefen die technischen Entwicklungen schneller als Gesetzgeber dagegen arbeiten oder als die Hersteller einen Patch bereitstellen und einspielen konnten.

Der Applaus für seinen Vortrag ließ langsam nach. Es war Zeit für Zuschauerfragen. Ein stämmiger Mann mit Kapuzenpullover trat ans Mikrofon: „Welche Entwicklung der Ereignisse halten sie im Moment für am wahrscheinlichsten?“

Robert dachte kurz nach und setzte zu einer Erklärung an: „Wir sehen seit einigen Jahren kleinere Hacks von Einzelpersonen, die individuelle Ziele verfolgen. Enttäuschte Erwartungen eines Kunden münden in einen Angriff auf das Unternehmen. Anfangs brauchte man dafür noch Spezialwissen, doch mittlerweile gibt es die Standard-Tools zum Eindringen in Systeme schon vorinstalliert auf fertigen Distributionen. Leichte Angriffe lassen sich somit mit immer weniger Ressourcen durchführen. Gleichzeitig sind Angriffe durch vorab programmierte Botnetz-Armeen wegen ihrer schieren Menge immer schwerer abzuwehren. In der nächsten Stufe erreichen wir das Stadium der organisierten Kriminalität. Banden schleusen sich gezielt in Systeme ein, um die Eigentümer zu Geldzahlungen zu erpressen oder Industrieanlagen der Konkurrenz gezielt zu zerstören. Auf dieser Stufe befinden wir uns noch im Bereich der Wirtschaftskriminalität.“

Er beobachtete das schweigende Publikum und fuhr fort.

„Die weit schlimmere Gefahr für die Gesellschaft geht von den staatlichen Akteuren aus. Den Armeen und Geheimdiensten. Cyber ist bei denen schon seit Jahren hoch im Kurs. Staatliche Akteure haben registriert, dass sie im Bereich der IT-Systeme verwundbar sind und die IT-Systeme anderer Staaten ein lohnendes Angriffsziel sein können. Die Deutsche Bundeswehr hat seit dem Jahr 2016 offiziell eine neue Waffengattung. Die Cyberarmee ergänzt das Spektrum von Heer, Luftwaffe und Marine und steht gleichberechtigt daneben. Der fundamentale Unterschied zu den anderen Kategorien ist hierbei jedoch, dass der

Gegner und in den meisten Fällen auch sein Angriff unerkannt bleiben. Kein chinesischer oder russischer Hacker würde direkt von China oder Russland aus eine deutsche Infrastruktur angreifen. Vorher wird dafür z. B. ein Computer aus Frankreich gekapert, um den Angriff von dort aus zu starten. Sollte ein Cyberangriff tatsächlich bemerkt werden, wüssten die Cyberkrieger nicht sofort, wer sie angreift. Dass ein solcher Angriff erkannt wird, ist also nicht besonders wahrscheinlich, weil von Angreifern auf staatlicher Seite genug Geld vorhanden ist, um unveröffentlichte Sicherheitslücken, sogenannte Zero-Days, aufzukaufen und zu nutzen.“

Es gab eine weitere Meldung aus dem Publikum. Eine junge Frau sprach ins Mikrofon: „Wenn staatliche Armeen oder Geheimdienste andere Länder im Cyberwar angreifen, gegen wen oder was werden sich die Attacken richten?“

Robert dachte kurz nach.

„Der Fantasie sind hier keine Grenzen gesetzt. Als Reaktion auf das iranische Atomprogramm waren es die NSA und der israelische Militärgeheimdienst, die mit der Operation ‚Olympic Games‘ die erste bekannt gewordene Cyberwaffe eingesetzt haben. Der Wurm, der später unter dem Namen Stuxnet bekannt wurde, hatte sich über das Internet auf fast alle Computer mit Windows XP verbreitet. An diesem Beispiel sieht man, wie mächtig Cyberangriffe sein können. Stuxnet hat dem iranischen Atomprogramm empfindlichen Schaden zugefügt. Der Wurm aktivierte sich nur, wenn er auf Computern installiert wurde, mit denen Siemens-Steuerelemente Zentrifugen zur Urananreicherung ansteuern. Auf diese Art und Weise konnte der Wurm die Steuerungssysteme überlisten und den Anlagentechnikern einen einwandfreien Betrieb anzeigen. Gleichzeitig konnte er die Drehzahl der Zentrifugen manipulieren und durch Überhitzen beschädigen. Nach dem Angriff ahnten nicht einmal die Techniker der Anlage im iranischen Natanz, wie ihnen geschah. Der Angriff führte zu einer Entlassung wichtiger Ingenieure. Die Operation ‚Olympic Games‘, die den Stuxnet-Wurm hervorgebracht hat, war jedoch nicht die einzige Cyberwaffe, die entwickelt wurde, um den Iran von seinem Atomprogramm abzubringen. Für den Fall, dass Stuxnet nicht zum Erfolg führen würde, haben die USA unter dem Namen ‚Nitro Zeus‘ einen Plan erarbeitet, der auf Basis von Cyberwaffen die gesamte Infrastruktur des Landes angreift und empfindlich stört. Es handelt sich bei der NSA quasi um eine Organisation mit unbegrenzten Mitteln. Für alle Teile der iranischen Infrastruktur - und insbesondere für die sogenannte kritische Infrastruktur - existieren den Erkenntnissen nach Stuxnet-ähnliche Viren, die die Steuerung manipulieren und damit Anlagen lahmlegen. Zur kritischen Infrastruktur eines Landes zählen die Bereiche Energieversorgung, Transport und Verkehr, Finanzwesen, Gesundheit, Wasser, Ernährung sowie Medien. Stellen Sie sich vor, ihr Land wird auf einer solch breiten Basis Opfer eines Angriffes. Die Anlagen funktionieren nicht mehr und die Experten, die für den Betrieb der Anlagen verantwortlich sind, haben keine Mittel, um sie wieder in Gang zu setzen. Wenn gleichzeitig auch die Kommunikation und die Energieversorgung angegriffen werden, gibt es keinen Weg mehr, sich die Mittel zu besorgen, die sie brauchen, um die Anlagen wieder zu reparieren.“

Bedrücktes Schweigen machte sich im Publikum breit. Es dauerte eine Weile, bis ein Mann mittleren Alters an das Mikrofon trat, seine Brille zurechtrückte und eine weitere Frage stellte: „Was glauben Sie wie weit fortgeschritten sind die Geheimdienste und Armeen bei der Entwicklung solcher Cyberwaffen?"

Die Blicke des Publikums richteten sich wieder auf Robert. „Wir befinden uns hier im Bereich der Spekulationen. Wir wissen derzeit, dass der israelische Geheimdienst und die NSA während der iranischen Atomwaffenkrise mit Hochdruck daran gearbeitet haben, solche Waffen für einen Einsatz gegen den Iran vorzubereiten. Diese Waffen sind nun vorhanden. Für mich besteht kein Zweifel daran, dass sich mächtige Organisationen wie die NSA mit der gleichen Akribie auf Angriffe gegen China, Russland und einige andere Schurkenstaaten vorbereiten. Entscheidend ist jedoch ein anderer Aspekt dieser Problematik: Als im zweiten Weltkrieg Atomwaffen erfunden und von den Amerikanern eingesetzt wurden, fand in der Gesellschaft anschließend eine über Jahrzehnte anhaltende Diskussion darüber statt, wie ein weiterer Einsatz von Nuklearwaffen verhindert werden könne. Nichtangriffspakte wurden geschlossen, Abrüstung wurde vereinbart und gemeinsam achteten Atomwaffenstaaten darauf, keine neuen Länder in ihren Club der Weltzerstörer aufzunehmen. Wenn Cyberwaffen in dem Maße eingesetzt werden, wie sie existieren, katapultieren sie das angegriffene Land mit etwas Geschick zurück in die Steinzeit. Wenn die komplette Infrastruktur wirksam lahmgelegt wird und niemand es mehr schafft, diese zeitnah wieder nutzbar zu machen, dann sterben weit mehr Menschen als die 80.000 von Hiroshima und Nagasaki. Daher fehlt eine Aufklärung der Gesellschaft über die Gefahren der Cyberwaffen und eine gesellschaftliche Debatte, wie mit den neuen Möglichkeiten umgegangen werden soll."

Am Abend nach seinem Vortrag lag Robert noch einige Zeit wach in seinem Hotelzimmer und dachte über die Reaktionen des Publikums nach. Seine Ausführungen bestätigten ihn noch einmal in dem Gedanken, den er schon eine Weile mit sich herumtrug: Die Wahrscheinlichkeit für einen Ausfall von kritischer Infrastruktur stieg mit jedem Tag. Wer diese Aussage akzeptierte, musste auch zu dem Schluss kommen, dass es keine Frage war, ob etwas passierte, sondern nur wann. Und dann war da noch die Frage, ob sich der Vorfall überall oder nur an bestimmten Orten zur Katastrophe entwickelte. Er hatte versucht, den anwesenden Zuhörern seine Sicht auf die Welt zu beschreiben, ohne als paranoid zu gelten. In Wahrheit war er weit pessimistischer. Vielleicht ernüchterte ihn die Reaktion seiner Zuhörer deshalb so sehr. Natürlich waren einige von ihnen nach seinem Vortrag schockiert auf ihn zugekommen, um über das Gehörte zu sprechen. Die Schlussfolgerungen jedoch, die seine Gesprächspartner dabei zogen, waren aus seiner Sicht allesamt ungenügend. Die Gedanken der Leute beschränkten sich auf Maßnahmen, die das Eintreten einer Katastrophe verhindern sollten. Niemand dachte daran, auch die andere Möglichkeit zu bedenken. Die Möglichkeit einer eintretenden Katastrophe. Stattdessen war in ihren Gesprächen die Rede davon, Demonstrationen zu organisieren oder die eigenen Fähigkeiten zu nutzen, angreifbare Rechner zu hacken und anschließend zu patchen, um deren Sicherheitslücken zu schließen. Der optimistischste Gesprächspartner schlug gar vor, sich zusammen zu tun, um andere böswillige Organisationen zu hacken und somit zu schwächen. Für Robert waren das alles Ideen von utopischen Weltverbesserern. Die konnten ihn jedoch nicht beruhigen. Er dachte viel zu pragmatisch und war ein Freund ernsthafter Konsequenzen. Auch wenn niemand anderes in seinem Umfeld die Erkenntnisse nutzen wollte, um aus ihnen Schlussfolgerungen für die Zukunft abzuleiten, war er entschlossen, zu handeln.

11

„Ich möchte sehen, was in der Truhe ist."

Lucy stand immer noch direkt vor Christian. Ihre plötzliche Bewegung hatte auch ihn aus seinen Gedanken gerissen.

„Und was ist, wenn dir der Inhalt nicht gefällt? Meinst du, du kannst die Truhe wieder schließen und so tun, als ob dich das nichts angeht?"

„Klar kann ich das!", rief Lucy. „Wenn es mich nichts angeht, werde ich die Truhe schließen und wir lassen alles hier zurück. Zuerst möchte ich aber sehen, warum diese Leute meinen, mich zum Schutz ihrer Perle zu benötigen. Ich glaube, die Antwort steckt in der Truhe."

Lucy kniete sich vor die Truhe und ihr Blick fiel zunächst auf das Muster unterhalb des Hakenverschlusses auf der Vorderseite der Truhe. Es war die gleiche Darstellung wie auf dem Siegel des Papiers. Ein Atom mit seinen Elektronen oder ein Sonnensystem mit Planeten. Lucy griff nach dem Haken und schob ihn seitlich aus der Öse. Leichtgängig öffnete sich der Verschluss. Sie versuchte den Deckel anzuheben, bemerkte aber sofort die beiden Lederriemen, die noch verschlossen waren. Nachdem sie die Schnallen geöffnet hatte, klappte sie die Riemen zur Seite. Sie konnte keinen weiteren Verschluss entdecken. Sie legte ihre Hände zögernd an den Deckel und schaute noch einmal zu Christian. Dieser nickte ihr stumm und konzentriert zu.

Lucy hob den Deckel an und klappte ihn zurück. Sie sah in das Innere der Truhe und staunte. Es war, als blickte sie in das Innere eines Labors aus einem vergangenen Jahrhundert. Gleichzeitig entdeckte sie Instrumente von einer Präzision, die sie nie zuvor gesehen hatte. Die inneren Wände der Truhe waren mit rotem Samt ausgekleidet. Lucy war sich nicht sicher, ob dies nur den Wert des Inhaltes hervorheben sollte, oder ob er auch für die Polsterung und somit als Schutz des Inhaltes vorgesehen war. Beides schien der Samt zu erfüllen. Christian hatte sich mittlerweile neben Lucy gekniet und schaute mit ihr in die geöffnete Truhe.

„Wahnsinn, wie viel in so eine kleine Truhe passt."

Er beugte sich direkt darüber, um die zahlreichen Details besser sehen zu können. Während der Inhalt der Truhe sorgsam angeordnet war und sie exakt bis zum Rand füllte, wirkte der Deckel ziemlich leer. Lediglich drei Metallstifte ragten jeweils von beiden Seiten in den Hohlraum des Deckels. Der untere Teil der Truhe war in zwei Hälften unterteilt. Die linke Hälfte beinhaltete kleine Werkzeuge sowie eine Brille und einen Gürtel. Im rechten Teil war ein Holzkästchen platziert, das exakt an das Maß der Truhe angepasst schien. Auch dieses Kästchen war in demselben Holz gefasst wie der Selimundus und die Truhe. Den Deckel des Kästchens verzierte das Bild des Atoms beziehungsweise des Sonnensystems. Lucy griff als erste in die linke Seite der Truhe und nahm ein Werkzeug heraus, das sie an eine Grillzange erinnerte. Allerdings war dieses Werkzeug viel kleiner als eine Grillzange und bestand aus einem edlen Holzgriff mit einem Schiebeschalter und einer kleinen Zangenvorrichtung aus Metall. Es wirkte fast so, als könnte man den vorderen Teil des Werkzeuges mit dem Schiebeschalter unter Strom setzen. Sie legte die Zange in den leeren Deckel der Truhe und legte noch andere kleine Werkzeuge dazu. Ihr Blick fiel dabei auf die Brille. Ein seltsames Exemplar mit einem dünnen Drahtgestell und in einer extrem hochwertigen Qualität. Allein die Stabilität und die präzise Form machten die Brille zu einem Schmuckstück. Die Gläser waren sehr dünn und kaum wahrnehmbar. Die Form traf Lucys Geschmack auf Anhieb. Mit einem Lächeln legte sie die Brille im Deckel der Truhe ab. Christian griff nach dem braunen Ledergürtel und zog die Augenbrauen nach oben. Die Schnalle bestand aus einer Dreifach-Dornenschließe und die Löcher waren in Dreierreihen in den Gürtel gestanzt.

„Wer immer sich diesen Gürtel ausgesucht hat, schien wirklich Angst davor zu haben, ohne Hose dastehen zu müssen."

Unter dem Gürtel, auf dem Boden der Truhe, entdeckte Lucy ein kleines Buch. Es war in einen braunen Ledereinband eingeschlagen. Fast schon erleichtert darüber, noch weitere Informationen zu erhalten, nahm sie das Buch in die Hände.

12

Saras Weinflasche war halb leer. Eigentlich trank sie überhaupt nicht. Aber dieses Mal war es eine Ausnahme. Sie hatte zwei sehr unruhige Tage hinter sich und wollte endlich wieder an etwas anderes denken. Normalerweise hatte sie die Ausflüge in die Natur genutzt, um sich zu erholen und für den Stress im Studium Kraft zu tanken. Doch dieses Mal hatte der Ausflug alles durcheinander gebracht. Die Entdeckung des Bauernhofes hatte einen Kindheitstraum zurück in ihre Gedanken katapultiert: auf so einem Bauernhof wollte sie leben. Die Erkenntnis hatte sie wie ein Blitz getroffen. Was für eine Entdeckung! Alles an diesem Bauernhof war perfekt. Er war von ihrer Stadt mit dem Zug und einem Fahrrad gut zu erreichen und gleichzeitig lag er idyllisch am Ende der Welt. Das gesamte Gehöft war eingezäunt und zusätzlich gab es ringsherum Felder zu bewirtschaften. Das Haus bot Platz für Freunde oder eine Familie. Und sogar Tiere würde sie dort haben können. Vermutlich wurde ihre Schwärmerei auch durch die Umstände, von denen Robert ihr berichtete, verstärkt. Dieser Hof gehörte quasi niemandem. Zumindest niemandem, der etwas damit anstellen wollte. Was für ein Glück dieser Robert hatte, einen solchen Hof einfach so zu erben. Nur weil er als Kind öfter mit dem Fahrrad dort war und die alte Dame ihn anscheinend sehr mochte. Vermutlich würde sie sich im Grabe umdrehen, wenn sie von Roberts

Idee erfuhr, den Hof zu verkaufen. Was war dieser Mann nur für ein Idiot, dass er den Wert des Hofes nicht erkannte? Der Gedanke, er könnte den Hof für ein kleines Geld einfach weggeben, quälte sie. Was, wenn der Käufer nur an dem Land interessiert wäre und den Hof verkommen ließe? Oder noch schlimmer: wenn er den Hof gar abreißen ließe? Eine furchtbare Vorstellung! Seit sie sich vorgestern von Robert verabschiedet hatte, ließen ihr all diese Gedanken keine Ruhe. Am liebsten würde sie ihm den Hof abkaufen. Das war eine schöne Vorstellung! In ihren Gedanken sah Sara sich auf dem Hof leben und arbeiten. Aber woher sollte sie das Geld dafür nehmen? Ihre Eltern hatten selbst kein Geld mehr. Sie hatten bereits einen hohen Betrag in ihr Studium investiert. Von ihnen konnte sie keine Unterstützung erwarten. Durch das Bafög war sie zusätzlich verschuldet. Und solange sie ihr Studium nicht abgeschlossen hatte und einen Job vorweisen konnte, würde sie auch keinen Kredit bekommen. Es war zum Verzweifeln. Langsam aber sicher bemerkte Sara, wie sich ihr Traum vom eigenen Bauernhof in Luft auflöste. Es war das Gefühl, eine Chance nicht zu nutzen, die nur einmal im Leben kam. Wie ungerecht! Das konnte sie nicht zulassen. Sie musste es wenigstens versuchen. Mehrfach hatte sie in den vergangenen Tagen dazu angesetzt, Robert anzurufen. Sie hatte seine Handynummer in ihr Telefon getippt, es aber nicht über das Herz gebracht, auch wirklich seine Nummer zu wählen. Was sollte sie ihm auch sagen? Dass er ihr den Bauernhof schenken sollte? Dieser Gedanke erschien ihr so abwegig, dass sie ihn gleich verwarf. Sie war nicht der Typ, der andere anbettelte. Angetrunken sank sie in ihr Sofa und dachte nach. Nach einigen Minuten der Stille hatte sie einen spontanen Einfall.

13

Christian und Lucy hatten sich nebeneinander auf einen Stein gesetzt. Sorgsam schlug Lucy das Buch auf und fing an zu lesen.

»Handbuch der Planetenfürsorge

Kaptitel 1: Einleitung

Leben ist das oberste Gut.
Der Sinn des Lebens ist das Überleben.
Der Fortbestand des Lebens hat Priorität.
Die Bedingungen für Leben sind im Universum nicht an allen Stellen ideal. Die Gemeinschaft hat daher beschlossen, einige der lebensfreundlichen Gebiete unter Schutz zu stellen. Geschützte Gebiete sind Planeten, an denen Leben möglich ist und zu denen die Menschheit fliehen kann, falls ihre Heimat in Gefahr gerät. Da auf einigen dieser Planeten bereits Leben existiert, umfasst der Schutz auch den Schutz des Lebensraumes vor Zerstörung durch die Lebewesen des Planeten. Die Gemeinschaft achtet das Leben auf allen Planeten. Sollte eine Beein-

„Wie kommen die da auf dich? Woher kennen die dein Persönlichkeitsprofil?"
Christian sprach eher zu sich als zu Lucy.
„Keine Ahnung", murmelte sie, „ich kenne diese Eigenschaften ja selbst nicht."

Lucy hatte das Buch zugeklappt und dachte nach.

„Jedenfalls halten sie dich für geeignet. Und was diese Dimensionen angeht - bei denen hebst du dich tatsächlich sehr von deinem Umfeld ab."

„Wie meinst du das?" Lucy schaute Christian verwundert an.

„Zum Beispiel der Aspekt Aufgeschlossenheit: Du bist einfach extrem offen für Neues. Nichts kann dich schockieren. Vermutlich brauchst du diese Eigenschaft bei deiner neuen Aufgabe."

„Das ist nicht meine Aufgabe! Jedenfalls nicht, bevor ich mir das nicht gründlich überlegt habe!", zischte Lucy zurück.

„Ist ja gut", beschwichtigte Christian, „für mich wäre das auch nichts."

Seine Worte besänftigten Lucy.

Sie grübelte: „Wer ist wohl diese…Gemeinschaft, die das beschlossen hat?"

„Na wir alle!", rief Christian, ohne lange zu überlegen.

„Wir alle? Quatsch!"

Lucy schaute ungläubig und fuhr fort: „Irgendjemand muss doch den Brief geschrieben haben. Dieser jemand gehört bestimmt zu einer Organisation. Und diese Organisation nennt sich: ‚die Gemeinschaft'. Wer sind diese Leute?"

„Keine Ahnung! Das ist doch auch erst einmal egal. Wir haben ein dickes, gedrucktes Handbuch vor uns, das uns jede Menge Antworten liefern wird. Das sollten wir lesen! Auf den hinteren Seiten sind sogar jede Menge handschriftliche Ergänzungen. Sicher finden wir dort, wonach wir suchen."

Sie nickte. Das klang logisch. Erst einmal sollten sie die Fakten sichten und dann könnte sie sich immer noch eine Meinung darüber bilden, was davon sie glauben konnte und was nicht. Lucy machte einen Vorschlag: „Lass uns alles wieder zusammenpacken und mit nach Hause nehmen. Dort können wir in Ruhe weiterlesen und dann entscheiden, ob wir die Truhe behalten oder einfach wieder irgendwo verstecken."

Christian, der seinen Po auf dem harten Stein kaum noch spüren konnte, war einverstanden. Lucy schlug den braunen Ledereinband wieder um das Buch und legte es unten in die Truhe. Darauf sortierte sie sorgsam den Gürtel, die Brille und die Werkzeuge. Sie freute sich schon darauf, bald aus dem Buch zu erfahren, wozu diese seltsamen Apparaturen nützlich waren. Gerade als sie den Deckel schließen wollte, fiel ihr Blick auf den Selimundus.

„Gib ihn mir mal, bitte!", rief Lucy und deutete auf die Holzkapsel vor Christians Füßen. Er hob den Selimundus auf und gab ihn ihr. Lucy klemmte ihn zwischen die Metallstifte, die vom Rand des Deckels in die Mitte ragten. Mit einem leichten Ruck rastete das Gerät ein und saß nun fest in der Halterung im Deckel. Lucy lächelte Christian zufrieden an.

„Der Deckel kam mir vorhin schon so leer vor. Nun scheint alles am rechten Platz zu sein."

Christian staunte, wie selbstverständlich Lucy mit der Truhe hantierte, als hätte sie sie selbst entworfen. Im Nu hatte sie die Lederriemen verschlossen und das Schloss eingehakt. In ihrer Tasche war nicht mehr genügend Platz für die Truhe. Sie packte daher ein paar Bücher aus und reichte sie Christian. Dieser packte die Bücher bereitwillig ein und schien froh zu sein, die Truhe nicht offen tragen zu müssen. Sie beschlossen, zu Lucy zu gehen und dort weiter im Handbuch zu lesen.

64

14

Robert freute sich über die Spannung, die seine Einladung in seinem Freundeskreis erzeugt hatte. Den Anlass der Party nicht zu nennen, sondern stattdessen eine Überraschung anzukündigen, war eine fixe Idee von ihm gewesen. Ein voller Erfolg, wie er nun erkannte. Er begrüßte alle ankommenden Gäste an seiner Tür und jeder, der ihn umarmte, fragte ihn direkt nach dem Grund seiner Einladung. Einige seiner Freunde waren sicher, er würde auswandern. Sie fanden, das passe zu ihm. Er sei schon immer ein Einzelgänger gewesen und würde sich danach sehnen, auf eigene Faust die Welt zu erkunden. Einen Moment lang dachte Robert sogar darüber nach, wie es wäre, die Idee seiner Freunde umzusetzen und einfach eine Zeit lang auszusteigen. Andere Freunde, vor allem die Pärchen vermuteten eine neue Beziehung als Anlass für Roberts Party. Die meisten seiner Freunde waren sicher, er würde ihnen seine neue Freundin vorstellen. Einige erwarteten sogar, er würde einen Hochzeitstermin verkünden. Die Gäste fragten ihn, wann die Auserwählte denn komme und wo er sie versteckt halte. Robert gefiel sich in der Rolle des Geheimnisträgers und achtete darauf, seine Dementis nicht allzu überzeugend ausfallen zu lassen. Eine Weile wollte er seine Freunde noch rätseln lassen. Schließlich hatten sie den ganzen Abend noch vor sich. Robert verteilte Getränke in der Küche und rührte in dem großen Topf Chili, den er zum Abendessen vorbereitet hatte. Die Stimmung entwickelte sich ganz nach Roberts Vorstellungen. Jeder griff dankbar nach einem Bier oder einem Glas Wein und nach wenigen Minuten waren alle in angeregte Gespräche vertieft. Im Hintergrund lief Musik und Stück für Stück geriet der unklare Anlass der Party in Vergessenheit.

Sara hatte keine Mühe, Roberts Adresse zu finden. Sie kannte die Straße von diversen Radtouren durch ihren Kiez und musste daher nur am richtigen Haus stoppen. Die Eingangstür des Mehrfamilienhauses war verschlossen. Gerade als sie den Namen Robert Neumann auf dem Klingelschild ausfindig gemacht hatte, öffnete ein älteres Ehepaar von innen die Haustür und ging hinaus auf die Straße. Sara nutzte die Gelegenheit und schlüpfte hindurch. Sie lief durch das Vorderhaus und gelangte zum Hinterhaus. Dort lag die Wohnung ziemlich weit oben, soviel hatte sie dem Klingelschild noch entnehmen können. Es fühlte sich gut an, nach zwei Tagen Passivität endlich wieder die Initiative zu ergreifen. Sie fragte sich, ob der Alkohol ihr zu diesem Mut verhalf. Schließlich hatte sie es in den letzten Tagen nicht einmal geschafft, Robert anzurufen. Sie fühlte sich nüchtern, auch wenn sie wusste, dass das nicht stimmte. Immerhin hatte sie klaren Verstand bewiesen und gezielt den Weg zu Roberts Wohnung vom Klingelschild hergeleitet. Auf dem Weg nach oben prüfte sie die Namensschilder an den Türen. Vor Roberts Wohnung angekommen zögerte sie. Von drinnen hörte sie zahlreiche Stimmen. Beschwingte Musik drang deutlich durch die Tür in den Flur. Überrascht, Robert bei einer Party anzutreffen, dachte sie darüber nach, ihren Plan zu ändern. Eigentlich wollte sie ihm in lockerer Atmosphäre ihre Wünsche und Gedanken bezüglich des Hofes anvertrauen und im Gespräch herausfinden, was er darüber dachte. Das konnte sie sich jetzt wohl abschminken. Bei einer Party würde sich wohl kaum die Gelegenheit bieten, über den Hof zu reden. Was wohl der Grund für die Feier war? Sara überlegte noch, ob es besser wäre, einfach umzukehren, als plötzlich jemand von innen die Wohnungstür öffnete. Ein junges Paar, etwa in Saras Alter, stand vor ihr in der Tür. Beide hielten eine Schachtel Zigaretten und ein Feuerzeug in den Händen und waren gerade dabei, sich ihre Jacken überzuwerfen. Offensichtlich wollten sie kurz in den Innenhof, um zu rauchen. Die beiden entdeckten Sara, die von der plötzlich geöffneten Tür völlig überrascht war und wie angewurzelt vor ihnen stand. Die junge Frau mit der Zigarette in der Hand musterte Sara von oben bis unten. Ihr Blick wanderte wieder nach oben und als sich ihre Blicke trafen, grinste sie Sara breit und fröhlich an.

„Du musst die neue Freundin von Robert sein! Er wollte uns gerade von dir erzählen. Komm doch rein! Er wird sich sicher freuen, dass du da bist."

Die Frau wandte sich zu ihrem Freund und redete einfach weiter: „Eine hübsche Freundin hat unser Robert, stimmt's Mario?"

Ohne die Antwort von ihrem Freund abzuwarten, winkte die Frau Sara in die Wohnung hinein. Sara streifte ihre Schuhe ab und trat verunsichert ein.

„Hallo", hörte sie Mario sagen, der ein Stück zur Seite ging, um Sara durchzulassen. Er lächelte sie nun ebenfalls an. Sie standen eine Sekunde reglos hinter der Wohnungstür. Saras plötzliches Erscheinen schien die junge Frau von ihren Raucherplänen abgebracht zu haben, denn sie zog ihre Jacke gerade wieder aus und hängte sie an die Garderobe. Sara nutzte die Gelegenheit, sich umzuschauen und erkannte den geschmackvollen, modernen Einrichtungsstil der Wohnung. Die Möbel, Fußbodenbeläge und Wandfarben waren stilsicher in hellen Braun- und Grautönen kombiniert. Alles wirkte sehr edel und eher wie von einem Innenarchitekten entworfen als von einem Informatiker. Sie musste zugeben, sie war überrascht. Solch einen guten Geschmack hatte sie Robert nicht zugetraut. Ihr Kopf arbeitete auf Hochtouren. Sie erinnerte sich an die Worte, die sie gerade gehört hatte. Robert wollte sie als ihre Freundin vorstellen. Wusste er etwa von ihrem Besuch? Sie hatten doch seit ihrem Treffen auf dem Hof keinen Kontakt mehr gehabt. Woher wusste er von ihrem spontanen Besuch? Hatte sie ihm vorhin etwa doch eine Nachricht geschrieben? In diesem Moment verfluchte sie die halbe Flasche Wein, die sie getrunken hatte. Zu oft war es ihr in der Vergangenheit schon passiert, dass sie sich nachher nicht mehr an alles erinnern konnte. Sie vertrug eben nur kleine Mengen Alkohol. Eigentlich war es ja auch egal, wie er darauf gekommen war. Fakt war, sie war hier und Robert auch. Daraus ließ sich etwas machen.

„Ich bin Emma und wie heißt du?"

Die junge Frau riss Sara aus ihren Gedanken.

„Ich heiße Sara." Unsicher fragte sie: „Wohnt Robert allein - hier?"

Sie zog das Wort 'hier' besonders in die Länge, deutete mit ihrem Arm eine halbe Runde um den Flur herum und zeigte auf die zahlreichen offen stehenden Türen.

Emma runzelte erst die Stirn, dann grinste sie: „Ihr zwei kennt euch noch nicht so lange, oder? Unser Robert ist ein Einzelgänger und würde niemals in eine WG ziehen. Ja, er wohnt ganz allein hier. Ich schätze du weißt, dass Robert zu dem Typ Mann gehört, mit dem Mütter ihre Töchter gern verkuppeln?"

Sara errötete und beschloss, ihre Fragen in Zukunft etwas sorgsamer abzuwägen.

„Wo ist er denn?", fragte sie.

Emma streckte ihren Arm grob in Richtung Küche aus, ging voraus und winkte Sara hinter sich her. Mario stand immer noch mit seiner Jacke neben Sara. Als sie auf dem Weg in die Küche an ihm vorbeikam, zischte er in ihr Ohr: „Nimm es ihr nicht übel. Emma redet immer sehr viel, wenn sie getrunken hat."

Sara setzte ihren verständnisvollsten Blick auf, nickte und schob sich an Mario vorbei. Auf dem Weg konnte sie einen Blick in das geräumige Wohnzimmer erhaschen. Etwa acht Leute saßen gut gelaunt beieinander und unterhielten sich angeregt. In der Küche standen noch einmal sechs Leute, die entweder eine Flasche Bier oder ein Glas Wein in der Hand hielten. Robert war gerade dabei, eine weitere Flasche Rotwein zu öffnen und bemerkte Sara zunächst nicht. Emma ging zielsicher auf Robert zu, blieb kurz vor ihm stehen und stellte ihn für alle gut hörbar mit spielerischem Lächeln zur Rede:

„Mein lieber Robert! Schau doch mal, wer dort an der Tür steht. Diese bezaubernde junge Dame freut sich schon, dass du sie uns gleich vorstellst." Emma zeigte dabei mit beiden Händen auf Sara, als wäre sie ein Werbeplakat. „Willst du uns nicht endlich verraten, was es mit deiner Party auf sich hat?"

Die Gespräche der anderen Gäste in der Küche verstummten und alle blickten gespannt in Saras Richtung.

Sie spürte die Blicke auf ihrem Körper, setzte schnell ein Lächeln auf und rief etwas unbeholfen: „Hi! Ich bin Sara."

Dabei machte sie einen leichten Knicks und breitete die Arme zur Seite aus. Die anderen Gäste nickten freundlich und die Situation entkrampfte sich. Sie schienen es mit der Erklärung nicht so eilig zu haben und setzten ihre Gespräche fort. Robert war baff und erstarrte für den Bruchteil einer Sekunde. Danach hörte Sara, wie er zu Emma sagte, sie solle ruhig hinuntergehen und rauchen. Er würde solange mit seiner Ansprache warten, bis sie zurück sei. Emma warf Robert einen enttäuschten Blick zu, schien aber mit seinem Vorschlag einverstanden zu sein. So schnell wie sie in die Küche kam, war Emma auch schon wieder draußen. Robert übergab die geöffnete Flasche einem jungen Mann, der sie gut gelaunt in Empfang nahm und kam Sara bis zur Tür entgegen. Lächelnd hieß er sie mit einer Umarmung willkommen und gab ihr ein Bussi auf die Wange.

„Was machst du denn hier?", begrüßte er sie freundlich.

„Ich wollte dich sehen", sagte Sara und merkte, dass das wahrscheinlich viel zu romantisch klang. Aber warum sollte sie sich zurückhalten? Schließlich war er es, der sie ungefragt als seine Freundin vorstellen wollte.

„Und dann wollte ich mit dir über den Hof reden", ergänzte sie. Sie merkte, dass ihre poltrige Art nicht gerade angemessen war, um eine angenehme Basis für dieses

Thema zu schaffen. Daher versuchte sie ein anderes Thema: „Hast du heute Geburtstag?"

„Nein, ich habe heute nicht Geburtstag. Die Leute wissen nicht, warum ich sie eingeladen habe. Die meisten Gäste vermuten, ich würde ihnen heute meine neue Freundin vorstellen."

„Hast du denn eine?", fragte Sara und merkte in diesem Augenblick, wie dämlich sich ihre Frage anhören musste. Sie biss sich auf die Lippen.

„Nein, eigentlich bin ich immer noch Single. Aber vielleicht nicht mehr lange, oder was meinst du?" Robert schaute Sara tief in die Augen.

Sein Blick verunsicherte Sara völlig. Meinte er etwa wirklich sie? Die beiden kannten sich doch gar nicht. Sara fragte sich plötzlich, ob sie überhaupt bereit wäre, sich auf eine Liebesbeziehung einzulassen. Nach der Enttäuschung ihrer letzten Beziehung hatte sie sich geschworen, künftig ausschließlich ihrem Verstand zu folgen. Für Beziehungen war sie anscheinend gänzlich ungeeignet und damit hatte sie sich bereits abgefunden. Andererseits schien Robert wirklich ein besonderer Mensch zu sein. Er hatte einen guten Geschmack und ging anscheinend selbstständig durchs Leben. Und offen gestanden sah er ziemlich gut aus.

„Du hast einen schönen Bauernhof", flüsterte sie kaum hörbar. Sein Blick hatte ihr also auch die Stimme genommen. Das ging ja gut los.

„Ich deute das mal als ein 'vielleicht'", grinste Robert, führte sie in die Küche und nahm die Weinflasche entgegen, die er gerade zuvor geöffnet hatte.

„Möchtest du ein Glas Wein oder lieber ein Bier?"

Er hielt ihr zwei Flaschen entgegen. Der Inhalt der frisch geöffneten Rotweinflasche hatte in kürzester Zeit bedenklich abgenommen.

„Rotwein, bitte", hauchte Sara mit der weichsten Stimme, die sie hervorbringen konnte.

Robert goss ihr den Wein in ein großes, elegantes Glas und überreichte es ihr.

„Die Leute wissen also nicht, warum du eine Party feierst und du hast es ihnen auch noch nicht gesagt, richtig?"

Er nickte und Sara setzte nach:

„Wann willst du es ihnen sagen?"

Robert überlegte einen Augenblick.

„Ich wollte eine passende Gelegenheit abwarten und ihnen dann von der Erbschaft berichten. Der Termin beim Nachlassgericht lief ziemlich gut und daher wollte ich die Neuigkeiten einfach feiern. Dass daraus eine Überraschungsparty geworden ist, war nur eine fixe Idee. Und jetzt wo du da bist, weiß ich gar nicht, ob mir die Geschichte mit der Erbschaft noch jemand glaubt."

Ohne dass sie sich bewusst dazu entschlossen hatte, sprudelten plötzlich die Worte aus ihrem Mund.

„Bitte verkauf den Hof nicht! Es ist so eine unglaubliche Anlage in so einer idyllischen Umgebung. Seit meiner Kindheit träume ich davon, auf so einem Hof zu leben und seit zwei Tagen fürchte ich, du gibst den Hof einfach weg."

Sara starrte Robert an. Ihre Worte verfehlten ihre Wirkung nicht. Robert war von ihrer Offenheit verblüfft.

„Ich muss ihn nicht direkt verkaufen. Du könntest einfach eine Zeit lang darauf wohnen, wenn du magst."

Nun war es Robert, der von seinen eigenen Worten überrascht wurde.

„Zumindest, bis ich es mir anders überlege", setzte er nach.

Ein Lächeln überzog nun wieder sein Gesicht. Mit dieser Einschränkung war er ganz und gar zufrieden. Sara verharrte regungslos. Hatte sie das eben richtig gehört? Er würde sie dort wohnen lassen? Auf dem Bauernhof ihrer Träume? Sie spürte, wie ihre Lippen leicht bebten und ihr Freudentränen in die Augen schossen. Vor Freude fiel sie Robert um den Hals. Er nahm sie in die Arme und als Sara die Umarmung gerade lösen wollte, küsste er sie. Es war kein gewöhnlicher Kuss. Bei diesem Kuss entfernte sich alles andere meilenweit, es gab nur noch die beiden. Ein unendlich intensiver Kuss, bei dem sich Sara auf einmal so geborgen fühlte, als wäre sie ihr ganzes Leben zuvor schutzlos herumgeirrt. Sie hatte keine Ahnung, wie lange der Kuss dauerte. Als beide ihre Augen wieder öffneten, standen auch die Gäste des Wohnzimmers in der Küche und alle um sie herum klatschten. Robert war sichtlich berührt.

„Darf ich vorstellen? - Das ist Sara, meine neue…"
Robert schaute Sara in die Augen. Sie nickte ihm zu.
„… Freundin."
Er strahlte über sein ganzes Gesicht. Einige seiner Freunde gingen direkt auf Robert zu, beglückwünschten ihn und stellten sich anschließend bei Sara vor. Für Sara war die ganze Szene wie ein Film, bei dem sie versehentlich in die Kulissen gelaufen war und nun mitspielte. Alles erschien ihr so unglaublich. Ihr ganzes Leben hatte sich innerhalb von einer Minute um 180 Grad gewandelt. Vor wenigen Minuten wollte sie noch umkehren und zurück

nach Hause laufen und nun steckte sie offiziell in einer Beziehung und hörte unbekannte Menschen sagen, wie gut
sie zu Robert passen würde. Es war ein krasser Abend,
aber alles fühlte sich wahnsinnig gut an.

15

Zu Hause angekommen machten Christian und Lucy es sich auf Lucys Bett gemütlich und setzten sich im Schneidersitz gegenüber. Lucy holte die Truhe aus ihrem Rucksack. Sie schien den Transport gut überstanden zu haben. Vorsichtig öffnete sie sie und holte das Buch heraus. Sie las laut, damit Christian den Inhalt mitbekam:

»Kaptitel 2: Der PFB und sein Perlenplanet

Jeder Planeten-Fürsorge-Berechtigte (PFB) erhält mit einer Truhe einen zugewiesenen Planeten. Dieser befindet sich in einem separaten Kästchen der Truhe innerhalb einer Perle. Die Perle projiziert an ihrer eigenen Innenwand das bekannte Universum für den enthaltenen Planeten. Aus Sicht der Bewohner eines Planeten stellt diese Projektion die Wirklichkeit dar. Die Komplexität der Projektion richtet sich nach dem Wissensstand der Bewohner des Planeten. Sollten die Bewohner eines Planeten bereits Satelliten im Orbit ihres Planeten haben, so sind diese Satelliten Bestandteil der Perle. Die Präzision der Projektion ist an die

Entwicklung kosmologischer Messinstru-
mente des Planeten angepasst, um Wider-
sprüche im Erleben der Bewohner zu elimi-
nieren.

Die äußere Hülle der Perle schützt den
Mikrokosmos in ihrem Innern und erleich-
tert durch einige Eigenschaften die Planeten-
fürsorge. So werden relevante Zustände des
Planeten von außen wahrnehmbar auf der
Oberfläche der Perle dargestellt. Ein die
Perle umgebender Lichtschimmer signalisiert
zusätzlich anhand der Farben rot, gelb und
grün, ob eine Aktivität des PFB aktuell er-
forderlich ist. Eine Perle mit einem grünen
Lichtschimmer erfordert keine Aktivität,
ein gelber Lichtschimmer erfordert die
Kenntnisnahme eines Zustandes und ein ro-
ter Lichtschimmer erfordert die sofortige In-
teraktion des PFB mit seinem Planeten in
der Perle. Beim Umgang mit der Perle sind
die Anweisungen des Kapitels 3 zu beach-
ten.«

Christian stand vor Erstaunen der Mund offen.

„Soll das heißen, in dem Kästchen ist eine Perle mit einem echten Planeten? Wie krass ist das denn?"

Lucy war ebenso überrascht und ging den Text noch einmal von oben bis unten durch.

„Ich frage mich gerade, ob und wie ich mit dem Planeten interagieren soll. Das macht mir ein mulmiges Gefühl."

Christian konnte ihre Sorgen in Anbetracht der wundersamen Perlen nachvollziehen.

„Vermutlich musst du dich schrumpfen und durch ein Loch in die Perle kriechen", scherzte er.

Lucy fand das gar nicht lustig.

„Im Text steht, die Planeten würden sich innerhalb der Perlen befinden. Wie ist das möglich?"

Er schaute sie ratlos an.

„Ich weiß es auch nicht", gab er zu, „vielleicht hat sie jemand verkleinert und dann mit der Perle umschlossen."

Lucy bohrte nach: „Aber warum sollte jemand so etwas tun?"

„Um Kontrolle auszuüben? Die wollen ja im Notfall auf den Planeten fliehen können. Also müssen sie ihn auch kontrollieren können", schlussfolgerte er.

„Und meinst du, das mit der Projektion ist möglich?"

„Den Teil halte ich tatsächlich für möglich", sprudelte es aus ihm hervor, „wenn wir schon akzeptieren, dass jemand Planeten in Perlen packt, dann kann er auch ein Universum an der Perlenwand abbilden. Aus der Perspektive eines Planeten können die Bewohner nur das wahrnehmen, was dort ankommt, oder das, was sie sich in Expeditionen außerhalb des Planeten erarbeiten. Ich glaube, das große Ganze lässt sich simulieren, wenn die Projektionsfläche weit genug entfernt ist."

Lucy grübelte über Christians Worte nach.

„Das klingt alles so unglaublich und so unfassbar. Stell dir vor, es wäre tatsächlich wahr, was in dem Buch steht! Dann haben wir hier einen unglaublichen Schatz vor uns!"

Lucy atmete hörbar aus. Sie brauchte eine Pause, um alles zu verdauen. Auch Christian war einverstanden, sich die weiteren Kapitel des Buches an einem anderen Tag zu erarbeiten. Sie verabredeten sich für den nächsten Nachmittag und er ging nach Hause.

16

Es war stockfinster. Sara hörte ein brummendes Geräusch. Das Geräusch verstummte kurz und brummte dann wieder auf. Es klang so ähnlich wie der Vibrationsalarm eines Handys. Nein, es war der Vibrationsalarm ihres Handys! Sara öffnete die Augen. Ihr Zimmer war taghell. Warum lag sie auf ihrer Couch? Wieder das Brummen. Ein Anruf. Wo war ihr Handy? Sie schaute auf dem Couchtisch, dann auf dem Boden. Nichts. Die Vibration war ganz in ihrer Nähe spürbar. Gerade als sie ihr Telefon unter dem Kissen entdeckte, verstummte es. Mist. Sie war nicht schnell genug gewesen. Nun war sie wach und hatte das Gespräch doch verpasst. Wie sinnlos. Ihr Schädel brummte. Sie hatte Kopfschmerzen. Zu viel Wein. Und müde war sie auch noch. Wie spät war es eigentlich? Auf jeden Fall zu früh zum Aufstehen. Sie musste aufs Klo. Sie musste dringend aufs Klo. Ihre Müdigkeit und ihr Drang zu urinieren kämpften gegeneinander an. Das hatte keinen Sinn. Zuerst musste sie zur Toilette, sonst würde sie sowieso nicht wieder einschlafen können. Schlaftrunken rappelte sie sich auf und balancierte Richtung Bad. Es musste wirklich eine Menge Wein gewesen sein. Der Sessel und die Tür waren wichtige Etappen, die sie auf dem Weg ins Badezimmer bewältigte. Auf dem Klo angekommen fragte sie sich, wie sie in der Früh nach Hause gekommen war. So sehr sie auch nachdachte, es fiel ihr nicht ein. Sie nahm eine Kopfschmerztablette und spülte sie mit einem großen Glas Wasser hinunter. Zurück auf der Couch spürte sie, wie sich ihr Körper den Schlaf holte, der ihm zustand. Sie schlief in der Gewissheit ein, beim nächsten Aufwachen zumindest keine Kopfschmerzen mehr zu haben.

Drei Stunden später erwachte Sara.

Endlich ausgeschlafen. Ohne Kopfschmerzen fühlte sie sich deutlich besser. Sie setzte sich auf und griff nach ihrem Handy. Erst jetzt erkannte sie den verpassten Anruf von Robert und war sofort hellwach. Die Erinnerungen an die Party der letzten Nacht schossen ihr in den Kopf. Das wohlige Gefühl von Nähe durchströmte sie, während sie seinen Namen las. Der Anruf lag mehr als drei Stunden zurück. Sara war überrascht, wie sehr sie ihr Zeitgefühl im Stich ließ. Dann entdeckte Sie die ungelesene Nachricht von Robert. Er wollte sich um 15 Uhr im ‚Café32' mit ihr treffen. Erschrocken schaute sie auf die Uhr. Noch 50 Minuten. Das war knapp, aber möglich. Schließlich war sie keine Fashion-Queen, die stundenlang Make-up übereinander schichtete. Das Café lag auf halbem Weg zwischen ihrer und Roberts Wohnung. Wenn sie sich beeilte, würde sie es schaffen. Sie tippte eine kurze Antwort in ihr Telefon und sprang vom Sofa auf. Ihre Vorfreude war riesig. Etwa 40 Minuten später stand sie frisch geduscht und in ihren besten Klamotten vor dem Spiegel. Zufrieden prüfte sie ihr Outfit ein letztes Mal und verließ die Wohnung.

17

An diesem Freitag betrat Lucy erst nach dem Klingeln das Schulgelände. Sechs Tage vor ihrem letzten Schultag kam sie zum ersten Mal zu spät. Der Schulhof war leer und vereinzelt eilten andere Schüler an ihr vorbei, um noch Zeit aufzuholen. Doch Lucy war nicht in Eile. Die Pflichten der Schule fühlten sich nach den Ereignissen der letzten beiden Tage auf einmal unbedeutend an. Zudem war Lucy sicher, dass die fünf Minuten Verspätung ihr nicht schaden würden. Irritiert war sie an diesem Morgen gewesen, als die Sonne beim Aufwachen bereits in ihr Zimmer schien. Sie hatte zum ersten Mal in ihrem Leben verschlafen. Kein Wunder nach dieser Nacht. Sie fand zuerst keine Ruhe und als sie doch endlich eingeschlafen war, träumte sie die ganze Nacht von Reisen auf fremde Planeten und ähnlichem Unfug. Als sie das Klassenzimmer betrat, nuschelte sie eine Entschuldigung und setzte ihren ich-will-nicht-sprechen-lasst-mich-in-Ruhe-Blick auf.

In der Pause zischte sie in Christians Ohr: „Ich habe das Buch dabei. Lass uns einen Ort finden, an dem wir uns um wichtigere Dinge als um Schule kümmern können."

Christians überraschter Blick zauberte ein Grinsen in ihr Gesicht. Auch er schien zum Ende seiner Schulzeit seine Anwesenheitspflicht nicht mehr ganz so ernst zu nehmen und setzte ein fröhliches Gesicht auf.

„Wohin darf es denn gehen, Auserwählte?"

Sie knuffte ihn in die Seite. Einerseits genoss sie die Art, wie Christian seine Frage formulierte. Es klang wie ein Kompliment. Andererseits hatte sie es sich nicht ausgesucht, als PFB auserwählt zu sein. Lucy schlug vor, die große Pause nach der zweiten Stunde auszudehnen und in den Park zu gehen. Er war einverstanden. Die zweite Unterrichtsstunde war zäh wie Kaugummi. Die Lehrerin versuchte krampfhaft, ihre Schüler in den letzten Minuten ihrer Schulzeit zu Prüfungsexperten zu erziehen und besprach Strategien für das Heranwagen an komplexe Problemstellungen. Lucy hatte große Mühe, ihre Gedanken nicht allzu sehr abdriften zu lassen. Der Schulstoff kam ihr auf einmal gar nicht mehr komplex vor. In der Pause nutzten Lucy und Christian den Trubel, um sich in den Park abzusetzen. Dort wählten sie eine Bank im abgelegenen Teil der Grünfläche und setzten sich auf die Lehne. Lucy stellte ihren Rucksack auf der Sitzfläche zwischen ihren Beinen ab und zog das Buch heraus. Bevor sie es aufschlug, schaute sie sich noch einmal um und vergewisserte sich, dass ihnen niemand zuhörte. Als sie sicher sein konnte, dass sie allein waren, blätterte sie zu Kapitel 3. Mit geheimnisvoller Stimme las sie vor, was dort stand:

»Kapitel 3: Umgang mit Perlen

Beim Umgang mit den Perlen ist äußerste Vorsicht geboten. Interaktionen mit dem Planeten innerhalb der Perle erfolgen durch persönliche Reisen des PFB in das Innere der Perle. Zeigt der äußere Lichtschimmer der Perle eine notwendige Interaktion an, ist

eine Reise des PFB zum Planeten erforder-
lich, um die Ursache der Probleme vor Ort
zu lösen. Zur Durchführung der Reise stehen dem PFB folgende Werkzeuge zur
Verfügung:

Der Aktor

Der Aktor ist ein zangenartiges Greif- und
Fixierwerkzeug, mit dem die Perle aus dem
Kästchen der Truhe entnommen werden
kann. Dazu wird der vordere Teil des Aktors geöffnet und um die Perle herumgeführt.
Anschließend wird der Schalter am Griff
betätigt. Der Schalter aktiviert ein Magnetfeld, das die Perle aufnimmt und in der
Schwebe hält. Nun kann die Perle vorsichtig aus dem Kästchen entnommen werden.
Der Aktor fixiert die Perle während der gesamten Dauer der Interaktion. Es ist darauf zu achten, den aktiven Aktor während
der Interaktion aufrecht am Rand der
Truhe zu fixieren. Nach dem Ende der Interaktion muss die Perle vorsichtig in das
Kästchen zurückgelegt werden. Anschließend kann das Magnetfeld wieder abge-
schaltet werden. Alle anderen Werkzeuge
wie die Brille, der Selimundus und der
Gürtel sind nur bei einem aktivierten Magnetfeld nutzbar.

Die Brille

Über die Brille erhält der PFB Informationen zur Lage des Planeten, insbesondere Details zu Problemen und etwaigen Lösungsvorschlägen. Zu diesem Zweck projiziert die Brille Zusatzinformationen in das Blickfeld des Betrachters. Die Darstellung der Zusatzinformationen und weitere Details können nach Belieben verändert werden. Das Heran- und Wegzoomen ist im Blickfeld ebenfalls möglich.

Der Selimundus

Sollten sich im Inneren der Perle mehrere Planeten befinden, muss der PFB vor der Reise auswählen, zu welchem Planeten er reisen möchte. Die Auswahl des Planeten erfolgt mit dem Selimundus. Normalerweise ist eine Änderung der Planetenwahl nicht notwendig, da sich der Fürsorge-Auftrag des PFB auf einen bestimmten Planeten der Perle bezieht. Sollte eine Interaktion ausnahmsweise auf einem der anderen Planeten innerhalb der Perle erfolgen müssen, so wird der Name dieses Planeten mit den ersten neun Buchstabenringen eingestellt. Die Ringe 10 bis 15 kodieren ein Datum. Zu jeder Reise ist das Datum einzustellen, an dem die Reise stattfindet.

Falls mit den Daten-Ringen ein anderes als das aktuelle Datum eingestellt wird, ist keine Reise zum Planeten möglich. Wenn ein solches Datum eingestellt ist, kann durch die Brille der Zustand des Planeten zum eingestellten Zeitpunkt betrachtet werden. Wird ein Datum in der Vergangenheit eingestellt, ermöglicht dies eine Betrachtung des Planeten zum gewählten Zeitpunkt der Vergangenheit. Die Auswahl eines zukünftigen Datums am Selimundus erzeugt eine Projektion des wahrscheinlichsten Szenarios der Zukunft.

Der Gürtel

Über den Gürtel bestimmt der PFB den Beginn und das Ende seiner Reise. Schließt der PFB seinen Gürtel, transportiert dieser seinen Träger an den Ort der Brillenprojektion (vorausgesetzt, am Selimundus ist das aktuelle Datum eingestellt). An diesem Ort kann sich der Reisende frei bewegen. Der Gürtel muss während der gesamten Reise geschlossen bleiben. Nimmt der PFB den Gürtel wieder ab, endet die Reise.«

Lucy klappte das Buch zu. Sie musste das Gelesene erst einmal verdauen. Sie hob ihren Kopf und schaute Christian von der Seite an. Er hatte die ganze Zeit reglos neben ihr gesessen und zugehört. Auch ihm schien das Kapitel die Sprache verschlagen zu haben. Er brachte kein Wort heraus, hob die Augenbrauen und nickte vor sich hin.

Nach einer ganzen Weile sagte er: „Die Truhe ist ein echter Zauberkasten. Das ist alles so unglaublich. Ich weiß gar nicht, ob ich dich beglückwünschen oder bedauern soll. Einerseits klingt es wahnsinnig spannend, was du alles mit den Dingen anstellen könntest, die in der Truhe sind. Andererseits wäre das sicher auch richtig gefährlich. Es könnte so viel passieren."

Lucy stierte in die Ferne.

„Wenn ich daran denke, wie ich allein zu einer fremden Welt reise, wird mir schlecht. Warum muss mir so etwas nur passieren? Meine Neugier bringt mich irgendwann noch um."

Sie schwieg eine Weile.

„Andererseits muss ich den Gürtel ja nur wieder öffnen und bin sofort wieder hier", erklärte sie und ihr starrer Blick lockerte etwas auf.

„Ich sehe es in deinem Blick. Du willst wirklich eine solche Reise unternehmen. Du bist völlig verrückt!"

„Natürlich werde ich reisen. So eine Chance lasse ich mir doch nicht entgehen. Zumindest möchte ich einmal ausprobieren, ob die Dinge wirklich so funktionieren, wie sie im Buch stehen. Wir können ja mal schauen, ob die Perle im Aktor schwebt und wie das dann durch die Brille aussieht. Ich muss ja nicht gleich hinreisen. Vielleicht stimmt die ganze Geschichte ja auch nicht und es hat sich nur jemand einen Scherz erlaubt. Ob ich den Gürtel benutze oder nicht, kann ich ja immer noch entscheiden, wenn es soweit ist.”

Christian schaute Lucy fasziniert an. Wie mutig sie war. Er bewunderte ihre Fähigkeit, klar alle Fakten gegeneinander abzuwägen. Er fragte sich, ob es nicht ein wenig naiv war, diesem Hokuspokus zu glauben. Leichtsinnig kam Lucy ihm jedoch nicht vor. Vermutlich war sie tatsächlich zu Recht auserwählt, sich um einen Planeten zu kümmern. Niemand, den er kannte, würde den Mut und die Zuversicht aufbringen, all die Dinge anzugehen, die in diesem geheimnisvollen Buch beschrieben wurden. Anerkennend schaute er zu Lucy, die ihren Blick bereits wieder nach vorn gerichtet hatte.

„Du solltest es tatsächlich ausprobieren”, bestätigte Christian sie in ihrem Vorhaben, „am besten heute noch.”

Ruckartig drehte Lucy ihren Kopf zu Christian, um sich zu vergewissern, ob er auch meinte, was er sagte.

„Eben hast du mich noch für verrückt erklärt!”, erinnerte sie ihn mit vorwurfsvoller Stimme.

„Ja, es ist ja auch verrückt! Aber du hast doch längst entschieden, was du tun wirst und ich möchte dich dabei unterstützen.”

Christian sprach seine Worte voller Überzeugung und ohne sich viel dabei zu denken. Für Lucy bedeuteten seine Worte aber viel mehr. Sichtlich bewegt nahm sie ihre Hände vor dem Gesicht zusammen und vergrub ihre Nase darin. Für einen Augenblick schien sie mit den Tränen zu kämpfen. Dann umarmte sie ihn und flüsterte ihm ein Dankeschön ins Ohr. Nach einer Weile beschlossen sie, zurück zur Schule zu gehen und doch an den letzten Unterrichtsstunden teilzunehmen, obwohl sie sich zuvor einig waren, die Schule für diesen Tag links liegen zu lassen. Doch die Lektüre des Buches hatte sie umgestimmt. Beide verspürten plötzlich den dringlichen Wunsch nach Normalität. Es war, als wollten sie Kraft tanken, bevor sie sich am Nachmittag erneut dem Abenteuer widmen würden.

18

Das Café32 lag direkt an einer kleinen Kreuzung. Um diese Zeit war das Café noch fast leer. Sara trat ein und entdeckte Robert sofort im hinteren Teil an einem der Tische. Vor ihm stand ein Laptop. Er war anscheinend schon länger hier, denn auf seinem Tisch standen ein leerer Teller und eine Tasse. Als Robert sie sah, klappte er seinen Laptop zu, stand auf und kam ihr um den Tisch herum entgegen. Sie küssten sich zur Begrüßung. Sara war stolz auf sich, es trotz aller Umstände halbwegs pünktlich ins Café geschafft zu haben. Gleichzeitig verunsicherte es sie, sich nicht mehr an alle Details des letzten Abends erinnern zu können. Doch die Nähe von Robert gab ihr schnell ihr Selbstvertrauen zurück. Sara hatte das Gefühl, sie müsste sofort alles über Robert herausfinden und Robert ging es nicht anders. Er war zwar schon seit mehr als drei Stunden hier, konnte aber kaum einen klaren Gedanken an seine Arbeit fassen. Er brannte darauf, zu erfahren, was Sara für ein Mensch war. Gemeinsam sogen sie ein Detail nach dem anderen aus dem Leben des anderen in sich auf. Kindheit, Hobbys, Zukunftsträume. Robert fand es erstaunlich, wie ähnlich sie sich waren.

„Worum ging es bei deiner Konferenz vorgestern eigentlich?", fragte sie ihn schließlich.

„IT-Sicherheit. Bei der Konferenz kommen verschiedene Gruppen aus dem IT-Umfeld zusammen: IT-Sicherheitsbeauftragte, die in Unternehmen sitzen und aufpassen, dass deren Daten nicht geklaut werden, IT-Unternehmen, die Produkte herstellen, interessierte Bürger und viele weitere. Sie alle beschäftigen sich mit den Folgen der technischen Entwicklung."

Sara hörte geduldig zu, nickte und signalisierte ihm, fortzufahren.

„Der Sicherheit wird in letzter Zeit immer mehr Aufmerksamkeit geschenkt. Dadurch, dass die technische Entwicklung in so vielen Bereichen gleichzeitig voranschreitet, erkennt kaum jemand mehr die Zusammenhänge und die Risiken, die durch einen kombinierten Einsatz neuer Technologien entstehen. Mich hatten sie dazu eingeladen, den großen Bogen aufzuspannen und in meinem Vortrag ein Bild der Zukunft zu zeichnen, das die Gemengelage zusammenfasst."

„Und? Hast du die Erwartungen erfüllen können?"

„Ich glaube ja. Auch wenn mir das manchmal etwas seltsam anmutet. Erst erzähle ich den Leuten, dass wir zielsicher auf eine Katastrophe zusteuern und anschließend feiern sie mich für meine schlüssige Herleitung und bedanken sich für die neuen Perspektiven."

Sara schaute irritiert.

„Warum steuern wir denn auf eine Katastrophe hin?"

Robert fasste die Inhalte seiner Rede für Sara zusammen. Sorgsam lauschte sie seinen Worten über die Abhängigkeit kritischer Infrastrukturen von funktionierenden IT-Systemen.

„Ich finde, du siehst das ganz schön pessimistisch", gestand sie.

Robert protestierte: „An dieser Stelle steigen die meisten meiner Gesprächspartner aus." Gerade war er an dem Punkt angekommen, dass es für ihn eher die Frage sei, WANN katastrophale Ausfälle auftreten würden, als die Frage OB es diese geben würde.

„Niemand scheint hier bereit zu sein, eins und eins zusammenzuzählen."

„Zumindest überrascht mich, wie radikal du das Ganze betrachtest und das Thema zu Ende denkst."

Sie hatte schon einmal davon gelesen, wie Hacker in Industrieanlagen eingedrungen seien, um Schaden anzurichten. Das Szenario, in welchem Angreifer gezielt Infrastruktur angreifen, um diese lahmzulegen, war ihr neu.

Sie stellte ihn zur Rede: „Was sollten denn die Menschen deiner Meinung nach tun, wenn sie eins und eins zusammenzählen und sie die Ausfälle doch nicht verhindern können?"

„Sie müssen sich darauf vorbereiten!", kam seine Antwort wie aus der Pistole geschossen.

Er setzte nach.

„Die Menschen müssen sich so gut vorbereiten, dass Ausfälle ihnen nichts anhaben können. Oder wenigstens nicht in kürzester Zeit zu einer Katastrophe für sie werden."

Sara schaute überrascht.

„Und wie sollen die Menschen sich vorbereiten?"

Auf diese Frage schien Robert gewartet zu haben.

„Das kommt darauf an, welches Szenario man für wie wahrscheinlich hält. Je nachdem, auf was man sich vorbereitet, sind andere Maßnahmen notwendig."

Sara hörte gespannt zu. Robert sprach weiter:

„Nimm als Beispiel die Stromversorgung. Fällt die aus, gibt es in großen Städten innerhalb von wenigen Tagen Mord und Totschlag. Und das nur, weil niemand Vorräte für diesen Fall angelegt hat."

Sie unterbrach ihn. Seine Überlegungen gingen ihr anscheinend zu schnell.

„Warum sollte es innerhalb von wenigen Tagen Mord und Totschlag geben, nur weil der Strom ausfällt?"

„Kennst du das Buch 'Blackout' von Marc Elsberg?"

Sie schüttelte den Kopf.

„Darin ist beschrieben, was mit einer Gesellschaft passiert, wenn Hacker ihr den Strom abdrehen. Öffentliche Verkehrsmittel fahren nicht mehr, Tankstellen können kein Benzin und Diesel in die Fahrzeuge pumpen und Supermärkte schließen, weil deren Kassen nicht funktionieren. Die ersten Plünderungen gibt es innerhalb von Stunden. Hinzu kommen Themen, an die man gar nicht denkt. Auch die Wasserversorgung fällt nach einigen Stunden aus, wenn den Notstrom-Generatoren der Wasserwerke der Diesel ausgeht. Und ohne Wasser wird es schnell ungemütlich. Nicht nur, weil wir ohne Wasser nichts zu trinken haben. Die Fäkalien werden nicht mehr abtransportiert und konzentrieren sich in der Kanalisation. Innerhalb weniger Tage drohen in großen Städten Seuchen."

Saras Blick wurde fahl. Irgendwie hoffte sie, das alles würde niemals eintreffen.

Als könne er ihre Gedanken lesen, sagte er: „Die meisten Menschen hoffen einfach, das alles würde niemals eintreten. Ich wünsche mir auch, dass uns das erspart bleibt. Aber nachdem ich mich ein wenig mit dem Thema beschäftigt habe, glaube ich, dass etwas Vorsorge nicht schadet. Sara musste zugeben, daran bisher überhaupt nicht gedacht zu haben. Jetzt hatten sie Roberts Worte überzeugt.

„Hast du schon vorgesorgt?"

„Ehrlich gesagt, bin auch ich noch am Anfang", gab Robert zu. „Ich habe einige Zeit im Internet recherchiert, was andere machen. Aber hauptsächlich findet man Spinner, die sich auf den Weltuntergang vorbereiten. Menschen, die sich darum streiten, ob Nostradamus oder das Ende des Mayakalenders die biblische Apokalypse präziser vorhersagen."

Sara schnaubte verächtlich etwas Luft aus der Nase, während sie Robert weiter zuhörte.

„Und dann gibt es Prepper. Die scheinen es ernst anzugehen."

Sara schaute ihn fragend an.

„Prepper? Träumen die auch vom Weltuntergang?"

Er schüttelte den Kopf.

„Nicht direkt. Es ist eher eine Bewegung von Menschen, die sich um Notfallvorsorge kümmern. In den Communities ist die Rede von atomaren Katastrophen, Evakuierungen bei Hochwasser oder Erdbeben. Es gibt für jeden Fall Empfehlungen, was zu tun ist."

„Fallen auch IT-Ausfälle darunter?"

„Nicht direkt. Aber das müssen sie auch nicht", betonte Robert, „entscheidend ist, dass elementare Dinge wie Trinken, Essen, Licht, Wärme oder Strom nicht verfügbar sind.

Für jede dieser Kategorien gibt es Möglichkeiten, vorzusorgen."

„Das klingt logisch, aber auch ziemlich aufwändig. Meinst du denn, man kann sich überhaupt so gut vorbereiten, dass man im Notfall selbstständig und ohne Hilfe auskommt?"

Er dachte einen Augenblick nach.

„Je nachdem, für welches Ausmaß an Katastrophe man vorsorgen möchte, müssen die Vorbereitungen vermutlich anders aussehen. Was den Umfang der Vorsorge betrifft, bin ich noch nicht sicher, wie viel Aufwand bei dem Thema gerechtfertigt ist."

Sara bestellte noch ein Getränk. Von beiden unbemerkt hatte sich das Café mit anderen Gästen gefüllt. Es war Abend geworden. Robert und Sara genossen die gemeinsame Zeit. Am Ende des Abends verabredeten sie sich für das kommende Wochenende. Robert kam es unendlich lange vor, Sara den Rest der Woche nicht sehen zu können. Trotzdem hatte er Verständnis, denn Sara stand kurz vor dem Abschluss ihres Studiums und musste sich für einige wichtige Prüfungen vorbereiten.

19

„Nummer 12 und Nummer 23 zum Mitnehmen, bitte.”

Christian wählte an diesem Tag sicherheitshalber zwei Gerichte, die beide mochten und schon öfter gegessen hatten. In der Vergangenheit war er nach der Schule bereits mehrfach mit Lucy hier gewesen. Asiatisch schmeckte ihnen beiden fantastisch. Während er zusah, wie der Koch hinter dem Tresen die Nudeln wendete und das Gemüse hinzugab, dachte er an Lucy. Beide hatten vor der letzten Stunde vereinbart, sich aufzuteilen. Lucy wollte direkt nach Hause gehen und alles vorbereiten. Christian, der mit seinem Lehrer noch etwas besprechen musste, sollte hinterherkommen und etwas zu Essen mitbringen. Geschickt hantierte der Koch mit mehreren Woks gleichzeitig auf dem Gasherd. Nach wenigen Minuten waren die Speisen verpackt und er bereits auf dem Weg zu Lucy. Ihre Eltern kamen erst am Abend nach Hause und daher hatten sie nun mehrere Stunden Zeit für die Truhe und ihre sonderbaren Schätze.

Sie hatte den Inhalt der Truhe bereits sorgsam in der Mitte ihres Zimmers ausgebreitet. Anders als beim letzten Mal lagen die Gegenstände nicht auf dem Bett, sondern ordentlich nebeneinander aufgereiht auf dem Fußboden. Alle anderen Dinge, die ihr im Weg waren, hatte sie anderweitig verstaut, um Platz zu schaffen. Nun saßen Lucy und Christian wie vor einem Altar im Schneidersitz und aßen chinesische Mie-Nudeln aus Plastiktellern. Lucy war es wichtig, nichts zu überstürzen. Was vor ihr lag, war alles andere als alltäglich und daher wollte sie nicht unvorbereitet sein. Eine warme Mittagsmahlzeit gehörte für sie genauso dazu wie das Bereitlegen aller Hilfsmittel. Als ihre Teller leer waren, machte Lucy Ordnung und griff dann zum Buch. Von vorne nach hinten blätterte sie chronologisch alle gedruckten Seiten durch und überflog noch einmal den Text. Christian beschränkte sich darauf, ihr zuzusehen und überwachte die Situation von der Seite. Nachdem sie fertig gelesen hatte, griff sie nach dem kleinen Holzkästchen, in dem die Perle aufbewahrt wurde. Ruhig betrachtete sie den Deckel mit dem Bild des Sonnensystems. Nach all dem, was sie inzwischen über die Truhe und deren Inhalt gelernt hatte, war sie sich inzwischen sicher, ein Sonnensystem und kein Atom zu erkennen. Das Kästchen war so etwas wie eine minimierte Kopie der Truhe. Auch hier gab es ein Hakenschloss, das seitlich in eine Öse eingehakt war. Vorsichtig schob Lucy den Haken zur Seite und öffnete das Kästchen. Was sie nun sah, war ganz und gar magisch. Sie schaute in das Innere des Kästchens und erblickte etwas, was sie sich nie hätte vorstellen können. Weißer, schwerer Rauch füllte das Kästchen völlig aus. Der leichte Luftzug des hochgeklappten Deckels wirbelte die oberste Schicht des Rauches auf und er quoll schwer über die Kanten des Kästchens und sank zu allen Seiten auf den Teppich. Langsam gab der verschwindende Rauch den Blick frei auf die Perle. Lucy und Christian hielten die Luft an. Was sie sahen, wirkte so kostbar und zerbrechlich, dass sie es nicht wagten, es mit ihrem Atem zu vermischen.

Eine pechschwarze Perle füllte das Kästchen beinahe vollständig aus. Um die Perle herum schimmerte der Rauch grün. Die Oberfläche der Perle war unsichtbar und wirkte, als sei sie tausend Mal dünner als eine Seifenblase. Die äußere Grenze war überhaupt nur dadurch wahrnehmbar, dass der grünliche Rauch davon trennscharf abgeschnitten wurde. Niemals würde Lucy es wagen, sie zu berühren. Mit angehaltenem Atem beugte sie sich näher über das Kästchen und betrachtete die Perle genauer.

Als sie fertig war, hob sie ihren Kopf und sagte: „Das Ding ist unsichtbar. Falls es überhaupt eine Oberfläche gibt, ist sie durchsichtig. In der Mitte der Perle schimmert ein winziger heller Punkt. Den habe ich zuerst gar nicht bemerkt. Schau ihn dir mal von Nahem an."

Auch Christian hielt nun seinen Atem an und beugte sich sehr dicht über das Kästchen nach vorn. Nach kurzer Zeit hob er sachte nickend den Kopf.

„Es könnte eine minimalistische Sonne sein", mutmaßte er schließlich, „nach all dem, was wir gelesen haben, scheint die Perle ein Sonnensystem zu sein. Und der winzige Punkt in der Mitte ist die Sonne. Sie ist unfassbar geschrumpft und vermutlich auch sehr weit entfernt vom äußeren Rand des Sonnensystems."

Lucy ließ sich seine Worte immer wieder durch den Kopf gehen. Sie selbst hatte keine bessere Erklärung. Alles passte zusammen.

„Und der grüne Schimmer des Rauches direkt an der Grenze der Perle?", fragte sie.

„Das bedeutet wohl, dass mit dem Planeten da drin alles in Ordnung ist."

Vorsichtig griff sie zur Brille und setzte sie auf. Der Tragekomfort war bemerkenswert. Sie war keine Brillenträgerin und immer, wenn sie die Brille einer Freundin probierte, störten sie die Ränder im Blickfeld oder die Bügel auf dem Ohr. Diese Brille war anders und ihr war klar, sie würde schnell vergessen, dass sie sie trug. Lucy erwartete in diesem Moment, irgendetwas Bemerkenswertes würde geschehen. Doch zu ihrer Enttäuschung geschah nichts. Etwas niedergeschlagen drehte sie sich zu Christian und zuckte mit den Schultern.

„Die Brille steht dir", meinte er und grinste nur. „Sie ist vermutlich noch nicht aktiviert. Wir brauchen zuerst den hier."

Er hob den Aktor hoch und fuchtelte damit vor Lucys Augen herum. Lucy, deren Anspannung für solche Späße zu groß war, mahnte ihn schroff zu mehr Vorsicht. Vielleicht war es auch verletzter Stolz, der aus ihr sprach, weil sie nicht selbst darauf gekommen war, weshalb die Brille noch nicht funktionierte. Christian reagierte gelassen und hielt den Aktor fest in seinen Händen.

„Soll ich es mal probieren?"

„Sei bitte vorsichtig", sagte sie nun mit sanfterer Stimme und schaute ihm zu.

Christian drückte die Schenkel des Griffes leicht zusammen. Über ein Gelenk in der Mitte der Zange wurde seine Kraft umgelenkt und der vordere Teil der Zange öffnete sich gleichmäßig. Er drückte etwas fester zu und beobachtete, wie sich der vordere Teil weiter öffnete. Dann ließ er nach und schloss ihn wieder. Behutsam wiederholte er diesen Vorgang, bis er ein Gefühl dafür besaß, wie der Aktor arbeitete. Er schaute kurz zu Lucy hinüber, die entschlossen nickte. Dann öffnete er den Aktor vollständig und führte den vorderen Teil langsam und vorsichtig von oben in das Kästchen ein. Als die Zange links und rechts neben der Perle schwebte, schloss er den vorderen Teil langsam. Die Perle war nun vom Aktor eingeschlossen und Christian gab sich die größte Mühe, nicht zu wackeln. Vorsichtig schob er mit dem Daumen den Schiebeschalter des Aktors nach vorn. Mit einem sanften Klick rastete der Schalter in seiner neuen Position ein. Genau in dieser Sekunde begann der vordere Teil des Aktors plötzlich in einem weißen Licht zu schimmern und ein sanftes, summendes Geräusch signalisierte ein aktiviertes Magnetfeld rund um die Perle. Gleichzeitig leuchteten die Ringe, Buchstaben und Ziffern des Selimundus auf. Am heftigsten reagierte jedoch Lucy auf den Klick des Aktors. Sie zuckte vor Schreck zusammen und stieß ein kurzes 'Aaah!' aus. Ihre Brille hatte sich von einem Moment auf den anderen aktiviert. Während sie die Brille vorhin noch überhaupt nicht bemerkt hatte, saß diese nun spürbar fester an ihrem Kopf, jedoch ohne zu drücken. Es fühlte sich an, als wäre die Brille fest mit ihren Gehirnströmen verbunden und als hätte sie einen völlig neuen Sinn zu Sehen erworben. Die Farben nahm sie nun deutlich intensiver und differenzierter wahr. Die Brille fokussierte in rasender Geschwindigkeit Dinge, die sie betrachtete und ermöglichte noch viel mehr. Lucys Blick fiel auf ihr Sofa und den Stoff darauf. Für einen Bruchteil einer Sekunde versuchte sie die Struktur des Stoffes zu erkennen und sofort vergrößerte ein zentraler Bereich ihres Blickfeldes den Bereich des Stoffes und zoomte ihn heran. Sie konnte deutlich die Webstruktur erkennen und sah mit einem Mal, wie die Fäden ineinandergriffen. Von der ungewohnten Perspektive erschrocken, lenkte sie ihren Blick zur Seite und fokussierte ihren Schreibtisch. Sofort konnte sie alle Bereiche des Blickfeldes erfassen. Die intensiven Farben überwältigten sie. Auf ehemals gleichfarbigen Flächen konnte sie nun kleinste Farbunterschiede erkennen. Es war, als hätte sie das Kommando in einer neuen Dimension übernommen. Sie fokussierte mehrfach einzelne Details und lernte blitzschnell, kurz darauf wieder das große Ganze ins Blickfeld zu nehmen. Begeistert schaute sie sich in ihrem Zimmer um. Als ihr Blick auf Christian schwenkte, sah sie, wie er gerade dabei war, den Aktor samt schwebender, schwarzer Perle aus dem Kästchen zu heben. Er war konzentriert und schien von Lucys neuer Dimension noch nichts mitbekommen zu haben. Vermutlich dachte er, sie hätte sich wegen des Lichts und Summens des Aktors oder der leuchtenden Schrift auf dem Selimundus erschrocken. Behutsam hob er die Perle immer höher, bis sie im Aktor fast senkrecht über seiner Hand nach oben zeigte. Dann schwenkte er mit dem Aktor hinüber zur Truhe und versenkte den Griff in einer Lasche am Rand der Seitenwand. Vorsichtig ließ er den Griff des Aktors hineingleiten und prüfte, ob alles auch fest saß. Nachdem er sich von der Konstruktion überzeugt hatte, nahm er langsam seine Hände zurück. Er ließ die Perle im Magnetfeld nicht aus den Augen, um jederzeit eingreifen zu können, falls sich doch noch eine Bewegung abzeichnen sollte. Nach einigen Sekunden legte er seine Hände langsam zurück in seinen

Schoß. Er wirkte zufrieden mit seiner Arbeit. Wie ein Zauberer, der auf seinen Applaus wartet, drehte er sich zu Lucy um und schaute ihr direkt ins Gesicht. Seine stolzen Gesichtszüge erstarrten in der Sekunde, als er sie sah. Sie hatte sich auf wundersame Art und Weise verändert. Zuerst war er überzeugt, sich zu täuschen, doch je länger er Lucy ansah, desto sicherer wurde er. Die aktivierte Brille hatte ihr Erscheinungsbild vollkommen verändert. Sie wirkte seltsam unnahbar und gleichzeitig anziehend hübsch. Ihre Haut war viel heller geworden und ihre blonden Haare schienen fast zu leuchten.

„Du siehst magisch aus", flüsterte Christian.

„Ich fühle mich auch gerade so, als hätte ich magische Kräfte", gluckste Lucy, „durch die Brille sehe ich die Welt viel bunter und ich erkenne Details, die ich noch nie zuvor gesehen habe", schwärmte sie.

Sie richtete ihren Blick auf die Perle und Christian konnte sehen, wie sich ihre Pupillen weiteten. Gebannt schaute sie auf die Perle und schien vollkommen erstarrt zu sein. Eine gefühlte Ewigkeit saß Lucy reglos da und hielt ihren Blick fest nach vorn gerichtet. Christian schaute abwechselnd auf die Perle und auf Lucy. Auch ihm war es nicht entgangen, dass die Perle noch faszinierender aussah, seitdem er den Aktor eingeschaltet hatte. Ihre Euphorie konnte er aber beim besten Willen nicht teilen. Sie verhielt sich so, als hätte das Teil sie hypnotisiert. Mit der Zeit fühlte er sich völlig deplatziert. Er wusste nicht, ob sie ihn überhaupt noch wahrnahm oder ob sie jemals wieder woanders hinschauen würde.

Nach einer weiteren Zeit des Wartens fragte er sehr leise: „Was siehst du?"

Sie schwieg und regte sich nicht. Gerade als Christian beschlossen hatte, etwas lauter nachzufragen, hörte er ihr Flüstern:

„Es ist un-glaub-lich."

Christian lauschte aufmerksam ihren Beschreibungen.

„Ich sehe eine Sonne und Planeten. Ich kann hinfliegen und wegzoomen. Es geht alles wahnsinnig schnell. Wenn ich etwas nicht kenne, wird sofort ein Label eingeblendet. Ich kann die ganze Welt steuern."

Christian zog die Augenbrauen hoch.

„Lucy, ich verstehe kein Wort. Du redest wirres Zeug."

Sie schüttelte vehement den Kopf.

„Nein, nein. Ich bin nicht wirr. Ich sehe alles ganz deutlich. Die Brille verändert meinen Blick auf die Welt in der Geschwindigkeit, mit der ich mir in meinem Kopf Gedanken über das Gesehene mache."

Lucy berichtete ihm von den Fäden ihres Sofas und deutete ohne den Blick von der Perle zu nehmen auf das Sofa neben sich.

„Wenn ich in diese Perle hineinsehe, kann ich in nur einem Augenblick unendliche Entfernungen überbrücken. In der Perle befindet sich ein Sonnensystem mit einem Stern in der Mitte. Ich habe auch schon einige Planeten entdeckt. Sie sind winzig klein im Vergleich zur Sonne. Immer wenn ich mir wünsche, einen Planeten genauer kennenzulernen, zoomt mein Blickfeld direkt dorthin und zeigt ihn mir. Darüber schwebt ein Label mit dessen Namen und der Information, die mich gerade dazu interessiert."

Christian verstand nun, warum Lucy seit mehreren Minuten in die Perle starrte.

„Kannst du sehen, um welchen Planeten du dich kümmern musst?"

Lucy reagierte nicht. Es sah so aus, als müsste sie ihre Gedanken darauf konzentrieren, die Antwort zu finden.

„Hier ist er!", rief sie plötzlich. „Ja, das ist eindeutig markiert. Es ist auch der einzige bewohnte Planet in diesem Sonnensystem."

„Und wie heißt er?", fragte Christian neugierig.

„Erde."

20

Sara war aufgeregt. Seit drei Tagen hatte sie Robert nicht mehr gesehen und nun würde sie zwei ganze Tage mit ihm verbringen. Hoffentlich erging es Robert genauso. Sie konnte es kaum erwarten, ihn endlich wiederzusehen. Die Prüfungen der vergangenen Tage hatte Sara erstaunlich konzentriert hinter sich gebracht, aber nun brach sich ihre Nervosität ungehindert ihre Bahnen. Sie fragte sich, warum sie nicht schon viel früher diese kindliche Vorfreude verspürt hatte. Wäre sie nicht durch ihre Prüfungen abgelenkt gewesen, hätte sie das ganz sicher nicht ausgehalten. Beide hatten verabredet, eine gemeinsame Fahrradtour zum Bauernhof zu unternehmen, den Robert bald sein Eigen nennen würde. Ein Zelt und zwei Schlafsäcke wollte Robert mitnehmen, sodass beide dort übernachten konnten. Robert wollte auf dem Weg bei seinen Eltern vorbeifahren. Sara hielt das für keine gute Idee. Sie kannten sich schließlich erst seit kurzem und hatten sich nur dreimal gesehen. Robert schien damit überhaupt keine Probleme zu haben und sah das ganz pragmatisch. Seinen Eltern hatte er noch nichts von dem überraschenden Erbe erzählt. Das wollte er heute nachholen. Und ganz nebenbei hielt er es auch für eine gute Gelegenheit für Sara, die beiden kennen zu lernen. Die Unbefangenheit, mit der Robert an das Thema heranging, überraschte Sara. Bei ihren früheren Beziehungen hatten ihre Freunde stets ein riesiges Thema daraus gemacht, sie den Eltern vorzustellen. Die Begründung, zuerst sicherzugehen, ob die Beziehung auch etwas Ernstes und Dauerhaftes wäre, kam ihr im Nachhinein wie Hohn vor. Da war ihr Roberts ungezwungene Herangehensweise deutlich lieber. Trotzdem machte sie sich Gedanken, was seine Eltern wohl von ihr halten würden. Sie packte gerade die letzten Sachen in eine Fahrradtasche, als es an der Tür klingelte. Es war Robert. Endlich.

Die Begrüßung fiel deutlich intensiver aus als beim letzten Mal im Café. Im Türrahmen ihrer Wohnungstür umarmten und küssten sich beide, als gelte es, eine monatelange Trennung wieder zu heilen. Die Sehnsucht, die beide gespürt hatten, entlud sich in diesem Moment.

„Wollen wir unsere Radtour vielleicht um ein paar Stunden verschieben und du kommst einfach noch einmal herein?", hauchte Sara ihrem frisch verliebten Partner entgegen.

Robert lächelte, ihm gefiel die Botschaft zwischen den Zeilen und sein Inneres rief ihm ein klares Ja! Ja! Ja! zu. Doch er erinnerte sich an ihren Plan für den heutigen Tag und sagte deshalb: „Nein, Liebste. Unser Zug fährt in ein paar Minuten und die schöne Natur erwartet uns sportliche Radler. Außerdem sind wir zum Café bei meinen Eltern verabredet."

Mit einem Mal war Sara wieder ganz bei sich. Beim ersten Treffen wollte sie ihre potentiellen Schwiegereltern natürlich nicht versetzen. Es war vermutlich besser, am vereinbarten Zeitplan festzuhalten. Sehnsüchtig verabschiedete sie sich von dem Gedanken, Robert an Ort und Stelle zu zeigen, wie anziehend sie ihn fand. Aber aufgeschoben war schließlich nicht aufgehoben. Nur sein verführerisches Grinsen würde sie noch wahnsinnig machen, dessen war sie sich ganz sicher.

21

„Erde?!", entfuhr es Christian. „Wie sieht dieser Planet aus?"

Lucy war noch eine Weile vertieft und sagte dann: „Auf der Oberfläche ist die Erde blau. Vermutlich Wasser."

Während sie redete, wechselte ihr Blickfeld von der Perspektive des gesamten Planeten auf eine Detaildarstellung des Ozeans, die sie hohe Wellen erkennen ließ.

„Ja. Es ist Wasser."

Nach dieser ersten Erkenntnis vergrößerte sie ihre Perspektive.

„Auf der Oberfläche scheint es auch etwas Land zu geben. Das Land sieht grün und braun aus. Um die Erde herum herrscht ziemliches Chaos. Es fliegen hunderte Metallteile mit Sonnensegeln umher. Sie heißen Satelliten. Sie fliegen kreuz und quer durcheinander in verschiedenen Höhen um die Erde herum. Alles sieht unaufgeräumt und chaotisch aus."

Christian beobachtete Lucy, die begeistert davon berichtete, was sie alles über die Erde erfuhr.

„Siehst du, was deine Aufgabe ist oder worum du dich kümmern sollst?"

Sie schaute eine Weile und begann dann zu erklären:

„Das ist irgendwie verwirrend. Einerseits sagt ein Status auf dem Label, es gebe im Moment keinen Handlungsbedarf. Andererseits scheint es dem Planeten nicht wirklich gut zu gehen."

Sie las einige Informationen und brabbelte vor sich hin.

„Hej! Bitte lies so, dass ich auch etwas davon habe", protestierte Christian.

„Sorry, aber das verstehe ich nicht. Ich sehe Labels mit Statistiken von Sauerstoff-Anteilen in der Atmosphäre mit grafischen Darstellungen, die auch in der Zukunft als stabil vorausgesagt werden. Einige andere werden ähnlich angezeigt. Das sieht alles gut aus. Aber dann gibt es Graphen, deren Zukunft völlig unvorhersehbar zu sein scheint. Einer dieser Graphen heißt Bewohnbarkeit. Aktuell ist dieser Graph im grünen Bereich und das ist er auch noch in 6, 12 und 18 Monaten. Danach scheint die Zukunft jedoch ungewiss zu sein. Die Ausschläge des Graphen zeigen einen breiten Bereich der möglichen Folgeentwicklung an. Wenn ich dazu eine Liste der Bedrohungen für die Bewohnbarkeit aufrufe, erscheinen enorm viele Punkte. Das kann sich doch keiner merken! Hoffentlich verstehe ich das irgendwann."

Sie hielt einen Moment inne.

„Ich habe jetzt die Listen ausgeblendet und schaue mir die Landflächen von oben an. Das sieht an vielen Stellen so aus wie bei uns. Es gibt Städte, Dörfer, Wälder, Felder und Wüsten. Die Bewohner heißen auch Menschen und sogar Autos gibt es in den Städten und Dörfern. Durch die Brille kann ich beliebig reinzoomen und dabei sein. Es sieht aus wie bei uns. Ich bin gespannt, was passiert, wenn ich den Gürtel benutze."

„Du willst was?!" Christian riss schockiert die Augen auf.

Er verspürte Angst um Lucy. Was, wenn sie verschwand und nicht mehr wiederkam? Er wollte sie unbedingt davon abhalten.

„Lucy, ich finde du solltest auf keinen Fall schon jetzt den Gürtel benutzen. Schließlich ist alles grün und das heißt, es sind keine Interaktionen notwendig. Eine Reise wäre völlig unnötig. Darum solltest du nichts umsonst riskieren."

Er bettelte sie fast an. Doch seine Worte prallten an ihr ab.

„Christian, ich habe alles unter Kontrolle. Wirklich. Mit der Brille kann ich alles steuern. Ich kann quasi direkt dorthin steuern, wo ich hin möchte. Wenn ich einen guten Landeplatz finde, der abgelegen ist, kann doch eigentlich nichts passieren. Lieber probiere ich jetzt aus, wie sich das anfühlt, als wenn ich später mitten ins Geschehen muss und noch nicht weiß, wie es funktioniert."

Er war hin- und hergerissen. Lucys Argumentation war nachvollziehbar. Dennoch empfand er zunehmend Panik bei dem Gedanken, sie könnte von der schwarzen Perle eingezogen werden, während er allein zurückbleibt. Wie sollte er das ihren Eltern erklären? Was, wenn die Zeit dort viel langsamer verging und er hier eine Ewigkeit warten müsste, nur weil Lucy ein paar Minuten in der fremden Welt herumspazierte? Oder was - er wollte gar nicht daran denken -, wenn sie dort getötet würde? Kam sie dann nie mehr zurück?

„Bitte nimm den Selimundus", sagte Lucy und riss ihn aus seinen Gedanken. Lucy schien fest entschlossen. Apathisch griff er nach der Holzkapsel.

Sie diktierte: „Die Buchstabenringe müssen auf E, R, D und E eingestellt werden. Die letzten fünf Buchstaben bleiben leer. Stell bitte das heutige Datum ein."

Christian drehte alle Ringe entsprechend Lucys Anweisungen ein. Die Mechanik der Ringe hatte sich mit der Aktivierung leicht verändert. Während sich die Ringe bereits zuvor gut drehen ließen und an jeder Position sauber einrasteten, lieferte der Selimundus im aktivierten Zustand eine kontextbezogene Rückmeldung. Nachdem Christian den letzten Buchstaben eingedreht hatte, gab es eine kurze Vibration, als bestätigte die Kapsel die gewählte Einstellung. Am Ende der Datumswahl spürte er erneut diese Vibration. Christians Nervosität stieg.

Er besprach seine Bedenken hinsichtlich der außergewöhnlichen Reise mit Lucy.

Sie hatte Verständnis für seine Einwände und versprach ihm, vorsichtig zu sein. Sie wollte nur ein paar Minuten dort bleiben und sich ein wenig umschauen. Anschließend würde sie sofort zurückkommen und dann könnten sie vergleichen, wie viel Zeit jeweils vergangen war. Außerdem würde sie einen abgelegenen und gut einsehbaren Ort aufsuchen. Möglicherweise gab es Tiere, vor denen sie sich schützen musste. Daher wollte sie nicht im Wald landen. Sie fand eine flache Landschaft mit einer kleinen, abgelegenen Straße und einigen Büschen. Als Landeplatz wählte sie die von der Straße abgewandte Seite der Sträucher. Hinter den Büschen war ein Feld mit gelben Pflanzen, die etwa halb so hoch waren wie Lucy. Hier wollte sie landen.

„Bitte reich mir den Gürtel", bat sie, ohne den Blick von der Perle abzuwenden.

Er gab ihr den Gürtel und half ihr beim Umlegen. In ihrer linken Hand hielt Lucy nun die Schnalle mit der Dreifach-Dornenschließe und in ihrer rechten Hand hielt sie das andere Ende des Gürtels, an dem Reihe für Reihe hintereinander jeweils drei Riemenlöcher gestanzt waren. Sie gingen noch einmal die Prozedur durch, die sie im Buch gelesen hatten. Lucy würde die Schnalle schließen und damit ihre Reise beginnen. Wie genau die Reise verlief und was genau passieren würde, wussten sie noch nicht. Sicher war nur, dass Lucy ihre Reise beenden konnte, indem sie den Gürtel wieder öffnete. Nachdem beide sich versichert hatten, dass alles besprochen war, konnte es losgehen. Sie wünschten einander alles Gute und verabschiedeten sich. Lucy, die ihren Blick immer noch fest auf die Perle richtete, führte ihre Hände sanft zueinander und fädelte den Riemen durch die Schnalle. Sie zog den Gürtel zu, bis die Schnalle ihren Bauch berührte und steckte die drei Dornen in die Riemenlöcher.

22

Während der Zugfahrt aus der Stadt heraus fühlte sich Sara
beflügelt, so als hätte sie lauter Schmetterlinge im Bauch.
Bei der anschließenden Radtour vom Bahnhof zum Haus
von Roberts Eltern kamen sie an wunderschöner Landschaft vorbei. Der Radweg führte durch sattgrüne Wiesen,
kleine Wäldchen und überquerte kleine Bäche. Dies alles
gemeinsam mit Robert zu sehen, verschaffte ihr ein woh-
liges, bisher unbekanntes Gefühl. Auch wenn sie Robert
erst seit Kurzem kannte, spürte sie das beruhigende Gefühl, im Leben angekommen zu sein. Während sie sich bei
allen vorherigen Beziehungen fragte, ob das wohl der richtige Partner für sie sei und woran sie das merken würde,
war das hier völlig anders. Auf eine ihr unbekannte Art und
Weise stimmte die Chemie zwischen ihnen beiden. Sie verstanden sich bereits ohne Worte. Lange Blickkontakte mit
Robert verrieten ihr, dass er ebenso fühlte. Alles schien so
perfekt. Vermutlich war das der Grund, warum sie zunehmend nervöser wurde, als sie sich Roberts Elternhaus näherten. Früher war es ihr egal gewesen, was die Eltern ihrer
Freunde über sie dachten. Heute nicht. Heute war es ihr
wichtig, einen guten Eindruck zu hinterlassen. Sie wollte
Roberts Eltern davon überzeugen, dass sie die Richtige für
ihren Sohn war.

Robert bog vor Sara von der Straße ab und steuerte das
Hoftor an. Der Bauernhof lag direkt an der Dorfstraße.

Zur Straßenseite hin hatte das Bauernhaus eine große Eingangstreppe. Direkt daneben gab es eine breite Hofeinfahrt mit einem zweiflügeligen Hoftor, einer Pforte und einer Mauer. Das Tor, die Pforte und die Mauer waren etwa zwei Meter hoch, sodass der Hof von der Straßenseite aus nicht einsehbar war. Er klingelte. Als niemand kam, griff er zu seinem Schlüssel, öffnete die Pforte und schob sein Fahrrad hindurch. Sara winkte er hinter sich her und erklärte ihr, es sei normal, wenn niemand zur Tür kam, weil die Klingel nicht überall auf dem Hof zu hören sei. Beide stellten ihre Räder hinter dem Hoftor an die Hauswand und Robert zeigte seiner Freundin kurz, welche Gebäude der Hof umfasste. Die Parallelen zu dem geerbten Bauernhof waren unübersehbar. Robert erklärte, die Ställe an den Seiten und die Scheune an der Hinterseite des Hofes seien typisch für die Vier-Seiten-Höfe der Region. Er führte sie zum Hauseingang auf der Hofseite. Als sie die Tür erreichten, blieb Robert verdutzt stehen. Ein Zettel klemmte oberhalb der Türklinke von außen daran. Er zog den Zettel vorsichtig heraus, um ihn nicht zu zerreißen und las leise murmelnd vor sich hin:

»Lieber Robert,
deine Schwester hat angerufen und uns gebe-
ten, auf die Kinder aufzupassen. Tut uns
leid, dass wir deine neue Freundin heute
nicht kennenlernen können. Bestell schöne
Grüße von uns. Es klappt bestimmt beim
nächsten Mal.
Mutti und Papa.«

Als Robert alles gelesen hatte, gab er den Zettel an Sara weiter. Er lächelte und schien nicht weiter verwundert zu sein. Sara hingegen wusste nicht, wie sie ihre Gefühle deuten sollte. Einerseits fiel eine Menge Anspannung von ihr ab, aber andererseits fühlte sie Enttäuschung darüber, nun doch nicht die Bekanntschaft ihrer Schwiegereltern machen zu können. Sie beschloss, es positiv zu sehen. Die Lockerheit, mit der Robert und seine Familie an das Thema herangingen, war offensichtlich nicht aufgesetzt, sondern echt. Sara beschloss, sich von der Planänderung nicht weiter verunsichern zu lassen.

„Was machen wir jetzt?", hörte sie Robert fragen.

„Von mir aus können wir weiterfahren", antwortete sie, „ich müsste nur vorher noch irgendwo aufs Klo."

„Dann lass uns kurz hineingehen", beschloss er und griff erneut nach seinem Schlüsselbund.

Sara betrat das Haus und Robert zeigte ihr den Weg zur Toilette. Wenig später schlenderte sie über den Flur an der Wohnzimmertür vorbei und warf einen Blick hinein. Alte, eingerahmte Fotos an den Wänden weckten ihr Interesse. Sara ging hinein und betrachtete einige Fotos genauer.

„Das sind meine Großeltern", sagte Robert plötzlich hinter ihr.

„Mit diesem Pferdegespann sind die beiden 1945 von hier bis nach Wismar gefahren, um im Krieg vor den Russen zu fliehen. Mein Opa erzählte diese Geschichte bei jeder Gelegenheit. Und das hier sind meine Großeltern beim Hühnerschlachten."

Robert deutete auf das Foto neben dem Pferdegespann. Etwas martialisch empfand Sara die Komposition des Bildes, auf dem mehrere Hühner ohne Kopf und ohne Federn an den Füßen aufgehängt darauf warteten, aufgeschlitzt und ausgenommen zu werden. Vielleicht empfand sie die Szenerie deshalb als verstörend, weil die Verarbeitung der toten Tiere auf einem Foto an der Wand eines ansonsten behaglichen Wohnzimmers so banalisiert daherkam. Andererseits gehörte auch für sie der Tod von Nutztieren zum Leben dazu. Vermutlich war es diesen Hühnern besser ergangen als allen Hühnern, die sie bisher gegessen hatte.

„Das sieht so aus, als hättet ihr früher nie Fleisch einkaufen müssen, bei den vielen eigenen Tieren auf dem Hof", stellte Sara fest.

Ihr Blick wanderte dabei zu den anderen alten Fotografien, die das einstige Hofleben zeigten. Robert erzählte von seinen Kindheitserinnerungen:

„Früher haben wir viel seltener Fleisch gegessen. Es war eher etwas Besonderes am Wochenende. Ich erinnere mich noch daran, wie es war, als ein Schwein geschlachtet wurde. Dann gab es Fleisch im Überfluss. Meine Großeltern haben sich deshalb mit den anderen Bewohnern im Dorf abgesprochen, wer wann schlachtet. Nach einer Schlachtung wurde Wurst gemacht und das ganze Tier verwertet. Was der Mensch nicht essen konnte, bekamen Hund und Katzen. Weggeschmissen wurde nichts. Viele Bekannte holten sich Wurst und Fleisch, somit war das Tier zügig aufgeteilt. Innerhalb weniger Tagen wurde die leicht verderbliche Ware vollständig aufgebraucht. So gab es das ganze Jahr selten, aber regelmäßig frisches Schweinefleisch. Da auch Hühner, Enten und Kühe zum Hof gehörten, gab es genug Abwechslung."

Sara schaute sich nun die anderen Bilder an. Nach ein paar Minuten beschlossen sie, weiter zu seinem Bauernhof zu fahren. Nachdem alle Türen und Tore verschlossen waren, radelten sie voller Vorfreude ihrem Tagesziel entgegen.

23

Lucy blickte sich verwirrt um. Sie saß im Schneidersitz vor einem dichten, hohen Busch, der ihr vollständig die Sicht versperrte. Ein blumig-öliger Geruch strömte in ihre Nase. Als sie sich umdrehte, erblickte sie hinter sich die Blüten von Rapspflanzen, die ihr bis über die Schultern reichten. Unter ihr war das Gestrüpp des Feldrandes, das nur durch ihre Sitzposition niedergedrückt war. Sie verharrte einige Sekunden und beschloss, in Zukunft darauf zu achten, in welcher Position sie ihre Reisen begann. Nachdem sie sich mit ihrer Lage angefreundet hatte, sammelte sie systematisch Eindrücke ihrer Umgebung. Ihr Körper fühlte sich ähnlich schwer wie zu Hause. Offensichtlich hatte die Erde eine vergleichbare Masse wie ihr Heimatplanet. Auch bei der Atmung bemerkte sie keine Unterschiede. Die Temperatur war angenehm warm. Vielleicht sogar etwas zu warm, was aber auch an der prallen Sonne liegen konnte, die von der Feldseite her auf die windgeschützte Seite des Busches schien. Alles in allem waren die Lebensbedingungen der Erde mit denen ihres Heimatplaneten vergleichbar. Einen kurzen Moment dachte sie daran, wie unvorsichtig sie gewesen war, die Reise einfach anzutreten, ohne diese Fakten vorher zu prüfen. Womöglich hätte sie ersticken oder aufgrund eines zu geringen Luftdruckes platzen können. Das war keine schöne Vorstellung. Andererseits hatte sie sich auf die Instruktionen des Buches verlassen und war davon ausgegangen, darin alle notwendigen Anweisungen zu erhalten. Bisher war ihr Vertrauen in das Buch nicht enttäuscht worden.

Lucy fragte sich, was es wohl auf der anderen Seite des Rapsfeldes zu entdecken gab. Sie reckte den Kopf nach oben, konnte aber nichts sehen. Als sie gerade aufstehen wollte, bemerkte sie eine übermäßig schnelle Veränderung ihres Blickfeldes in ihrer Brille. Aufgrund ihrer Gedanken an das andere Ende des Feldes, startete in den Gläsern ihrer Brille bereits ein virtueller Flug über das Feld. Lucy sackte entspannt in ihre Sitzposition. Offenbar war die Brille auch in dieser Welt ein taugliches Werkzeug. Den Feldrand trennte ein zweispuriger Weg vom nächsten Feld. Die Spuren waren vermutlich durch Fahrzeuge entstanden, die durch breite Reifen und ausreichendes Gewicht verhindert hatten, dass sich die Natur diese einst unberührte Landschaft zurückeroberte. Hinter dem Weg begann ein Getreidefeld, welches ebenso groß wie das Rapsfeld war und an ein Dorf grenzte. Es war weit genug weg, dass niemand sie von dort würde sehen können - außer er trug dieselbe geniale Brille wie sie. Als Lucy genug gesehen hatte, löste sich das Bild in ihrer Brille wieder von allein auf und sie sah durch die Gläser hindurch, als ob nichts gewesen war. Zufrieden stand sie auf und ging am Busch entlang. Dahinter, das wusste sie bereits, lag eine kleine Straße. Im Vorbeigehen fühlte sie die Blätter des Busches und die zarten Blüten der Rapspflanzen. Alles war beinahe banal in seiner Normalität. Zufrieden beschloss sie, ihre Reise zu beenden und zu Christian zurückzukehren. Sie hatte versprochen, die erste Reise aufs Wesentliche zu beschränken. Die Erkenntnisse, die sie bisher über den Planeten gesammelt hatte, reichten bereits aus, um die Reise als Erfolg einzustufen. Außerdem war noch unklar, wie viel Zeit in ihrer Heimat verging, während sie hier drei Minuten verbrachte. Das wollte sie unbedingt wissen. Gerade als Lucy die Hand an ihren Gürtel legte, um ihn zu öffnen und damit ihre erste Reise zu beenden, sah sie auf der Straße am Horizont zwei Radfahrer kommen. Lucys Adrenalinspiegel schoss unmittelbar in die Höhe. Sie schob die Gedanken an das Reiseende beiseite und beschloss, die beiden zu beobachten. Intuitiv zoomte ihre Brille das Bild heran und sie identifizierte deutlich einen Mann und eine Frau. Beide waren nur wenig älter als Lucy und sahen sehr sportlich aus. Offensichtlich verstanden sich beide sehr gut, denn sie unterhielten sich angeregt und strahlten dabei über das ganze Gesicht. Die beiden waren noch etwa 200 Meter von Lucy entfernt, als diese spontan beschloss, um den Busch herum auf die Straße zu treten und sich zu zeigen.

24

Robert war glücklich. Nirgendwo wollte er im Moment lieber sein als hier. Er war mit seinem Fahrrad in seiner alten Heimat unterwegs und gleichzeitig mit der tollsten Frau zusammen, die es gab. Zur Einschätzung, dass es sich bei Sara um die tollste Frau handelte, war Robert nicht einfach so gelangt. Schon öfter war er zuvor verliebt gewesen und musste im Nachhinein darüber lachen, welchen Nonsens er tatsächlich für anregende Unterhaltungen gehalten hatte. Der rosaroten Brille, die gerade in der Anfangszeit besonders verzerrend wirken kann, war er sich durchaus bewusst. In diesem Fall war es jedoch tatsächlich anders. Schon allein diese Beobachtung und die Möglichkeit, seine Sichtweise auf die Welt mit Sara teilen zu können, ließen seine These erstarken, dass Sara und er sich auf mehr Ebenen verstanden als nur auf der Oberfläche.

Robert blickte überrascht nach vorn. 200 Meter vor ihnen war eine junge Frau mit strahlend blonden Haaren aus dem Gestrüpp auf die Straße getreten. Auch Sara hatte die Frau entdeckt. Robert spielte in seinem Kopf dutzende Möglichkeiten durch, wie und warum die Frau dorthin gekommen sein konnte. War sie vom Nachbarort hergelaufen? Das war ziemlich weit, aber immerhin möglich. Was hatte sie im Gebüsch gemacht? War sie dort ausgesetzt worden und wartete seither, dass jemand vorbeikam? War sie vielleicht auch mit dem Fahrrad da und vom Weg abgekommen? Oder war ihr Freund noch im Busch? Wollten die beiden vielleicht lieber ungestört bleiben? Oder sollte sie die Radfahrer anhalten, damit er die beiden überfallen konnte? Roberts Gedanken überschlugen sich. Die Haut der jungen Frau schimmerte weiß. Sie war fast noch ein Mädchen, trug eine Brille, strahlte freundlich und wirkte aufgeschlossen. Trotzdem gab es keinen Grund leichtsinnig zu sein, dachte Robert. Das Mädchen stand mitten auf der Straße, so als würde sie die beiden erwarten. Durch die Entschlossenheit, mit der sie auf die Straße getreten war, war Robert sicher, sie war auf eine Unterhaltung aus. Schweigend überbrückten Sara und er die letzten Meter, bis sie bei ihr ankamen. Die beiden bremsten und Robert ergriff zuerst das Wort.

„Hallo. Können wir dir helfen?", fragte er.

Das Mädchen lächelte stumm und vielsagend.

„Hallo Robert", sprach sie ihn erst nach einigen Sekunden an.

Roberts Augen verengten sich zu Schlitzen. Er wusste so schnell nicht, was er sagen sollte. Sara sprang ein, um die unangenehme Stille zu durchbrechen: „Kennt ihr euch von früher?"

Sie schaute Lucy fragend an.

„Nein, Sara. Wir begegnen uns gerade zum ersten Mal. Ich freue mich, euch zu treffen."

Sara bekam eine Gänsehaut. Auch ihr hatte es nun die Sprache verschlagen.

„Woher kennst du unsere Namen?", blaffte Robert, der sich fragte, was hier vor sich ging.

„Oh, bitte verzeiht meine Ungeschicktheit. Ich bin erst seit Kurzem hier und wollte mich mit euch unterhalten, bevor ich zurück muss. Eure Namen sehe ich durch meine Brille über euren Köpfen. Aber das ist eine längere Geschichte. Mein Name ist Lucy."

Robert wusste nicht, ob er sie für eine Verrückte halten oder sich vor ihr fürchten sollte.

„Komm Sara, wir fahren weiter!", forderte Robert mit festem Ton. Sara nickte bloß stumm, stieg auf ihr Rad und radelte mit ihm davon.

„Sorry, dass ich euch verwirrt habe!", rief Lucy den beiden entschuldigend hinterher.

Doch Sara und Robert antworteten nicht mehr. Von der Situation völlig verunsichert radelten beide schweigsam und mit hoher Geschwindigkeit davon. Die nächste Kurve lag etwa 500 Meter vor ihnen. Sie blickten sich abwechselnd um. Hinter der Kurve würden sie außer ihrer Sichtweite sein. Die junge Frau unternahm keine Anstalten, ihnen zu folgen. Sie schaute ihnen noch nicht einmal nach. Sara und Robert radelten angespannt nebeneinander und redeten immer noch kein Wort miteinander. Ihr Tempo hatte sich deutlich erhöht. Beide konzentrierten sich darauf, zügig vorwärtszukommen, ohne in Panik zu geraten. Erst deutlich hinter der Kurve, als die sonderbare Frau längst nicht mehr zu sehen war, verlangsamten sie ihr Tempo.

Sara fand als erstes ihre Stimme wieder.

„Glaubst du, sie wird uns folgen? Vielleicht hat sie ein Motorrad im Gebüsch."

„Ich denke nicht", beruhigte sie Robert, „sonst wäre sie wohl direkt aufs Motorrad gestiegen als wir abgehauen sind."

Lucy blieb zurück und blickte den beiden Flüchtenden hinterher. Sie ärgerte sich darüber, die beiden durch ihre ungeschickte Ansprache verstört zu haben. Gern hätte sie noch länger mit ihnen gesprochen. Andererseits hatte sie erfahren, was sie wissen wollte: Die Menschen hier sahen nicht nur so aus wie zu Hause, sie verstanden sogar ihre Sprache. Zufrieden fädelte sie den Riemen des Gürtels aus der Lasche an der Schnalle und zog die Dornen aus der Dreifachschließe.

25

„Was ist denn noch? Hast du es dir doch anders überlegt?",
fragte Christian ungeduldig, als Lucy den Gürtel wieder
öffnete und stumm neben sich legte. Ohne ein Wort zu
sagen schien sie von einer Sekunde auf die andere ihre Meinung geändert zu haben. Die Situation war für Christian
völlig unverständlich. Bisher hatte er immer verstanden,
was in ihr vorging und auch diesmal war er nach ihren
Worten fest davon ausgegangen, sie würde die Reise antreten. Ihre Stimmungsschwankungen waren für ihn uner-
klärlich.

„Das ist ja keine besonders freundliche Begrüßung",
schnaubte Lucy.

„Warum sollte ich dich begrüßen? Wir haben uns doch
gerade erst verabschiedet!", entgegnete er.

„Gerade erst verabschiedet? Wie viel Zeit ist denn vergangen, seitdem ich weggegangen bin?", fragte sie.

Er runzelte die Stirn.

„Keine Zeit. Du warst nicht weg. Du hast deinen Gürtel
geschlossen und bevor es losging, hast du ihn direkt wieder
geöffnet."

Seine Stimme wurde unsicher. Erst während er sprach,
verstand er, was hier vor sich ging. Er riss die Augen auf.

„Hat es etwa funktioniert? Bist du wirklich auf die Erde
gereist?!"

Sie strahlte ihn nun glücklich an.

„Ja! Es war viel einfacher als ich gedacht hatte. Und auf der Erde ist alles viel normaler als ich es mir ausgemalt hatte.”

„Lucy, das ist ja unglaublich!”

Christian war nun voller Begeisterung und löcherte sie sofort zu ihren Erlebnissen auf der Erde. Er saugte jedes Detail ihrer Beschreibung in sich auf. Als Lucy ihm erzählte, wie sie die beiden Radfahrer angehalten und angesprochen hatte, zuckte er innerlich zusammen. Für ihn stellte diese Aktion eine unnötige Gefahr dar, der sich Lucy ausgesetzt hatte. Als er erfuhr, dass die Erdbewohner die gleiche Sprache gesprochen hatten, beruhigte ihn das ein wenig. Nach einer ganzen Weile hatten beide das Gefühl, alles Wichtige ausgetauscht zu haben.

„Wir sollten die Perle zurück in das Kästchen legen”, fand Lucy.

Christian nickte, griff vorsichtig zum Aktor und zog ihn langsam aus der Befestigung an der Truhe. Wie in Zeitlupe ließ er das vordere Ende des Aktors von oben langsam nach unten in das Kästchen schweben. Langsam tauchte er den Aktor und die Perle in das Kästchen ein und verdrängte den Rauch, der das Kästchen wieder bis zur oberen Kante ausgefüllt hatte. Nachdem die Perle fast vollständig eingetaucht war, zog Christian den Schalter am Griff des Aktors vorsichtig zurück. Mit einem Klick erlosch das weiße Schimmern der Perle und das leise Brummen des Magnetfeldes verstummte. Die Ringe des Selimundus leuchteten nicht länger und die Welt in Lucys Blickfeld wirkte auf einmal wieder sehr profan. Christian drückte am Aktor die Schenkel des Griffes zusammen und öffnete damit den vorderen Teil, der die Perle im Rauch des Kästchens freigab. Er zog den Aktor heraus und schloss vorsichtig den Deckel des Kästchens.

„Der Spuk hat ein Ende!", rief er erleichtert aus und blickte dabei zu Lucy. „Und du siehst wieder normal aus."

Zufrieden hob er das Kästchen in die Truhe zurück und legte den Aktor daneben. Lucy nahm ihre Brille ab und legte sie dazu. Obenauf legten sie das Buch, klemmten den Selimundus in den Deckel und verschlossen die Truhe sorgsam.

„Wie oft wollen wir nachschauen, ob sich die Farbe der Perle verändert hat?"

„Ich denke, es genügt, wenn wir alle paar Tage nachsehen", sagte sie und schob die Truhe unter ihr Sofa.

„Am Wochenende fahren wir zu meinen Großeltern. Wir sollten uns nach der Schule am Montag wieder hier treffen. Bis dahin wird die Welt auf der Erde schon nicht untergehen."

26

„Was war das denn für eine seltsame Begegnung?", platzte es aus Sara heraus, „sie war völlig allein und hat geredet, als wäre sie auf Drogen. Warum sonst sollte sie sich freuen, uns zu treffen? Hast du gesehen, wie blass sie aussah? Vielleicht hat sie jemand ausgesetzt, sie hat sich zugedröhnt und wir waren die ersten, die sie gesehen hat. Und warum kannte sie unsere Namen? Was meinst du dazu? Warum sagst du eigentlich nichts?"

Sie schaute hinüber zu ihrem Freund, der in sich gekehrt wirkte.

„Ich fand die Begegnung auch sehr merkwürdig. Wie hat sie gesagt, dass sie heißt? Lucy? Sie wirkte auf mich eigentlich nicht sonderlich benommen. Alles, was sie sagte, klang so authentisch und gleichzeitig so unglaublich. Ich kann mir das alles nicht erklären. Wenn es stimmt, dass sie durch ihre Brille unsere Namen gesehen hat, hat sie auf jeden Fall Zugang zu den allerneuesten technischen Entwicklungen. Alle Augmented-Reality-Brillen, die ich bisher gesehen habe, sind viel klobiger und können nicht ansatzweise das, was diese Brille anscheinend konnte. Ad-hoc zu einem Kamerabild ein Foto aus sozialen Netzwerken matchen und den Namen im Overlay…"

Er teilte den letzten Satz weniger Sara, sondern sich selbst mit.

„Was meinst du?", unterbrach sie ihn. „Lucy trug so eine Brille, also ist dieses Modell doch im Umlauf."

Robert zog die Augenbrauen hoch und schnaubte.

„Technisch möglich ist so etwas bestimmt. Aber es ist fast unvorstellbar, dass so etwas bereits in dieser Perfektion umgesetzt wurde. Eine solche Brille hat das Potential für einen Milliarden-Umsatz."

Das Gespräch über die Begegnung tat den beiden gut. Sie beruhigten sich nun auch innerlich und als sie wenig später an ihrem Bauernhof ankamen, lagen die Ereignisse bereits eine gefühlte Ewigkeit hinter ihnen. Wenige Meter vor dem Hoftor stiegen beide von ihren Rädern ab und schoben sie durch den halb geöffneten Torflügel. Auf dem Bauernhof war alles so, wie sie es vor einer Woche zurückgelassen hatten.

„Dieses Paradies liegt so fernab von allem anderen, hierher verirren sich nicht mal Einbrecher oder Obdachlose", stellte Sara fest und lehnte ihr Fahrrad gegen die Hauswand.

„Und zum nächsten Supermarkt ist man selbst mit dem Auto eine halbe Ewigkeit unterwegs", ergänzte Robert und klang dabei abfälliger, als er eigentlich klingen wollte. Auch er hatte sein Fahrrad inzwischen abgestellt und hatte sich auf die Treppe gesetzt. „Der weite Weg fördert die Disziplin. Wenn man es gut plant, muss man auch nicht so oft zum Supermarkt."

Sie hatte ihre Worte noch nicht ganz zu Ende gesprochen, als sich Roberts Blick von einer Sekunde auf die andere radikal veränderte. Er wirkte mit einem Mal ganz wach und aufmerksam.

„Sara, du hast vollkommen recht! Wie konnte ich nur so kurzsichtig sein?"

Er dachte nach. Sara wusste nicht so recht, was genau ihre Worte bei ihm bewirkt hatten. Aber natürlich gefiel es ihr, dass er ihr zustimmte.

„So ein Bauernhof ermöglicht eine Unabhängigkeit von äußeren Einflüssen wie kein anderer Ort. Hier können wir sogar fast autark leben."

Sie traute ihren Ohren kaum. Hatte sie gerade tatsächlich gehört, wie Robert davon sprach, mit ihr hier zu leben? Ihr Herz machte Luftsprünge. Sie beschloss, erst einmal nicht darauf einzugehen.

„Was meinst du mit autark leben?"

„Ich habe in den letzten Tagen weiter über Notfallvorsorge nachgedacht", setzte Robert an, „als wir uns im Café über das Thema unterhalten haben, war ich noch unsicher, welches Maß an Vorsorge überhaupt gerechtfertigt wäre. Ich habe viel über Szenarien nachgedacht. Zum Beispiel über das Szenario eines zweiwöchigen Stromausfalls. Darauf kann man sich sehr konkret vorbereiten, wenn man sich überlegt, wie viel Wasser, Essen, Kerzen, Taschenlampen, Batterien et cetera man in dieser Zeit benötigt. Mit diesem Bauernhof ändert sich die Herangehensweise an solch eine Notfallplanung fundamental! Das ganze Leben in dieser Abgeschiedenheit ist doch darauf angelegt, weitgehend unabhängig von der öffentlichen Versorgung zu funktionieren. Hier gibt es keinen Gasanschluss. Hier gibt es nur einen Kaminofen. Gekocht wird zwar mit einem Gasherd, aber die Gasflaschen dafür lassen sich prima bevorraten. Hier gibt es einen Brunnen, dessen Wasser man leicht aufbereiten kann, falls es nicht sowieso schon trinkbar ist. Und sogar Essen könnte bei entsprechender Bewirtschaftung in Hülle und Fülle zur Verfügung stehen."

Er machte eine kleine Pause und fuhr dann fort:

„Was das Thema Essen angeht, muss ich gerade an meine Großeltern denken. In deren Garten wuchsen Obst, Gemüse, Erdbeeren, Salate, Kartoffeln. All das kann hier auch wachsen! Erdbeeren und Kirschen hat meine Oma früher in riesigen Mengen zu Marmelade verkocht. Den ganzen Mai stand bei ihr Spargel auf dem Speiseplan und im Herbst wurden die Kartoffeln in die Kartoffelkeller geschleppt. Mit so einem Bauernhof musste früher niemand Hunger leiden. Das Maß an Autarkie, das meine Großeltern damals besaßen, war geradezu vorbildlich."

Robert zögerte und wurde plötzlich nachdenklich. Während er sprach, reifte eine Erkenntnis in ihm, die dazu führen könnte, seine bisherige Sicht auf die Welt komplett umzukehren. Stück für Stück geriet seine gesamte bisherige Lebensplanung ins Wanken. Seine Erkenntnisse über die Folgen verwundbarer IT, sein Schicksal des geerbten Bauernhofes und das Glück mit seiner neuen Freundin waren wie mächtige Einzelteile, die zu einem Puzzle gehörten, das sein weiteres Leben abbildete. Von einem Moment zum anderen empfand Robert das eben durchdachte Lebensmodell erstrebenswert. War es vielleicht doch das Landleben, das es anzustreben galt? War es vielleicht doch erst die Unabhängigkeit einzelner, die eine Gesellschaft stabilisierte? Brauchte es vielleicht doch einen Zusammenhalt auf engstem Raum, um autark zu leben? Grundlegende Ziele, die er bisher in seinem Leben angestrebt hatte, begannen sich in diesem Moment zu ändern. Er würde vom Stadtmensch zum Landmensch werden. Vom Konsumenten zum Produzenten. Vom Einzelgänger zum Familienmensch. Ja, er würde sogar zum Familienvater werden. Hier auf diesen Bauernhof gehörte er hin. Dieser Bauernhof war seine Zukunft und er würde diese Zukunft mit Sara erleben wollen. Die Puzzleteile hatten sich in einer überwältigenden Klarheit zu einem völlig neuen Lebensentwurf zusammengefügt. Hier und jetzt würde er versuchen, Sara für sich zu gewinnen.

27

Das Wochenende hatte sich hingezogen wie Kaugummi. Zuerst hatte Lucy überlegt, nach ihrer Rückkehr am Sonntagabend direkt in ihr Zimmer zu gehen und die Truhe hervorzuholen. Sie wollte endlich nachsehen, wie es der Perle ging. Andererseits empfand sie Christians Unterstützung bei der Bedienung des Aktors und des Selimundus als sehr hilfreich. Wer weiß, ob sie mit der Brille auf dem Kopf auch an alles denken würde. Daher hatte sie beschlossen, wie vereinbart zu warten, bis beide am Montag nach der Schule bei ihr zu Hause waren. Nachdem sie ihre Taschen abgelegt hatten, war es Lucy, die die Truhe unter dem Sofa hervorzog. Auch Christian konnte es nach seinem Wochenende kaum erwarten, den Inhalt der Truhe Stück für Stück auszuräumen. Als alle Gegenstände vor ihnen lagen, öffnete sie feierlich das Kästchen mit der Perle. Sie klappte den Deckel zurück und sofort verzog sich die angenehme Vorfreude, die beide bis dahin empfunden hatten. Der Rauch, der aus dem Kästchen quoll, war tiefrot. Langsam kam die Perle zum Vorschein. Die nachtschwarze Perle schnitt den roten Rauch derart scharfkantig ab, dass es so aussah, als ob ein schwarzes Loch darin klaffte.

„Heute gibt es wohl etwas zu tun", erkannte Christian und faltete seine Hände ineinander Er sah dabei viel eifriger aus als beim letzten Mal.

„Sieht ganz danach aus", bestätigte Lucy nickend. Sie hatte ein ungutes Gefühl bei dem Gedanken, diesmal ernsthaft eingreifen zu müssen. Das Bewusstsein über die Verantwortung, die sie für das Leben auf dem Planeten in der Perle trug, ließ einen ein Kloß in ihrem Hals entstehen.

„Du kannst dir das Problem durch die Brille erst einmal von hier aus ansehen. Dann können wir uns darüber beraten und abwägen, was zu tun ist. Wenn dir eine Reise zu gefährlich erscheint, musst du sie nicht antreten."

Tatsächlich konnten Christians Worte Lucy etwas beruhigen. Stumm griff sie zur Brille. Christian ergriff den Aktor, führte ihn geöffnet über die Perle, umschloss sie. Dann betätigte er den Schalter. Das bekannte Summen des Magnetfeldes setzte ein. Der Aktor und der Selimundus begannen zu leuchten und die Brille erweiterte Lucys Blickfeld um die phantastische Dimension, die sie bereits kontrolliert steuern konnte. Als hätte er seit Jahren nichts anderes gemacht, installierte Christian den Aktor mit dem Griff nach unten in der Truhe. Aus seiner Sicht konnte die Reise losgehen. Er war gespannt zu hören, was Lucy berichtete.

Sie schaute konzentriert durch ihre Brille direkt auf die Perle. Nach einer Weile der Stille begann sie mit ihrer Beschreibung:

„Die Aussicht der Bewohnbarkeit hat sich verschlechtert. Am Freitag war der Wert noch im grünen Bereich. Jetzt wird er gelb dargestellt. Der weitere Verlauf scheint sich kontinuierlich zu verschlechtern. Ich sehe ein Diagramm, in dem der Wert der Bewohnbarkeit in einem Koordinatensystem eingetragen ist. Eine Linie zeigt den Fortgang des Wertes auf der Zeitachse. Laut Diagramm droht die Lage in zwei bis drei Monaten zu eskalieren."

Lucy blickte weiter durch ihre Brille und schien diverse Dinge zu lesen. Offenbar hatte sie Zugang zu einer Liste mit Bedrohungen für die Bewohnbarkeit des Planeten:

„Zum Diagramm gehört eine Liste der Bedrohungen. Die Liste ist sehr lang. Das sind vermutlich mehr als 100 Zeilen. Die Einträge der Liste sind durchnummeriert. Einige der Punkte aus den Top 10 erkenne ich von Freitag wieder. Nuklearer Unfall, Atomkrieg, Pandemie."

Sie sprach undeutlich und murmelte vor sich hin, wurde aber wieder deutlicher, nachdem Christian zu protestieren begann.

„Ganz oben ist ein neuer Punkt hinzugekommen. Der war am Freitag noch nicht da. Hinter der Beschreibung jedes Punktes steht eine Zahl. Die Zahlen sind von oben nach unten absteigend sortiert. 'Risikowert' steht über der Spalte. Dahinter sind zwei weitere Spalten mit dem Titel 'Eintrittswahrscheinlichkeit' und 'Auswirkung' aufgeführt. Die Zahlen dieser Spalten sind nicht sichtbar sortiert. Manchmal ist die Eintrittswahrscheinlichkeit hoch, aber die Auswirkung niedrig. Manchmal ist es anders herum. Ich erkenne kein System."

Lucy wirkte ratlos. Christian griff zu einem Blatt Papier und einem Stift.

„Lies mir mal die ersten Einträge vor. Ich schreibe mir die Zahlen mit. Vielleicht fällt uns gemeinsam auf, was dahinter stecken könnte."

Sie diktierte ihm die Werte der drei Spalten der ersten fünf Bedrohungen. Er notierte sich die Zahlen in seiner hastig skizzierten Tabelle. Nachdem er ein paar Sekunden darauf geblickt hatte, zog er sein Handy hervor und öffnete den Taschenrechner. Lucy beobachtete aus dem Augenwinkel, wie er eilig ein paar Zahlen tippte. Dann rief er laut:

„Ich hab's! Es ist das Produkt!"

Christian schaute zufrieden auf.

„Der Risikowert ist das Produkt von Eintrittswahrscheinlichkeit und Auswirkung. Die Bedrohung, deren Produkt den höchsten Risikowert liefert, steht oben. Nach diesem Muster werden die Bedrohungen sortiert."

Lucy schaute sich die Werte durch ihre Brille noch einmal an und nickte schließlich. Die oberste Bedrohung war tatsächlich die einzige, bei der die beiden hinteren Einzelwerte gleichzeitig erhöht waren. Wegen der krummen Zahlenwerte hatte sie den mathematischen Zusammenhang nicht sofort erkannt.

„Wie lautet der Titel der Bedrohung?", hakte Christian nach.

„Zerstörung der Infrastruktur", las sie und wusste beim besten Willen nicht, was das bedeuten sollte.

„Es gibt zu jeder Bedrohung eine Beschreibung." Sie begann laut vorzulesen: „Bei der obersten Bedrohung steht: 'Die Lebensqualität des Fluchtplaneten verschlechtert sich, weil die Menschen anfangen, sich ihre Grundlagen des Lebens und Zusammenlebens gezielt zu zerstören. Die Zerstörung bezieht sich auf die Bereiche Energieversorgung, Transport und Verkehr, Gesundheit, Wasser, Ernährung sowie Medien.'"

Christian hörte zu und runzelte die Stirn, als sie den Satz beendete.

„Was steht da noch?"

Er sah, wie Lucy den Kopf schüttelte. Christian lachte hysterisch.

„Mehr steht da nicht? Geht es denn bitte noch unkonkreter? Was sollst du denn da machen? Wenn die Menschen beschließen, sich gegenseitig ihre Infrastruktur kaputt zu machen, kannst du sie doch wohl nicht alle einzeln vom Gegenteil überzeugen! Da wirst du ja nie fertig. Da hast du ja einen schönen Planeten zugeteilt bekommen!"

Lucy verstand den Ärger, den er empfand. Da das Problem in erster Linie sie betraf, war sie allerdings der Meinung, Christian könne das ruhig ein wenig lockerer sehen. Sie schmunzelte mitleidig.

„Nun beruhige dich doch mal. Vielleicht finde ich ja noch einen Ansatzpunkt."

Sie hielt einen Moment inne.

„Hier sehe ich etwas", sagte sie und schien sich dabei sehr konzentrieren zu müssen, „Es gibt eine Detailansicht für jede Bedrohung. Hier ist eine Karte. Oh je. Das sieht kompliziert aus. Es ist eine Karte, auf der Ereignisse miteinander verbunden sind. Es sind ursächliche und daraus folgende Ereignisse. Die Orte dieser Ereignisse sind auf einer Landkarte der Erde verzeichnet. Durch meine Brille kann ich auf dieser Karte gewissermaßen in der Zeit vorund zurückspulen. Die Ereignisse passieren überall auf der Welt. Es sieht sehr kompliziert aus."

Sie raufte sich verzweifelt die Haare. Nun war es Christian, der diesen Strohhalm Hoffnung nutzen wollte, um das Rätsel zu lösen.

„Gibt es auf der Detailansicht der Bedrohung noch mehr als nur die Karte?"

„Nein. Darunter scheinen nur die Leute aufgelistet zu werden, denen ich schon einmal dort begegnet bin." Lucy stockte mitten im Satz. Ihre Kinnlade klappte sichtlich herunter.

„Was ist denn?", fragte Christian nervös. „Was siehst du?"

Lucy brauchte eine Weile und musste den Satz mehrfach beginnen. Es klang fast so, als stotterte sie:

„Ich dachte erst, das sind die Menschen, die ich bisher auf der Erde getroffen habe. Aber dort ist nur einer von den beiden. Dieser Robert. Er ist dort als der Mensch eingetragen, der mir bei der Lösung am besten helfen kann. Vielleicht ist das aber auch nur der beste von denen, die ich bereits getroffen habe. Dort steht, er ist Computerspezialist. Unter seinem Foto gibt es einen Zusatz, 'Vorgeschlagene Intervention: Robert Neumann hinzuziehen und Ursachen beseitigen.'"

28

Sara war überwältigt. Robert hatte sich ihr in einer Art und Weise offenbart wie noch kein Mann zuvor. Völlig unerwartet hatte er seine bisherige Lebensplanung aufgegeben und seine innersten Gedanken vor ihr ausgebreitet. Stück für Stück ließ er sie mit in seine Gedankenwelt eintauchen und jede seiner Schlussfolgerungen nachvollziehen. Er erschütterte nicht nur sein bisheriges Leben in seinen Grundfesten, er riss die Mauern vollständig ein. Sein neuer Lebensentwurf stand völlig frei im Raum. Ganz selbstverständlich plante er Sara in seinem neuen Leben mit ein. Die eindringlichen Gefühle, die er ihr gegenüber dabei zeigte, bewegten sie tief. Was er zu ihr sagte, klang für sie ganz und gar überzeugend. Vor ihr stand ein Mensch, dessen Leben gerade begonnen hatte, sich grundlegend zu verändern. In diesem Moment fühlte sich Sara noch stärker mit ihm verbunden. Es war eigentlich zu schön, um wahr zu sein. Alles in ihr war drauf und dran, sich vollständig dem neuen Leben mit Robert zu ergeben. Mit einem Satz stand er von der Treppe auf und trat an sie heran. Er stand so dicht vor ihr, dass sie seinen Atem spüren konnte. Sara legte sanft ihre Hände auf seine Brust.

„Ich liebe dich, Robert!", hauchte sie, schloss die Augen und hoffte auf seinen Kuss. Lange musste sie nicht warten.

Am frühen Abend spannten sie ihr Zelt für die Nacht auf. Als Platz wählten sie eine hintere Ecke des Hofes, die besonders eben und dicht mit Gras bewachsen war. Gerade als sie überlegten, was als nächstes zu tun sei, klopfte Sara ihrem Freund hektisch von der Seite auf die Schulter. Robert schaute zu ihr, doch sie blickte nicht zu ihm, sondern hielt ihren Blick starr auf das Hoftor gerichtet. Auch Robert sah nun zum Tor und merkte, wie ihm das Blut in die Adern schoss, als er erkannte, wer dort stand. Es war Lucy, das mysteriöse Mädchen von vorhin. Er war sicher gewesen, dass sie ihnen nicht gefolgt war. Da hatte er sich wohl getäuscht. In ihm stieg Wut auf, weil er sich überlistet fühlte. Er mochte es nicht, wenn man ihn täuschte.

In barschem Ton fuhr er sie an: „Was willst du hier?"

„Entschuldigt bitte die Störung", rief Lucy zurück, „ich möchte nur mit euch sprechen. Es ist wichtig. Ich bin sicher, ihr stimmt mir zu und empfindet das Thema auch als wichtig, nachdem ihr mich angehört habt."

Sara sah Robert an und flüsterte: „Sie scheint allein zu sein. Von mir aus kann sie erzählen, was sie auf dem Herzen hat. Falls sie wirklich auf Drogen ist, können wir sie ja immer noch wegschicken."

Robert nickte. Er war einverstanden und ging einige Schritte auf Lucy zu. Die Ausstrahlung, die dieses Mädchen besaß, war überwältigend. Ihre Haut war so hell, als wäre sie von einem weißen Schimmer umgeben.

„Bist du allein?", fragte Robert, als er fast vor ihr stand.

„Ja", antwortete Lucy.

„Warum bist du uns gefolgt? Du hast doch vorhin gesehen, dass wir nicht mit dir sprechen wollten."

„Das habe ich gemerkt. Aber die Situation hat sich verändert. Es ist kompliziert. Ich erkläre es euch gern.”

Lucy schaute nun auch zu Sara, die dicht hinter Robert getreten war. Sara nickte und gab ihr zu verstehen, sie solle weiterreden.

„Vorhin wusste ich noch nicht, dass ich eure Hilfe brauchen würde, doch nun ist die Sachlage eine andere. Die Erde ist in Gefahr und ich habe den Tipp bekommen, Robert könne mir dabei helfen, das Problem zu lösen.”

Lucy schaute in zwei hilflose Gesichter. Die Blicke waren eine Mischung aus Mitleid und Verständnislosigkeit. Sie musste schnell versuchen, Klarheit herzustellen.

„Ich weiß, das klingt alles ziemlich verrückt. Das ist es für mich auch. Und dennoch ist es wahr. Ich wurde auserwählt, mich um den Planet Erde zu kümmern und dringende Probleme zu lösen.”

Robert schnappte nach Luft und stieg von einem Bein auf das andere. Er konnte sich nicht länger beherrschen:

„Was redest du für einen Unsinn! Welche Drogen sind das, die du genommen hast? Am besten nüchterst du irgendwo aus, aber lass uns mit deinem Schwachsinn in Ruhe!”

„Ich weiß, es klingt alles verrückt, aber ich habe keine Drogen genommen. Durch meine Brille sehe ich Details, die für das normale Auge unsichtbar sind. Ich sehe Informationen zu jedem Gegenstand oder zu jedem Menschen, der mich interessiert. Vorhin hatte ich euch schon von euren Namen berichtet, die ich durch die Brille sehen konnte.”

„Was hat deine Brille mit uns zu tun?”, stieß Sara hervor.

„Wir haben uns vorhin nur zufällig getroffen. Dachte ich jedenfalls. Vorhin hatte ich die Brille zum ersten Mal auf. Ich war selbst noch völlig überwältigt von dem, was die Brille alles kann und da habe ich euch vermutlich vor den Kopf gestoßen, indem ich euch direkt mit euren Namen angesprochen habe. Das wollte ich eigentlich nicht.”

Sara schienen Lucys Worte zu besänftigen.

„Von wem hast du die Brille denn?”, fragte sie.

„Ich habe sie gefunden”, sagte Lucy. Sie hatte beschlossen, mit der ganzen Wahrheit noch zu warten, bis sie sich länger kannten und bereit dazu waren.

„Ich glaube deinen Hokus Pokus nicht! Ich weiß zwar nicht, woher du unsere Namen kennst, aber du hättest uns sicher auch belauscht haben können. Zeig mir erst, dass die Brille wirklich die Fähigkeiten hat, die du beschrieben hast. Sonst gehe ich davon aus, du willst dir nur einen schlechten Scherz erlauben.”

Lucy überlegte.

Sie schaute zu Roberts Zelt in der hinteren Ecke des Hofes. Sie musste ihnen einen Beweis liefern.

„Dein Zelt ist aus reißfestem Nylon und wiegt 1320g.”

Sie blinzelte mit den Augen, als schaute sie ein Detail genauer an.

„Am hinteren Reißverschluss ist ein Zahn herausgebrochen, etwa auf einem Drittel der Höhe von unten gesehen.”

Robert starrte Lucy verblüfft an. Er kannte sein Zelt und ärgerte sich regelmäßig darüber, wenn der Reißverschluss an dieser Stelle klemmte. Sara, die seine Gedanken nicht lesen konnte, schlug überschwänglich vor, zum Zelt zu gehen und direkt nachzuschauen, ob Lucy Recht hatte. Robert, der immer noch wie erstarrt verweilte, stoppte ihre Rede, indem er eine Hand hob. Sofort verstummte sie.

„Wie ist das möglich?", fragte Robert mehr sich selbst als Lucy.

Sara war irritiert. Für sie waren die Zweifel an der Glaubwürdigkeit von Lucy keineswegs beseitigt. Sie beschloss, selbst nachzusehen. Am Zelt angekommen prüfte sie den Reißverschluss am Hintereingang und konnte von einer Sekunde auf die andere Roberts Schockstarre verstehen. Es war einfach unglaublich.

„Ich weiß selbst nicht, wie die Brille funktioniert", hörte sie Lucy erklären, „ich stelle aber fest, dass alles, was ich durch diese Brille sehe, der Realität entspricht. Alles wird durch beliebig viele Hintergrundinformationen und Details erweitert, wenn ich meine Gedanken darauf konzentriere."

Robert fiel es sichtlich schwer, sich mental darauf einzulassen, was sein Bauchgefühl ihm längst bestätigte. Lucy hatte vermutlich Recht mit all dem, was sie sagte. Auch wenn das alles aus rationaler Sicht noch keinen Sinn ergab. Er haderte mit sich, aber beschloss dennoch, sich für einen Moment auf die Sache einzulassen.

„Du hast vorhin gesagt, die Erde ist in Gefahr. Was soll das und was hat das mit Sara und mir zu tun?"

Lucy überlegte. Sie wollte das aufkeimende Vertrauen der beiden nicht schon wieder mit einer einzigen Bemerkung zerstören, die allzu phantastisch klang. Sie wählte ihre Worte daher behutsam:

„Bei der Brille fand ich auch noch ein Buch. In dem Buch stand, dass der Finder der Brille mit deren Hilfe die

Erde beschützen solle. Ich fand diese Aufgabe spannend und versuche gerade, ihr gerecht zu werden."

Robert schien mit dem Anfang ihrer Rede noch nicht allzu zufrieden zu sein. Dennoch bat er sie fortzufahren.

„Ich kann mit der Brille auch an andere Orte zoomen oder ein Geschehen so weit weg schieben, dass ich vom Weltall aus auf die Erde schaue."

Robert und Sara lauschten ihren Worten sichtlich beeindruckt.

„Wenn ich von außen auf die Erde schaue, sehe ich, wie es ihr insgesamt geht."

Lucy machte eine Pause, um sich zu versichern, dass ihre Zuhörer folgen konnten.

„Und wie geht es der Erde?"

„Nun, nicht allzu schlecht. Viele wichtige Parameter, wie der Sauerstoffgehalt in der Atmosphäre, scheinen auf viele Jahre hin stabil. Es gibt aber auch übergeordnete Größen wie zum Beispiel die 'Bewohnbarkeit', bei denen es aktuell Probleme gibt."

Lucy beschrieb die Faktoren der 'Eintrittswahrscheinlichkeit' und der 'Auswirkung', die sie mit Christian analysiert hatte.

„Ich verstehe allerdings noch nicht", fährt Lucy fort, „warum die Bedrohung 'Zerstörung der Infrastruktur' so ad hoc hinzugekommen ist. Ich verstehe nicht einmal, was das bedeuten soll und warum die Menschen in wenigen Monaten ihre Grundlagen des Zusammenlebens zerstören."

Lucy erklärte, was sie noch über die geplante Zerstörung wusste und benannte die Bereiche Energieversorgung,

Transport und Verkehr, Gesundheit, Wasser, Ernährung sowie Medien.

„Du sagtest, du hättest den Tipp bekommen, Robert könne dabei helfen, das Problem zu lösen. Wer hat dir diesen Tipp gegeben?", fragte Sara, der die Informationen noch nicht genügten, um sich einen geordneten Überblick verschaffen zu können.

„Das hängt auch mit der Brille zusammen. Robert wird unter der Bedrohungsbeschreibung als Computerspezialist aufgeführt. Dort stand, er sei hinzuzuziehen und mit ihm seien die Ursachen zu beseitigen. Ehrlich gesagt verwirrt mich das auch noch. Ihr zwei seid die einzigen, die ich durch die Brille bisher gesehen habe. Vielleicht funktioniert die Brille hier auch nicht richtig und sie zeigt nur den am besten geeigneten Menschen unter denen, die man bisher getroffen hat."

Während Lucy sprach, dachte Robert angestrengt nach. Konnte das alles Zufall sein? In was für eine Situation war er hier geraten? Er dachte über seinen Vortrag auf der Konferenz nach, in dem er über bedrohte, kritische Infrastrukturen gesprochen hatte. Die Bedrohungen gingen aus seiner Sicht von gehackten IT-Systemen aus. Nun war er wenige Tage später von einer Cyberbrille zum Retter der Welt auserkoren worden. Sollte es tatsächlich so sein, dass die Bedrohung, von der Lucy sprach, dieselbe ist, die er in seinem Vortrag ansprach? Er wandte sich ab und ging zum Tisch unter dem Walnussbaum. Er zog einen Stuhl zurück, setzte sich und dachte weiter nach.

Nach einer Weile folgten ihm die beiden Frauen und setzten sich ebenfalls. Sara wandte sich ihrem Freund aufmunternd zu. Robert hob seinen Kopf und berichtete den beiden, wie er über die Sache dachte. Sara, die seine Ansichten über die Fragilität der Gesellschaft bereits kannte, verstand sofort, welche Verbindung Robert zur von Lucy beschriebenen Bedrohung zu ziehen versuchte. Lucy, die ihrerseits zum ersten Mal von dem Thema hörte, musste seine Worte erst sacken lassen.

„Du meinst also, Menschen würden gezielt die Infrastruktur anderer Menschen auf der Erde zerstören, nur weil diese zum Beispiel auf einem anderen Kontinent leben?"

Robert empfand Lucy in diesem Moment als schrecklich naiv, schob dies aber auf ihr jugendliches Alter und nickte bloß.

„Warum fangen sie damit in naher Zukunft so plötzlich an? Das könnten die Menschen doch seit Jahren mit einem anderen Land tun?", wunderte sich Lucy.

„Das weiß ich nicht. Entweder gibt es einen Anlass, zum Beispiel einen Krieg, oder es gelangen auf einmal neue Leute an das Wissen über das Ausführen solcher Angriffe."

„Einen neuen Krieg kann ich schon mal ausschließen. Das ist ziemlich unwahrscheinlich. Die Kriege der Erde sehe ich in einer separaten Liste, wenn ich mir diese aufrufe", widersprach Lucy.

„Was ich zu der Bedrohung noch sehe, ist eine Karte mit den Orten, von denen die Ereignisse ausgehen. Je weiter ich das Geschehen in die Zukunft projiziere, desto mehr Orte auf der Welt gibt es, von denen solche Ereignisse ausgehen."

„Welches ist denn das erste Ereignis, das du siehst?", fragte Sara.

„Das erste Ereignis tritt aller Wahrscheinlichkeit nach nur wenige Tage in der Zukunft ein. Es ist als ein ursächliches Ereignis eingestuft. Alle Folgeereignisse haben einen kausalen Zusammenhang zu diesem Ursachen-Ereignis. Die Ursache ist aber gar keine … Zerstörung.”

Lucy redete plötzlich langsamer. Sie schien sich auf etwas zu konzentrieren, das imaginär vor ihr schwebte. Eine Weile lang herrschte Stille. Dann war sie mit ihren Gedanken wieder bei Sara und Robert.

„Das ursächliche Ereignis passiert in einer Bar. Ein Mann sitzt dort allein, hört einem Gespräch zu und beschließt, die Ursache auszulösen. Wir sollten dorthin gehen und ihn davon abbringen.”

29

Sara und Robert waren baff.

„Wo ist denn diese Bar?", fragte Robert.

Lucy kniff die Augen zusammen und begann den Text vor ihren Augen vorzulesen:

„Crofton, Maryland."

„Das ist ja in den USA! Glaubst du ernsthaft, wir fliegen mit dir nach Amerika? Das ist absurd! Wir kennen dich doch gar nicht!"

„Eine andere Möglichkeit fällt mir nicht ein", sagte Lucy. „So wie ich das sehe, wird dieser Mann in wenigen Tagen beschließen, etwas zu tun, was den Menschen auf der Erde gehörigen Schaden zufügt. Ich könnte natürlich versuchen, allein dorthin zu reisen und mit ihm zu sprechen. Bob Thompson."

„Bob Thompson?" Sara schaute ungläubig zu Lucy. „So heißt der kranke Typ? Was siehst du denn außer seinem Namen noch durch deine Brille?"

„Er ist 46 Jahre alt, ein Doktor der Physik und lebt allein. Keine Frau, keine Kinder."

„Woher wissen wir überhaupt sicher, dass das alles stimmt?", unterbrach Robert die beiden, „es könnte sich auch einfach jemand einen Spaß erlauben und dir solche Aufträge in die Brille projizieren."

„Ich weiß nicht, ob es stimmt. Ich weiß nur, dass bisher alles gestimmt hat, was die Brille mir angezeigt hat. Darum bin ich auch zuerst zu euch gekommen und nicht gleich nach Crofton. Ich habe gehofft, du kannst mir bei der Reise helfen und bei der Sache mit Bob Thompson."

Lucy schaute erwartungsvoll zu Robert. Dieser zögerte einen Augenblick.

„Hast du einen Reisepass?", fragte er schließlich.

„Einen Reisepass? Nein. Auf meinem Planeten bin ich nie gereist. Aber vermutlich hätte der mir hier sowieso nicht geholfen."

„Ohne Pass wird das schwierig.", schlussfolgerte Sara.

Robert grübelte.

„Ich hätte da schon eine Idee."

30

Als der Pilot Schub gab, wurde Robert in seinen Sitz gedrückt. Er mochte dieses Gefühl, das er schon dutzende Male empfunden hatte. Die Fliegerei faszinierte ihn seit seiner Kindheit. Wie immer saß er auch heute am Fenster. Als Kind war es die Faszination der verkleinerten Welt, die ihn um einen Fensterplatz betteln ließ. Heute war ein Fensterplatz für ihn ein Zeichen der Wertschätzung für die technische Ingenieursleistung der Fliegerei. Er konnte nicht verstehen, wie Menschen so oberflächlich sein konnten und sich freiwillig auf einen Mittelsitz oder an den Gang setzten. 'Der Mensch ist das einzige Wesen, das im Fliegen eine warme Mahlzeit zu sich nehmen kann', hatte er einmal irgendwo gehört. Er mochte dieses Zitat, weil es seine Gedanken treffend und pointiert zusammenfasste.

Nach dem Start schaute er neben sich zu Lucy. Der Pass, den er ihr besorgt hatte, machte sie fünf Jahre älter. Sicher gingen alle davon aus, Lucy und er seien ein Paar. Der Altersunterschied zwischen den beiden betrug zwar tatsächlich mehr als zehn Jahre, doch für eine Beziehung war auch das nicht zu viel. Und obwohl Robert Lucys anmutige Schönheit durchaus wahrnahm, begehrte er sie nicht, wie er es früher getan hätte. Zum ersten Mal in seinem Leben zog ihn eine solche Schönheit nicht derart an, dass seine Gedanken nur darum kreisten. Er dachte an Sara und an ihre gemeinsame letzte Nacht im Zelt. Sie war der wahre Grund, warum Robert Lucy nicht zu begehren brauchte. Er bedauerte es, ohne Sara reisen zu müssen, die wegen ihrer Prüfungen nicht mitfliegen konnte. Zu seiner Überraschung empfand sie keinerlei Eifersucht bei dem Gedanken, Robert mehrere Tage allein mit Lucy reisen zu lassen. In früheren Beziehungen hatte er dieses Vertrauen nie entgegengebracht bekommen. Er würde es nicht missbrauchen. Die gemeinsamen Gespräche auf dem Bauernhof hatten beiden ein Gefühl von Sicherheit verschafft.

Lucy hatte sich direkt nach dem Anschnallen in ihr neues Buch vertieft, welches sie hinter der Sicherheitskontrolle erworben hatte und schaute nicht mehr auf. Robert nutzte nach dem Essen den Flug, um Schlaf aufzuholen. Erst bei den Vorbereitungen zur Landung erwachte er wieder. Vom Flughafen fuhren sie mit einem Taxi zu einem Motel und checkten ein.

„Bob geht jeden Tag nach der Arbeit in dieselbe Bar", berichtete Lucy. „Am besten gehen wir heute Abend auch dorthin und machen uns ein Bild von der Situation."

„Von mir aus gern. Wie weit ist es denn von hier?"

„Es sind nur 10 Minuten zu Fuß."

Bei dem Gedanken, Bob Thompson noch heute in der Bar zu treffen, bekam Robert ein mulmiges Gefühl im Magen. Er wusste nicht, was ihn erwarten würde. Umso mehr verwunderte es ihn, wie unerschrocken Lucy mit der Situation umging. Sie schien sich überhaupt keine Sorgen zu machen. Vielleicht hatte das mit ihrer Brille zu tun, durch die sie ihren künftigen Gesprächspartner schon gesehen hatte.

Nachdem sich beide im Motel noch etwas erfrischt hatten, machten sie sich auf den Weg. Es waren tatsächlich genau 10 Minuten gewesen, die sie für die Strecke gebraucht hatten. Die Bar befand sich in einem freistehenden, flachen Gebäude am Rande einer mäßig befahrenden Straße. Außer ein paar Parkplätzen gab es nichts drum herum. Robert dachte daran, wie sonderbar Lucy und er für Einheimische in diesem Moment als Fußgänger erscheinen mussten. Außer der Bar gab es nicht viele Gründe, diesen Weg an der Straße entlang zu gehen. Ohne ein Auto waren vor ihnen sicher noch nicht viele angekommen. Lucy betrat als erste die fast leere Bar.

Das Innere der Bar wirkte wie aus einem Hollywood-Film der 80er Jahre. Es gab eine lange Holztheke mit Barhockern, die die gesamte hintere Breite des Raumes einnahm. Davor dominierten zwei Tischreihen den Raum. An der rechten Seite bot eine durchgehende Polsterbank Sitzgelegenheit für eine Tischreihe. Gegenüber der Polsterbank befanden sich jeweils schlichte Holzstühle. An der Fensterseite bildeten gegenüberliegende Polsterbänke Sitznischen für die Tische. Lucy steuerte zielgerichtet einen dieser Tische an und setzte sich.

„Wie sieht er denn aus?", erkundigte sich Robert, nachdem er sich gegenüber gesetzt und zwei Getränke bestellt hatte.

„Er ist 1,65 Meter groß und wiegt 80kg. Heute trägt er ein mintgrünes T-Shirt mit V-Ausschnitt und eine blaue Jeans. Er hat schwarze, kurze Haare und trägt einen Dreitagebart."

Robert war immer noch irritiert, wie nüchtern und präzise Lucy solche Fakten präsentieren konnte.

„Aktuell ist er mit seinem Auto auf dem Weg hierher. Ein roter Ford Pick-Up. Er ist in etwa einer Viertelstunde hier."

Als Bob Thompson wenig später das Lokal betrat, hatte Robert das Gefühl, ihn bereits zu kennen. Lucys Beschreibungen zu seinen Lebensumständen und zu seinem Aussehen stimmten mit der Realität exakt überein. Überrascht war Robert nur von der Tatsache, dass Bob direkt auf sie zukam. Er hatte gehofft, ihn eine Weile von der Ferne aus beobachten zu können. Stattdessen schlenderte Bob zu ihnen hinüber, ohne zuvor in ihre Richtung zu sehen. Robert war bereits sicher, Bob würde sich einfach zu ihnen setzen, doch im letzten Moment blieb er vor ihrem Tisch stehen und schaute die beiden an.

„Hallo ihr zwei", begrüßte er sie, „ich sitze jeden Abend an diesem Tisch hier. Habt ihr was dagegen, wenn ich mich dazusetze? Mein Name ist Bob."

„Das wussten wir nicht", fing Robert an sich zu rechtfertigen.

„Nein, nein, setzen Sie sich ruhig", fiel ihm Lucy ins Wort, „wir freuen uns immer, wenn wir neue Leute kennenlernen."

Bob setzte sich und bestellte ein Bier.

„Ihr könnt mich ruhig duzen. Wie gesagt, mein Name ist Bob. Ich komme auf dem Weg von der Arbeit nach Hause jeden Tag hier vorbei. Jeden Tag sind die gleichen Leute hier. Zwei Neulinge wie ihr fallen da sofort auf. Vor allem, wenn sie an meinem Stammtisch sitzen", erklärte Bob und lächelte freundlich.

Robert war sich sicher, Lucy hatte diesen Tisch nicht zufällig ausgesucht. Er fragte sich, ob Bob ebenso freundlich reagiert hätte, wenn er gewusst hätte, was Lucy und er planten. Robert wollte ein ungezwungenes Gespräch einleiten und fragte deshalb:

„Darf ich fragen, was du beruflich machst?"

Bobs freundliche Miene fror kaum merklich ein.

„Da, wo jeder Zweite hier aus der Gegend arbeitet. Das wisst ihr doch sicher längst", antwortete Bob etwas patzig und schaute in verwunderte Gesichter. „Oh. Das war natürlich nicht die richtige Antwort. Die richtige Antwort ist selbstverständlich: Ich arbeite als Gutachter für Kindermöbel, die in Schulen benötigt werden. Meine Aufgabe besteht darin, zu beurteilen, ob Stühle, Tische und Spinde in den Schulen noch länger genutzt werden können oder ausgetauscht werden müssen."

Bob grinste nun deutlich übertrieben. Lucy und Robert schwiegen.

„Kommt schon. Ich brauche solche Spielchen nicht", durchbrach er plötzlich den harmlosen Dialog, „ich glaube euch sowieso nicht, dass ihr hier zufällig aufgetaucht seid. Also raus mit der Sprache: Wer hat euch geschickt und was wollt ihr von mir?"

Bob verschränkte die Arme und beugte sich provozierend nach vorn auf den Tisch. Seine Augen verengten sich. Abwechselnd blickte er zu Lucy und dann zu Robert. Dieser schaute Lucy erst fragend und dann mit vorwurfsvollem Blick an. Lucy hob ausweichend die Augenbrauen, schüttelte kaum merklich den Kopf und wich ein Stück zurück. Die ganze Situation ergab für Robert noch keinen Sinn.

„Hör mal, Bob. Wir sind erst vor wenigen Stunden in Baltimore gelandet. Wir wissen wirklich nicht, wo du arbeitest. Und ich glaube auch nicht, dass wir die Typen von Menschen sind, für die du uns hältst. Ich heiße übrigens Robert und das ist Lucy.”

„Lucy, Robert, freut mich, euch kennenzulernen!”

Bobs Stimmung hellte sich wieder auf. Dennoch wirkte er etwas irritiert.

„Wollt ihr damit sagen, ihr sitzt zufällig gerade heute in meiner leeren Stammkneipe an meinem Tisch? Ich war fest davon ausgegangen, dass ich ... ach was soll's.”

Er machte eine kurze Pause und setzte dann leise hinzu: „Ich glaube, ich werde paranoid.”

„So ganz zufällig sind wir tatsächlich nicht hier, Bob”, gab Lucy zu und wollte gerade zu einer Erklärung ansetzen, als sie von Bob harsch unterbrochen wurde:

„Wusste ich's doch! Wie habt ihr es herausgefunden? Was habe ich falsch gemacht? Ach, ist ja auch egal! Es wird sowieso irgendwann herauskommen. So kann es nicht weitergehen!”

Bob war nun sichtlich nervös und schaute sich mehrfach um.

„Bob, hier ist niemand”, sagte Robert und versuchte ihn zu beruhigen. „Wir sind allein hier und wollen mit dir über deine Pläne reden. Vielleicht können wir dir dabei helfen, Schlimmeres zu verhindern.”

„Woher wisst ihr davon? Wie ist das möglich?”

Bob stützte nervös sein Kinn auf und raufte sich im nächsten Moment die Haare. Er verwendete all seine Energie darauf, sich zu beruhigen und sprach mit leiser, tiefer Stimme weiter. Er war auf einmal sehr ernst.

„Raus mit der Sprache! Was wisst ihr?"

„Wir vermuten, du hast etwas vor, was für die Welt gefährlich werden kann", offenbarte Robert.

„Ich? Seid nicht zynisch! Ich bin überhaupt nicht gefährlich. Die Agency ist gefährlich! Hat euch die Agency geschickt? Das ist ganz schön geschickt, soviel steht fest. Ihr Wächter seht tatsächlich nicht so grausam aus, wie man sich euch vorstellt."

„Wächter? Wir sind keine Wächter! Und grausam sind wir schon gar nicht. Von welcher Agency sprichst du überhaupt?"

Bob zögerte eine Weile.

„Wir sollten woanders weitersprechen. Unterwegs, bei einem Spaziergang. Hier in der Nähe ist eine Joggingstrecke, die an der Straße bis zu einem Park führt. Dort ist es besser."

Lucy und Robert waren einverstanden. Draußen angekommen liefen sie eine Weile schweigend nebeneinander her. Bob entspannte sich während des Spazierganges sichtlich.

„Von welcher Agency hast du vorhin gesprochen, Bob?"

„Ihr seid wirklich nicht von hier, oder? Ich rede von der National Security Agency, der NSA. Meinem Arbeitgeber. Fort Meade liegt nur 20 Minuten entfernt von hier. Dort arbeiten mehrere zehntausend Menschen aus der Gegend. Und doch werdet ihr niemanden treffen, der das von sich behauptet. Jeder wird euch auf Nachfrage von seiner Tarnidentität vorschwärmen. So ein Bullshit. Dabei sind die Ziele der Agency so wichtig."

Roberts Gehirn arbeitete auf Hochtouren. Als Lucy Maryland und das Reiseziel Baltimore nannte, hatte er einmal kurz an die Nähe zur NSA-Zentrale gedacht, die nur wenige Kilometer vom Flughafen entfernt lag. Zu Hause hatte er dies noch als einen Zufall abgetan. Er konnte sich beim besten Willen nicht vorstellen, wie er als Computerfreak aus Deutschland in der Nähe der NSA-Zentrale gegen Hackerangriffe auf kritische Infrastrukturen vorgehen sollte. Gegen die Fähigkeiten der NSA konnte er jedenfalls nichts ausrichten. Ganz sicher war Bob ein Schlüssel zu diesem Rätsel. Sein Geheimnis interessierte ihn nun brennend.

„Du sprachst davon, die Agency sei gefährlich. Was genau hast du damit gemeint?"

„Bevor ich euch davon erzähle, müsst ihr mir erst einmal erzählen, wer ihr seid und warum ich euch glauben soll, dass ihr keine Wächter der Agency seid."

Robert erzählte, was er von Lucy wusste. Die Schilderungen trugen nicht gerade dazu bei, Bobs Vertrauen zu stärken. Nichtsdestotrotz weckte Lucys Brille sein Interesse. Er bat sie um diverse Vorführungen, wie es schon Robert auf dem Bauernhof getan hatte. Ihre Antworten beeindruckten ihn sichtlich.

„Ich wüsste nicht, dass die Agency in der Lage ist, eine solche Brille herzustellen. Sie durchbricht mehrere technische Hürden, an denen wir derzeit regelmäßig scheitern. Es würde mich sogar wundern, wenn ein anderer Geheimdienst über eine solche Technologie verfügen würde. Stündest du nicht wahrhaftig vor mir, würde ich behaupten, so etwas gibt es auf unserer Erde nicht."

Nachdem Lucy und Robert sich das Vertrauen von Bob nach und nach erarbeitet hatten, erzählte Lucy von der Bedrohung und dem Parameter der Bewohnbarkeit, der sich in naher Zukunft für die Erde verschlechterte.

„Wir wissen nicht, was das mit dir zu tun hat, Bob. In meiner Brille sehe ich nur, dass es um die Zerstörung von Infrastruktur geht und Robert als Computerspezialist hinzuzuziehen ist."

Bob schien auf einmal gar nicht mehr irritiert zu sein und klatschte begeistert in die Hände. Wissbegierig erkundigte er sich bei Lucy über diverse Parameter, die sie sich auf seinen Wunsch hin in ihr Blickfeld zog. Nach einigen Minuten unterbrach Robert ihn.

„Bob! In naher Zukunft beschließt du etwas zu tun, was sich als ernste Gefahr für die Menschheit entwickeln wird. Findest du nicht, wir sollten darüber reden?"

„Das stimmt so nicht mehr!", unterbrach ihn Lucy und kniff die Augen leicht zusammen. „Anscheinend verändert sich die Zukunft durch unser Gespräch. Die Zukunft ist unscharf geworden und wird nicht mehr richtig abgebildet. Es sieht jetzt nicht mehr so aus, als ob das auslösende Gespräch noch stattfindet."

„Das glaube ich jetzt nicht! Wir sind bis hierher geflogen, du hast Bob einmal deine Brille gezeigt und nun ist die Welt wieder in Ordnung?"

Robert war frustriert.

„Nein, nein", widersprach Lucy, „die Gefahr für die Bewohnbarkeit ist nicht verschwunden. Die Zusammenhänge sind nur nicht mehr so deutlich. So ganz verstehe ich es aber auch noch nicht."

Bob beobachtete die beiden stumm und dachte nach.

„Vielleicht kann ich dabei helfen, eure Verwirrung aufzulösen."

Er blickte sich wieder nach allen Seiten um, wie er es zuvor in der Bar getan hatte. Aufgrund der geräuschstarken Straße hielt er die Umgebung anscheinend für ausreichend sicher.

„Die Agency leistet wirklich wichtige Arbeit. Sie schützt die freie Welt und hat schon diverse Krisen verhindert, von denen die Menschen nichts mitbekommen haben. Es gibt aber auch Schattenseiten. Es ist wie bei einem starken Partner. Solange er auf deiner Seite ist, fühlst du dich wohl. Wenn er sich jedoch in eine falsche Richtung entwickelt, kannst du ihn nicht aufhalten. Dann bereust du es, dass du ihm all dein Wissen anvertraut hast."

Lucy und Robert hörten gebannt zu.

„Die Agency ist in der Lage, jedes Land der Welt unbemerkt anzugreifen und komplett lahmzulegen. Was anfangs auf genialen Hackerkünsten einzelner Spezialisten beruhte, wurde im großen Stil industrialisiert und mit kaltblütiger Professionalität umgesetzt."

Er machte eine Pause, um seine Worte wirken zu lassen.

„Alle Länder sind mit all ihren Infrastrukturen katalogisiert. Es existieren Angriffsanleitungen, die wie Baukästen zusammengestellt werden können. Je nach Befehl können Angriffe maßgeschneidert erfolgen. Ein Stromnetzanbieter in einem Land A wird dann zum Beispiel durch einen Cyberangriff aus Land B attackiert. Die Steuerungssysteme sämtlicher Bereiche des öffentlichen Lebens können wahlweise übernommen, gestört oder zerstört werden."

Robert wurde blass. Das Problem war schlimmer als er es je für möglich gehalten hatte. Für ihn war es ein riesiger

Unterschied, abstrakt über die möglichen Fähigkeiten der Geheimdienste in Vorträgen zu spekulieren oder die Realität von einem Insider zu hören. Direkt aus erster Hand das ganze Ausmaß zu erfahren, war um ein Vielfaches schlimmer.

„Wie funktioniert das Baukastensystem genau?", fragte er.

„Im Grunde durchläuft die Erstellung der Angriffspläne drei Schritte. Im ersten Schritt ermitteln Mitarbeiter für jedes Land die Hersteller und die Versionen der Steuerungssoftware, mit denen kritische Infrastrukturen betrieben werden. Zusätzlich werden dabei auch alle Komponenten erfasst, die für die Steuerung noch relevant sind. IP-Netzsegmente, Firewalls und ähnliches. All diese Informationen fließen in eine Datenbank. Der zweite Schritt basiert auf einer anderen Datenbank mit bekannten Sicherheitslücken zu allen gesammelten Systemen. Dabei werden zuerst öffentlich verfügbare Quellen bekannter Sicherheitslücken zusammengefügt. Hinzu kommen die unbekannten Schwachstellen, die sogenannten Zero Days. Diese kauft die NSA entweder ein oder entwickelt sie selbst. Bei Produkten, mit denen sehr viele oder sehr wichtige Systeme abgesichert werden, macht sich die NSA selbst an die Arbeit. Ein Team versierter Hacker ist damit beschäftigt, in Testlaboren Schwachstellen dieser Systeme zu ermitteln. Ist eine Schwachstelle gefunden, wird ein Exploid entwickelt, der diese Schwachstelle gezielt ausnutzt. Durch den Exploid wird die Sicherheitsfunktion des Systems umgangen oder das System gänzlich unschädlich gemacht. Als Ergebnis entsteht eine riesige Datenbank mit Angriffsanleitungen für alle möglichen IT-Systeme dieses Planeten."

„Und im dritten Schritt wird beides zusammengefügt?"

„Und sogar noch etwas mehr. Oft benötigt ein Angriff die Kombination mehrerer Schwachstellen. Durch Schwachstellen auf irgendeinem Computer einer Organisation gelangt man üblicherweise in das Netzwerk der Organisation. Von dort aus wird der Angriff fortgesetzt, indem z. B. Firewalls umgangen werden, um auf die Steuerungssysteme zuzugreifen. Für die Fertigstellung der Angriffsanleitung muss nur noch entschieden werden, von welchen Ländern aus er stattfinden soll, um keine beziehungsweise falsche Spuren zu hinterlassen."

„Wie sollen wir diesen Wahnsinn denn stoppen?!"

Lucy blickte hilflos zu Robert, der auch keine Lösung parat hatte.

„Ich hätte da einen Ansatz", fing Bob an zu erklären, „im Grunde basiert alles auf schlecht programmierter Software und der Unwissenheit der Anwender über die Gefahr. Wir könnten diese Informationen einfach veröffentlichen. Dann können die Hersteller die Lücken stopfen oder die Kunden andere Produkte wählen."

Für einen Augenblick herrschte Stille.

„Das klingt für mich nach demselben Ereignis, das die Katastrophe ausgelöst hat", stoppte ihn Robert.

„Wenn du die Sicherheitslücken veröffentlichst, können diese auch von anderen Menschen genutzt werden, um Systeme anzugreifen."

„Aber doch nur, wenn sie auch genau wissen, wo diese Systeme eingesetzt werden und welche Systeme davor zu umgehen sind. Wir müssen ja nicht alles veröffentlichen, sondern nur die Liste der Schwachstellen je nach System", schlug Bob vor.

„Das würde immerhin Zeit schaffen, bis einzelne Täter sich durchprobieren."

„Im Grunde hat Bob Recht. Wenn die Sicherheitslücken das Problem sind, müssen sie weg", hielt Lucy fest. „Warum schließen wir die Schwachstellen nicht einfach?"

„Wie willst du das denn anstellen?", wollte Robert wissen.

„Keine Ahnung, wie das geht. Du bist doch der Computerfreak. Du musst dich irgendwie in die Systeme einschleusen und die Probleme beseitigen."

Bob verwarf ihre Idee: „Das ist unmöglich. Es sind viel zu viele."

„Wie würdest du es denn machen? Du bist doch vermutlich auch ein Computerexperte."

„Nicht direkt", antwortete Bob, „ich forsche auf dem Gebiet der Nanotechnologie. Da steckt zwar viel IT drin; das ist aber nicht mein Spezialgebiet."

„Dann müssen wir eben noch mehr Computerfreaks finden, die uns dabei helfen. Wenn es Wege gibt, sich in Systeme einzuschleusen, um zu zerstören, gibt es auch Wege, sie zu reparieren", meinte Lucy trotzig.

Robert dachte eine Weile über ihren Vorschlag nach.

„Du hast Recht. Aber es bleibt ein riesiger Aufwand. Wie wäre es denn, wenn wir die Hersteller dazu bringen, die Lücken zu schließen?"

„Und wie sollen wir das anstellen? Wenn wir den Herstellern eine E-Mail schicken, werden die sich wohl kaum darum kümmern. Die haben doch nur ihre neuen Features im Kopf und kümmern sich nicht um Probleme alter Versionen."

„Wir müssten sie dazu zwingen, sich zu kümmern", legte Lucy energisch nach.

„Wir könnten ihnen ein Ultimatum stellen. In dem Moment, in dem wir sie über die Sicherheitslücke informieren, drohen wir gleichzeitig damit, die Lücke nach einer Frist bekannt zu machen und damit an die Öffentlichkeit zu gehen. In dieser Frist haben sie Zeit zu reagieren und das Problem zu lösen. Nach Ablauf der Frist informieren wir die Kunden der jeweiligen Software darüber, welche Probleme es gibt. Spätestens dann steht der Hersteller unter Druck und sieht eine Gefahr für seine Umsätze. Wenn der Hersteller nicht reagiert, können die Nutzer sich selbst schützen, indem sie eine andere Software einsetzen oder andere Sicherheitsmechanismen schaffen."

Bob dachte über Roberts Worte nach.

„Die Sammlung aktueller Sicherheitslücken ist riesengroß. Hunderte bis tausende Schwachstellen, die nie geschlossen werden konnten, weil niemand sie kannte. Es wäre eine Möglichkeit, die Welt sicherer zu machen, ohne sie in Gefahr zu bringen. Ich bin einverstanden. Wie wollen wir es angehen?"

31

Die Monitore und Tastaturen, an denen Bob und Robert
arbeiteten, wirkten deplatziert. Der gemütliche Landhaus-
stil der Einrichtung war nur noch an den Schränken und
am Sofa erkennbar. Die Elektronik, die Robert vor Bobs
Ankunft mitten auf dem Tisch eingerichtet hatte, änderte
das Flair des alten Wohnzimmers vollständig. Der Wohn-
raum des Bauernhauses war zu einem Büro umfunktioniert
worden. Von hier aus führten Robert und Bob seit einigen

Wochen ihren Plan aus. Lange hatten sie darüber diskutiert, welches die beste Strategie sei und in welcher Reihenfolge sie am besten vorgehen sollten. Je intensiver sie das Thema diskutierten, desto bewusster wurde ihnen, vor welcher Mammutaufgabe sie standen. Eine verantwortungsvolle Offenlegung bedeutete wochenlange Arbeit und gründliche Vorbereitung. Sie mussten vorsichtig vorgehen, um nicht erkannt und aufgehalten zu werden. Mit der NSA hatten sie einen mächtigen Gegner zum Feind.

Die Entscheidung, von Deutschland aus zu agieren, war schnell gefallen. Robert hatte den Bauernhof angeboten und brauchte bei Bob dafür nur wenig Überzeugungsarbeit zu leisten. Bob erkannte die Vorzüge der abgeschiedenen Lage sofort. Es war der perfekte Ort, um ungestört zu arbeiten. Sie verschleierten ihre Spuren, indem sie fremde Rechner in fernen Ländern kaperten, um von dort aus ihre Informationen gezielt in die Welt zu setzen. E-Mails an einzelne Hersteller mit detailgetreuen Beschreibungen der Schwachstellen und wie sie sich ausnutzen ließen. Gleichzeitig übermittelten sie eine Empfehlung, wie die Schwachstellen zu beheben seien. Schon nach wenigen Tagen zeigte ihre Arbeit den ersten Erfolg. Einige Hersteller veröffentlichten einen Patch ihrer Software und warben offensiv auf ihrer Homepage dafür, aus Sicherheitsgründen auf die neueste Version zu wechseln. Andere Hersteller schlossen Sicherheitslücken still und heimlich, ohne darüber ein Wort zu verlieren.

Als Robert und Bob wie gewöhnlich arbeiteten und sich auf ihre Bildschirme konzentrierten, geschah etwas Seltsames. Bob, der die Veränderung nur zufällig links im Augenwinkel wahrnahm, hatte es als Erster bemerkt. Er traute seinen Augen kaum. Zuerst hatte er gedacht, er hätte zu lange ohne Pause auf seinen Monitor gestarrt und würde halluzinieren. Still und unbewegt beobachtete er das obere Blatt Papier auf dem Stapel schräg vor seinem Monitor. Da sein und Roberts Monitor Rücken an Rücken standen, konnte Robert Bob nicht direkt in die Augen sehen. Aber auch Robert hatte freie Sicht auf den Papierstapel, dessen oberstes Blatt sich seltsam verhielt. Noch vor wenigen Sekunden war das Papier weiß und unbeschrieben gewesen und nun war dort ein Text entstanden. Niemand hatte das Papier angerührt. Es war geradezu gespenstisch. Bob, der seine Entdeckung immer noch als Symptom seiner Überarbeitung abtat, rollte vorsichtig nach links, um das Blatt im Auge zu behalten und gleichzeitig Blickkontakt zu Robert aufzunehmen. Dieser war völlig in die Arbeit vertieft und bemerkte Bobs Ansinnen nicht. Tonlos und gleichmäßig erhob er seine Stimme.

„Robert, bleib ganz ruhig und beweg dich langsam. Hier passiert etwas ganz Seltsames.“

„Was hast du? Was ist passiert?“

Robert schaute nun endlich zu Bob hinüber und blickte ihm ins Gesicht. Sein Blick schweifte direkt über das Papier, dessen Oberfläche plötzlich bedruckt war.

„Siehst du das Papier zwischen uns? Es war bis vor wenigen Sekunden noch unbeschrieben. Es wurde wie von Geisterhand bedruckt!“

„Was redest du da, Bob? Meinst du dieses hier?“

Robert stand auf und griff beherzt zum Blatt zwischen ihnen. Bob, der noch immer erstarrt war, reagierte nicht schnell genug. Er hatte Angst, eine ruckartige Bewegung könnte die Schrift auflösen oder verschwinden lassen, bevor sie sie gelesen hatten. Doch wie sich herausstellte, war seine Angst unbegründet. Robert nahm den Zettel an sich und las den Text stumm durch. Bob wusste nicht, was schlimmer gewesen war. Seine anfängliche Angst, er könnte halluzinieren oder die Gewissheit, nicht halluziniert zu haben. Diese Gewissheit stellte sich für Bob ein, als Robert vom Blatt aufschaute. Er war kreidebleich. Was immer auf dem Blatt stand, musste es in sich haben. Robert war vollkommen durcheinander.

„Wie ist das möglich?", stammelte er aufgelöst.

„Was steht auf dem Blatt?", drängte Bob.

„Etwas von neuen Mühen. Das ergibt keinen Sinn. Ich habe keine Ahnung, was das bedeutet."

Robert gab den Zettel an Bob weiter. Dieser las ihn in Ruhe und sagte nach kurzer Zeit:

„Wir sollten diese Zeilen mit Lucy besprechen."

Er wirkte deutlich gefasster, stand auf und winkte Robert beim Hinausgehen hinter sich her.

32

Lucy saß mit Sara auf dem Hof unter dem Walnussbaum. Die beiden redeten über Mathematik. Sara nutzte Lucys Interesse an dem Fach, um sich auf ihre letzten Prüfungen vorzubereiten. Sie freute sich, mit ihr jemanden gefunden zu haben, der ihre Leidenschaft für diese Wissenschaft teilte. Obwohl Lucy einige Jahre jünger war, hatte sie erstaunlich viel Wissen angehäuft. Lucy empfand Saras Lektionen als äußerst inspirierend. Lange Zeit hatte sie nicht gewusst, was sie nach der Schule machen wollte. Ein Studium der Mathematik war nach den Sommertagen unter dem Walnussbaum auf jeden Fall in die engere Wahl gerückt.

Sara und Lucy schauten skeptisch auf, als die beiden Männer sich zwei Stühle nahmen und sich zu ihnen an den Tisch setzen. Bisher wurden sie nie von ihnen bei ihrer Arbeit gestört. Es war es immer umgekehrt gewesen.

„Was habt ihr denn ausgefressen? Ihr kommt hierher, als hättet ihr jemanden umgebracht. Habt ihr?"

Saras Verwunderung über die unerwartete Unterbrechung war gepaart mit der Freude, ihren Liebsten früher als an anderen Tagen wiederzusehen. Sie schlang ihre Arme um Roberts Hals und lehnte ihren Kopf an seine Schulter.

„Lucy, hier ist eine Nachricht, die musst du dir ansehen."

Bob sprach ruhig und ernst. Lucy registrierte die Ernsthaftigkeit der Situation sofort und verkniff sich sämtliche Späße. Sie nahm den Zettel, den Bob ihr hinhielt und fing laut an zu lesen.

Die letzte Zeile blieb Lucy fast im Hals stecken. Beide Welten. Ihre Augen fixierten die Worte für einige Sekunden, in denen sie stumm und regungslos verharrte. Beide Welten. Neben der Erde konnte nur ihre eigene Welt gemeint sein, von der sie nun schon seit mehreren Tagen getrennt war. Die Zeit auf der Erde war für sie wie im Flug vergangen und bisher hatte sie kaum an zu Hause gedacht. Nun hoffte sie inständig, die Zeit würde auch bei längeren Aufenthalten zu Hause stehen bleiben. Niemals würde sie es Christian und ihren Eltern antun wollen, für mehrere Tage einfach zu verschwinden. Sie las die Zeilen noch einmal. Dann begriff sie mit einem Mal. Die Erkenntnis traf sie so unvorbereitet, dass sie instinktiv ihre Hand auf ihren weit offen stehenden Mund legte. Mit einem Mal gab es für sie keinen Zweifel mehr. Der Autor dieser Zeilen war auch der Autor der Nachricht in der Felsspalte. Es war der Eigentümer des Selimundus. Ihm gehörten das Buch und die

Truhe. Er hatte sie hierher gelockt und sie war ihm auf den Leim gegangen. Lucy war erschüttert. Was sollte sie ihren Freunden berichten? Sie hatte erzählt, die Brille gefunden zu haben. Nun würde sich herausstellen, dass sie gelogen hatte. Sollte sie die ganze Wahrheit über die Truhe und die Perlenfürsorge offenbaren? Hatte sie überhaupt eine Chance, dass man ihr glaubt? Wer war überhaupt der Absender dieser Nachrichten? Was würden die anderen sagen, wenn sie merkten, dass sie nur benutzt wurden? Es war ausgeschlossen. Lucy konnte es ihnen nicht erzählen. Sie stand auf und schritt wortlos zwischen Stall und Bauernhaus hindurch zum Garten. Erst am Birnbaum machte sie Halt und setzte sich auf die Wiese. Sie sank völlig in sich zusammen und spürte eine unendliche Leere. Sie fühlte sich ausgenutzt und hereingelegt.

Die anderen blieben zurück und schauten sich verwundert an. Lucys Reaktion überraschte alle. Sara, die noch nicht wusste, wie die Nachricht entstanden war, erkundigte sich bei Robert. Seine Antwort warf nur noch mehr Fragen auf. Nachdem Robert und Bob ihr keine befriedigende Erklärung geben konnten, folgte sie Lucy in den Garten. Schweigend setzte sie sich neben sie und legte ihren Arm vorsichtig um ihre Schultern. Lucy redete ganz unerwartet los wie ein Wasserfall:

„Ich wollte das nicht! Ich dachte, ich tue der Erde etwas Gutes! Stattdessen habe ich Robert und Bob nur ausgenutzt. Aber ich wurde doch selbst nur benutzt! Wer weiß w…"

„Nein Lucy!", unterbrach sie Sara. „Es gibt keinen Grund, dir Vorwürfe zu machen. Du musst uns erzählen, was du weißt. Ich bin sicher, die beiden und ich, wir werden dich verstehen."

„Ach Sara. Wenn du wüsstest... "

Lucy rang sichtlich mit sich. Nach einer Weile fasste sie den Entschluss, die Wahrheit auf den Tisch zu legen. Es hatte keinen Sinn mehr, zu verbergen, was sie wusste. Mittlerweile wusste sie selbst nicht mehr, ob sie noch diejenige war, die das Geschehen in der Hand hatte oder ob sie selbst von irgendjemandem gesteuert wurde.

Sie ging mit Sara zurück auf den Hof, setzte sich an den Tisch und berichtete von ihrem wahren Leben. Von dem bevorstehenden Abschluss in der Schule. Von Christian und wie sie mit ihm den Selimundus und anschließend die Truhe mit dem Perlenkästchen gefunden hatte. Sie berichtete von dem Buch der Perlenfürsorge, dem Aktor und dem Gürtel, der ihre Zeitreise steuerte. Sara, Robert und Bob hörten gebannt zu und trauten ihren Ohren kaum. Lucys Geschichte klang so unglaublich - die drei kamen sich vor, als wären sie Kinder und lauschten einem Märchen aus Tausendundeiner Nacht.

„Trägst du diesen merkwürdigen Gürtel schon die ganze Zeit, seitdem du hier bist?", fragte Sara ungläubig.

Lucy hob ihr T-Shirt hoch. Die drei starrten auf den Gürtel, so als hätten sie noch nie einen Gürtel gesehen.

„Und du glaubst tatsächlich, der Autor dieser Zeilen ist derselbe wie der Eigentümer, der dir in deiner Welt die Truhe und die Nachricht geschrieben hat?", fragte Robert.

„Ich bin ganz sicher! Der Stil ist derselbe. Der Satz 'Ihr habt euch gefunden' ist sogar identisch."

„Warum schreibt er plötzlich über den Schutz beider Welten? Meinst du, deine Welt ist auch in Gefahr?"

„Ich weiß es nicht. Der Autor dieser Zeilen scheint das so zu sehen."

„Ich verstehe die Botschaft so, dass wir Lucy auch im Kampf um ihre Welt unterstützen sollen", schlussfolgerte Robert.

„Das lese ich auch so, aber ich weiß gar nicht, welche Probleme wir haben. In unserer Welt habe ich keine Planetenperle, die rot schimmern würde, um mir eine Gefahr für meinen Planeten anzuzeigen."

Bob winkte ab.

„Wenn wir wissen wollen, was dahinter steckt, sollten wir herausfinden, wer diese Nachrichten schreibt. Wir müssen als erstes herausfinden, auf welchem Weg die Nachricht zu uns gelangt ist. Gibt es so etwas wie Magie oder Zauberei bei euch? Entwickeln bei euch weiße Blätter plötzlich ein Eigenleben?"

„Nein, nein. Wir haben keine Zauberer. Die Planetenperle und die Brille sind bei uns so sonderbar wie bei euch. Auch Papier wird bei uns im Drucker bedruckt oder von Hand beschrieben. So etwas habe ich auch zu Hause noch nie gesehen."

Bob dachte nach. Ein ganz bestimmter Gedanke beschäftigte ihn. Es wunderte ihn, warum gerade er anscheinend absichtlich zu diesem Team hinzugezogen wurde. Vielleicht hatte es nicht nur mit den Sammlungen der Sicherheitslücken zu tun. Immerhin war sein Spezialgebiet ein ganz anderes. Auf einmal hatte er eine Idee, die ihm abwegig und logisch zugleich erschien. Beim Gedanken daran lief ihm ein Schauer über den Rücken. Er ließ die anderen daran teilhaben:

„Vielleicht ist es kein Zufall, dass ich in eurem Team bin", sagte er.

172

33

„Ich forsche im Bereich der Nanotechnologie in einem Bereich, den wir Materialmanipulation nennen. Nichts davon ist auch nur in der Nähe der Umsetzungsreife. Aber die fernen Visionen, die wir haben, können das plötzliche Erscheinen von Text auf einem Papier vielleicht erklären."

„Na da bin ich aber echt gespannt", entfuhr es Sara.

„Die Vision der Nanotechnologie ist es, einzelne Atome direkt zu manipulieren. Eine solche Beeinflussung einzelner Atome ermöglicht zuerst einmal hochpräzise Moleküle und Werkstoffe. Die Stabilität und die Qualität der Materialien wären um ein Vielfaches höher als heute. Wenn es gelänge, eine beliebig große Anzahl Atome präzise zusammenzusetzen, wären der Fantasie keine Grenzen mehr gesetzt. Theoretisch ist es möglich, Bauteile so zu verbinden, dass jedes Material oder jede Nahrung aus einem Haufen Rohmaterial unmittelbar entsteht. Das Einzige, was es dazu bräuchte… "

Bob geriet ins Stocken.

„Das klingt natürlich ziemlich nach Science-Fiction. Aber immerhin würde das erklären… Was sollte es auch sonst sein…? Das wäre eine Sensation! Es kann gar nicht anders sein!"

Robert wurde ungeduldig. Bobs Worte ergaben noch keinen Sinn.

„Bob, würdest du uns bitte erklären, wovon du sprichst!"

„Nanoroboter! Das Konzept habe ich vor ein paar Jahren theoretisch ausgearbeitet und heimlich weiterentwickelt. Es ist so unrealistisch, dass selbst die Verantwortlichen der NSA es für Geldverschwendung halten, daran weiterzuforschen. Wenn meine Überlegungen mich nicht täuschen, sehen wir hier ein perfektes Beispiel aktiver Nanoroboter während der Arbeit."

„Das verstehe ich nicht. Wie meinst du das?" Robert standen die Fragezeichen im Gesicht.

„Stell dir einen winzigen Roboter vor. Er ist so winzig, dass du ihn nicht sehen kannst. Nicht einmal mit einer Lupe. Und er ist in der Lage, ein einzelnes Atom zu greifen, zu bewegen und neu zu platzieren."

„Ein solcher Roboter müsste eine riesige Menge Atome bewegen, um ein sichtbares Resultat zu erzeugen. Ein Roboter, der sich so schnell bewegen kann, ist wirklich kaum vorstellbar."

Sara war voller Skepsis. Bob setzte seine Erklärung fort:

„Wer sagt denn, dass es nur ein Roboter ist? Es könnten auch Millionen solcher Roboter gleichzeitig am Werk sein. Wer immer es schafft, einen solchen Roboter zu bauen, kann ihn auch dazu bringen, eine Kopie von sich selbst anzufertigen. Dann wären es schon zwei Roboter, die sich so lange duplizieren würden, bis sie Millionen oder Milliarden sind."

„Milliarden Nanoroboter? Ist das dein Ernst?"

Auch Lucy fand Bobs Vorschlag reichlich abwegig und schaute ihn fragend an.

„Wie sollten diese denn gesteuert werden?"

„Hierzu gibt es eine hitzige Debatte unter den Forschern auf diesem Gebiet. Das ist vermutlich eine der Ursachen, warum die Forschungen in diesem Bereich bisher eingestellt wurden. Am aussichtsreichsten ist bisher die Hypothese eines morphogenetischen Feldes."

„Ein morphogenetisches Feld?" Sara und Robert sprachen die Worte fast gleichzeitig.

„Überlegungen zu solchen Feldern gibt es schon länger. Trotzdem lehnen viele Naturwissenschaftler deren Existenz ab. Dabei ist die Idee der morphogenetischen Felder recht einleuchtend. Sie erklären, wie komplexe Formen gebildet werden können. Einzelne identische Elemente im Raum bekommen erst durch ihre Verortung im morphogenetischen Feld ihre Bestimmung mitgeteilt. Diese Felder erklären zum Beispiel, woher einzelne Zellen bei der Entwicklung eines Säugetieres wissen, ob sie eine Leber, ein Magen oder ein Bein bilden sollen. Oder wie ganze Völker in einem Termitenbau zusammenwirken und jede Termite weiß, was sie zu tun hat."

Sara war auch von diesen Darstellungen nicht sonderlich überzeugt und zog die Augenbrauen hoch. Sie hakte nach:

„Und so ein Feld steuert auch die Nanoroboter? Wie soll das funktionieren?"

„Das kann im Moment keiner der Forscher überzeugend erklären. Daher rührt vermutlich auch die Ablehnung vieler Naturwissenschaftler. Wenn es jedoch jemandem gelungen ist, auf das morphogenetische Feld einzuwirken und dieses zu manipulieren, glaube ich auch daran, dass er oder sie damit die Nanoroboter steuern kann."

Robert hatte plötzlich eine Idee.

„Du sagtest vorhin, die Nanoroboter seien zu klein, um sie wahrnehmen zu können. Wenn es stimmt, dass sie da sind, müsste sie doch Lucy durch die Brille sehen können, oder?"

„Das ist auf jeden Fall einen Versuch wert!", reagierte Bob begeistert. „Wenn die kleinen Winzlinge noch nicht weg sind, kann sie Lucy vielleicht sehen."

Lucy fand die Idee einleuchtend. Da sie ihre Brille die ganze Zeit trug, schaute sie sofort auf den Text des Papiers. Sie kniff die Augen leicht zusammen und las die eingeblendeten Informationen im Glas ihrer Brille.

„Das Material besteht aus Kunstharz, Pigmenten und Metalloxiden. Es handelt sich um denselben Toner, der auch bei handelsüblichen Druckern verwendet wird."

Robert wirkte enttäuscht. Er hatte gehofft, Lucy würde auf dem Papier Nanoroboter entdecken.

„Das widerspricht der These der Nanoroboter nicht", warf Bob ein. „Die Nanoroboter würden auf dem Papier die Atome so zusammensetzen, wie es sich für Druckerschwärze gehört. Bitte schau weiter, Lucy."

Lucy senkte ihren Blick und suchte den Boden ab. Konzentriert führte sie ihren Blick Streifen für Streifen über den Rasen, um die Fläche systematisch abzusuchen. Nach einer Weile schüttelte sie den Kopf. Es war nichts zu finden. Sara, der die Sucherei etwas zu lange dauerte, zog Robert ungeduldig hinter sich her und verschwand mit ihm im Garten.

Bob wollte es nicht wahrhaben. Zu verlockend war für ihn der Gedanke, seine Visionen der Nanoroboter endlich in Aktion zu erleben.

„Kannst du danach suchen?", wollte er von Lucy wissen.

„Ich wüsste nicht wie. Bisher habe ich meine Augen nur über den Boden gleiten lassen und an ausgewählten Stellen herangezoomt, um zu schauen, ob ich das Label 'Nanoroboter' oder irgendetwas in der Art eingeblendet bekomme. Ich kann bis auf die Größe von Atomen heranzoomen und sehe dann, was es für ein Atom ist. Wenn die Nanoroboter nicht überall sind, wäre es schon ein enormer Zufall, wenn ich auf diesem Wege einen finden würde."

Bob dachte nach. Da er nicht wusste, wie genau Lucys Brille funktionierte, hatte er keine Idee, wie sie damit suchen sollte.

„Weißt du denn, aus welchem Material die Nanoroboter bestehen?"

„Nein. Es gab Überlegungen zu organischen Verbindungen ähnlich einer DNA. Aber auch anorganische, synthetisch erzeugte Molekülketten hatten wir betrachtet. Darüber, welches Material das beste sein würde, bestand noch keine Einigkeit. Wir waren wirklich noch weit weg von einer technischen Umsetzung."

„Gibt es sonst noch eine Eigenschaft, durch die sich die Nanoroboter von ihrer Umwelt abheben? Eine Eigenschaft, durch die ich sie über die Brille finden kann?"

Bob überlegte eine Weile.

„Wir wissen leider nicht, wie viele von diesen Dingern es gibt. Wenn sie sich tatsächlich selbst reproduzieren, würde man vermutlich versuchen, irgendwann die gesamte Erdoberfläche damit zu füllen. Dann könnte man jeden Punkt der Erdoberfläche in einer definierten Zeit erreichen. Und wenn das das Ziel ist, wäre es klug, sie auf der Oberfläche gleichmäßig und nicht chaotisch zu verteilen. Die Anordnung der Roboter wäre dann vermutlich wie ein Netz oder ein Wabenmuster. Wenn dann an einem bestimmten Punkt etwas gebaut werden soll, werden die Roboter an diesem Punkt aktiviert und machen sich an die Arbeit. Falls mehr zu tun wäre, kämen die Nanoroboter aus den umliegenden Waben hinzu. So würde ich es jedenfalls konzipieren."

„Mal angenommen, das stimmt alles. Wie groß wäre so eine Wabe oder eine Masche des Netzes?"

„Keine Ahnung. Das hängt davon ab, wie viele Roboter im Einsatz sind. Vermutlich wird so ein Netz anfänglich sehr grobmaschig sein und immer wenn die Roboter keinen Auftrag haben, reproduzieren sie sich selbst und sorgen damit für ein Netz mit immer engeren Maschen."

„Dann ist der einzige Anhaltspunkt aus deiner Sicht eine Gleichverteilung über die Erdoberfläche und eine wabenförmige oder netzartige Struktur?", fasste Lucy Bobs Worte zusammen.

Er nickte.

Sie wandte sich zur Seite. Ihren Blick richtete sie leicht nach oben, als suchte sie vor ihrem inneren Auge nach Bildern ihrer Erinnerung. Tatsächlich betrachtete sie in ihrer Brille eine Projektion der Erdkugel und versuchte, irgendwelche Informationen in ihr Blickfeld zu holen, anhand derer sie auf Nanoroboter schließen konnte. Es war schwerer als gedacht. Gleichmäßige Verteilungen verwandter Molekülketten fand sie überall auf dem Planeten. In der Atmosphäre waren es vor allem Stickstoff, Sauerstoff und Argon, deren Verteilung sich aufdrängte. Die Frequenz war allerdings viel zu hoch. Mit einem Gedanken blendete sie diese Elemente aus und suchte nach selteneren Bestandteilen. Sie fand diverse Spurenelemente und Spurengase, von denen sie noch nie gehört hatte. Nur Nanoroboter fand sie keine. Vermutlich bewegten sich die

Nanoroboter auch nicht in der Atmosphäre, sondern auf der Oberfläche, schlussfolgerte sie. Sie setzte ihre Suche direkt auf der Erdoberfläche fort. Während sie schaute, berichtete sie Bob, was sie sah:

„Auf der Erdoberfläche sind jede Menge Ketten gleichartiger Atome und Moleküle. Oh. Nun ja. Nach dem Heranzoomen erkenne ich diese als Schienen… Autobahnen… Hochspannungsnetze. Im Meer ist etwas… ein Unterseekabel.“

„Das sind alles Strukturen der Zivilisation. Schau doch mal in Gebieten nach, wo keine Menschen leben“, schlug Bob vor.

Sie betrachtete die Taiga Sibiriens. Diese Gegend schien keine von Menschen gemachten Strukturen mehr zu beherbergen. Die Landfläche vor ihrem Auge war etwa so groß wie Deutschland. Lucy blätterte in ihrem Blickfeld gleichartige Lebensformen und Stoffverbindungen durch.

„Ich bin jetzt in Sibirien. Da steht alles voller Birken. Auch in der Umgebung ist alles natürlichen Ursprungs. Ich blende jetzt alle organischen Kohlenwasserstoffe auf der Oberfläche aus. Jetzt gibt es in meinem Blickfeld nur noch gleichartige, anorganische Strukturen. Die Darstellung der Erdoberfläche ist milchig grau. Das ist merkwürdig. Ich hätte schwarz erwartet.“

Lucy stutzte.

„Seltsam. Wenn ich alle Stoffe ausblende, wird das Bild schwarz. Dann blende ich anorganische Strukturen wieder ein und bekomme einen milchigen Grauschleier.“

Sie widmete sich dem grauen Schleier und vergrößerte die Darstellung. Je näher sie ihn heranholte, desto durchsichtiger wurde er, bis er schließlich so verblasste, dass er nicht mehr erkennbar war. Nun sah Lucy wieder ein tiefschwarzes Bild. Sie war irritiert. Sie konnte sich nicht erklären, was es mit dem Schleier auf sich hatte. Sie zoomte wieder aus dem Bild heraus und je mehr Fläche sie ins Bild nahm, desto deutlicher wurde der graue Schleier. Sie versuchte ihn im Blickfeld zu fokussieren, um ein Label zu erhalten. Als sie ihre Darstellung des Gebietes von der Draufsicht zur Seite neigte, vergrößerte sich der Kontrast des Schleiers vor dem schwarzen Hintergrund. Als sie fast waagerecht auf die Fläche schaute, war der Schleier nur noch ein Strich, der hell leuchtete. In diesem Moment erschien ein Label mit der Bezeichnung „EKA-Pikomat".

„Ich hab sie!", rief Lucy in diesem Moment.

Bob machte vor Freude einen Sprung in die Luft. Sie zoomte heran und es gelang ihr, ein einzelnes Exemplar in reichlicher Vergrößerung anzusehen. Die Form erinnerte sie an einen kurz gewachsenen Hummer. Lucy beschrieb Bob, was sie sah und wie sie den Winzlingen auf die Spur gekommen ist.

„Pikomat! Ein schöner Name. Das Ding ist ja wirklich nur wenige Atome groß. Das ist phantastisch. Für so einen Roboter ist ein Molekül vermutlich schon eine Großbaustelle. Ich bin begeistert!"

„Ich versuche einmal, von einem einzelnen Ding auf die Struktur zu schwenken."

Lucy behielt den Pikomaten im Fokus und neigte die Darstellung langsam zurück, um wieder die Draufsicht auf das Gelände zu erhalten. Der Pikomat war nun nicht mehr vor einer weißen Linie abgebildet, sondern vor einem schwarzen Hintergrund. Ihre Idee war es, die Struktur des

milchigen Schleiers zu erkennen, indem sie langsam weg-
zoomte, ohne den Pikomat aus dem Blick zu verlieren.
Vorsichtig verkleinerte sie den Pikomat, um mehr Fläche
in ihr Blickfeld zu bekommen. Was sie sah, übertraf bei
Weitem all ihre Vorstellungen.

34

Ein Pikomat reihte sich an den anderen. Wie auf einer Perlenkette aufgefädelt erschienen immer mehr Pikomaten in ihrem Blickfeld, je weiter Lucy ihren Blick öffnete.

„Es wimmelt nur so von den Dingern! Sie sind alle in einer Reihe. Es sind hunderte hintereinander.“

Bob schaute ihr gespannt zu.

„Wie weit bist du schon weg?“

Lucy antwortete nicht. Sie hatte ein Lineal in ihr Blickfeld eingeblendet und schaute schockiert auf die Einheit.

„10^{-6} Meter sind Mikrometer, richtig? Ich dachte, ich wäre schon ewig weit weg. Die Annahme, es seien Milliarden Roboter war wohl stark untertrieben.“

„Wir wissen immer noch nicht, in welcher Form sie sich auf der Erde verteilen“, warf Bob ein.

„Ich denke, mit der Gleichverteilung hattest du Recht. Das würde den milchigen Schleier erklären, den ich gesehen habe. Leider verliere ich die einzelnen Pikomaten aus dem Blick, wenn ich weiter wegzoome, um die Struktur zu erkennen.“

Sie überlegte krampfhaft, wie sie die kleinen Roboter im Blick behalten konnte. Da kam ihr eine Idee.

„Ich habe jeden Pikomaten mit einer einen Millimeter dicken Linie umrahmt. Somit kann ich deutlich mehr im Blick behalten.“

Lucy grinste und war sichtlich stolz auf sich. Zügig zoomte sie aus dem Bild hinaus und wurde dabei abermals von der gewaltigen Größe der Struktur überrascht. Auch als die Umrahmung kaum noch erkennbar war, blieben alle Pikomaten in einer Linie aufgereiht. Noch einmal musste sie die Umrandung der Pikomaten auf einen Zentimeter vergrößern, um alles im Blick zu behalten. Sie zoomte weiter hinaus.

„Da ist etwas! Es sieht aus wie eine Verzweigung. Die Linie der Pikomaten verzweigt sich in zwei neue gerade Linien. Die beiden Knicke verzweigen gleichmäßig, jeweils etwa 120 Grad von der ersten Linie. Und da noch einmal. Wieder die gleichen Verzweigungen.”

Lucy brauchte einen Augenblick für die Erfassung der Struktur. Dann rief sie:

„Es sind Sechsecke! Alle Seiten sind gleich lang. Alle Winkel sind auch gleich groß. Die Form in denen die Pikomaten aneinander gereiht sind, ergibt ein Wabenmuster aus gleichseitigen Sechsecken. Wie bei einer Bienenwabe.”

Sie war begeistert. Am meisten freute sie sich darüber, diese Struktur mit ihrer Brille und ihren Ideen gefunden zu haben.

Auch Bob war geradezu euphorisiert.

„Welche Kantenlänge haben die Sechsecke?”

Lucy schaute auf das Lineal, das immer noch eingeblendet war. Die Einheiten hatten sich dynamisch angepasst.

„Eine Seite ist zehn Meter lang. Zwischen zwei gegenüberliegenden Ecken des Sechsecks liegen 20 Meter und zwischen den parallelen Seiten etwa 17,5 Meter.”

„Das erklärt, warum du hier vorhin keine Pikomaten gefunden hast”, erklärte Bob und deutete auf den Hof. Seine

Worte brachten Lucy auf die Idee, sich die Struktur der Waben auf dem Hof anzusehen. Sie rief sich eine Draufsicht des Bauernhofes in ihr Blickfeld. Die roten Linien der umrandeten Pikomaten waren wie ein zusätzlicher Layer über das Luftbild gelegt.

„Der Hof ist Teil von drei verschiedenen Waben. Die drei Kanten treffen sich ungefähr in der Nähe des Walnussbaumes in einem Punkt. Eine der Kanten geht mitten durchs Haus."

„Wenn der Text auf dem Papier tatsächlich von den Pikomaten erzeugt worden ist, hatten sie also zumindest keinen weiten Weg vom Rand ihrer Wabe bis zum Papier im Wohnzimmer."

Bob strahlte über das ganze Gesicht. Lucy und er machten sich auf den Weg, um den anderen von ihren Erkenntnissen zu berichten.

35

Lucy und Bob fanden Sara und Robert im Garten auf einer Picknickdecke unter dem Birnbaum. Sie hatten ein paar Weintrauben gepflückt und waren gerade dabei, sich gegenseitig damit zu füttern.

„Ei ei ei, was seh' ich da… "

Lucy fiel nichts Besseres ein, um auf sich aufmerksam zu machen als mit dem Spruch, der sie schon im Kindergarten genervt hatte. Nichtsdestotrotz erfüllte er seinen Zweck und holte die zwei Verliebten von ihrer siebten Wolke zurück ins Hier und Jetzt. Nur ein übermäßig weiches Grinsen verblieb in beiden Gesichtern als sie sich zu Lucy umdrehten. Inzwischen war auch Bob hinzugekommen, dem die Störung deutlich unangenehmer war als Lucy. Wenn es nach ihm gegangen wäre, hätte er sich wohl eher wieder zurückgezogen und wäre ein paar Minuten später wiedergekommen. Nun, wo diese Alternative nicht mehr zur Wahl stand, war er sichtlich froh darüber, seine Erkenntnisse nicht mehr für sich behalten zu müssen.

„Setzt euch ruhig zu uns, wenn ihr Neuigkeiten habt. Wir wollen es ja auch wissen und teilen unsere Weintrauben gern mit euch."

Sara rückte ein Stück zur Seite, um allen auf der Decke Platz zu bieten. Lucy und Bob setzten sich und erzählten, was sie soeben herausgefunden hatten.

„Überall auf der Erde gibt es Milliarden von kleinen Robotern, die nur darauf warten, Befehle zu erhalten und diese auszuführen?"

Instinktiv blickte Sara angewidert ins Gras neben die Picknickdecke.

„Die Pikomaten sind viel zu klein, um von uns wahrgenommen zu werden. Sie könnten sich durch deinen Körper hindurchbewegen, ohne Spuren zu hinterlassen."

Bob, der Sara mit seinen Worten nur ihre Angst nehmen wollte, setzte zu weiteren Erklärungen an.

„Lass gut sein, Bob. Ich hab' das schon verstanden. Trotzdem finde ich den Gedanken befremdlich, dass die ganze Erde von diesen Dingern verseucht ist."

„Wie lautete das Label für die Pikomaten in deiner Brille?", erkundigte sich Robert.

„EKA-Pikomat", antwortete Lucy.

„Pikomat klingt für mich wie eine Zusammensetzung der Wörter 'Piko und Automat'", sagte Bob.

„Und wofür steht EKA?", fragte Sara.

„Keine Ahnung", sagte Lucy, „das ist vermutlich eine Abkürzung. Ich habe schon versucht, über die Brille herauszufinden, was das bedeutet. Ist nichts zu finden."

„Vielleicht beschreibt es die Art der Roboter genauer."

„Oder EKA steht für den Planeten, von dem sie kommen", mutmaßte Robert.

„Mein Planet heißt Nau."

„Oder es steht für die Organisation auf eurem Planeten, die die Roboter steuert."

„Die kenne ich nicht."

Sara merkte als erstes, dass Lucy sich durch die Fragerei an die Wand gedrängt fühlte. Sie legte ihren Arm um ihre Schulter und beruhigte sie.

„Vielleicht ist es am besten, wenn ich zurückgehe und auf meinem Planeten nach der Antwort auf diese Frage suche.“

Lucy wirkte mit einem Mal sehr ernst. Auch aus den Gesichtern der anderen war die Unbeschwertheit verschwunden. Niemand hatte mehr daran gedacht, dass Lucy nicht auf die Erde gehörte. Sie war zu einem festen Bestandteil der Gruppe geworden. Der Gedanke, sie einfach fortzuschicken, widerstrebte jedem Einzelnen.

„Wir können versuchen, hier noch weitere Hinweise zu finden. Du musst nicht gehen.“

Während Sara sprach, blickte sie zu Robert und flehte ihn mit ihrem Blick an, sie zu unterstützen.

„Vielleicht können wir auch mitkommen und gemeinsam mit dir auf deinem Planeten suchen.“

„Nein. Das ist unmöglich“, stellte Lucy ruhig klar, „ich werde allein gehen und wiederkommen, wenn ich etwas gefunden habe.“

Lucy stand auf, um ihrem Willen aufzubrechen Nachdruck zu verleihen. Die anderen taten es ihr gleich. Bob war der erste, der bereit war, sich auf Lucys Vorschlag einzulassen.

„Du solltest auf jeden Fall versuchen, die Fähigkeiten der Brille auf deinem Planeten anzuwenden. Vielleicht kannst du dort herausfinden, was EKA bedeutet und wie die Pikomaten gesteuert werden.“

Lucy nickte. Sie hatte nun ihrerseits das Gefühl, ihre Schützlinge zurückzulassen. Schließlich war sie es gewesen, die Bob mit den beiden anderen zusammengebracht hatte.

„Passt auf euch auf und achtet weiterhin darauf, nicht entdeckt zu werden. Ich bin bald zurück."

Nach einer kurzen Verabschiedung öffnete sie die Schnalle ihres Gürtels.

36

Nachdem der Gürtel geöffnet war, brauchte Lucy eine Sekunde, um ihr altes Zimmer wiederzuerkennen. Vor ihr stand Christian, der offensichtlich noch nicht lange auf sie gewartet hatte. Lucy fiel ihm sehnsüchtig um den Hals und umarmte ihn. Nach all dem, was sie in den vergangenen Wochen erlebt hatte, war sie froh, wieder zu Hause zu sein. Erst jetzt wurde ihr bewusst, wie sehr sie Christian vermisst hatte.

„Ich freue mich, dich zu sehen! Ich habe dich so vermisst!", rief sie aus, ohne ihre Umarmung zu lösen.

Christian wurde von Lucys stürmischer Begrüßung völlig überrascht. Er hatte sich immer noch nicht daran gewöhnt, dass während ihrer Reise zur Erde bei ihm keine Zeit verging. Lucy so herzlich in seinen Armen zu halten, erfreute Christian mehr als alles andere. Sie hatte ihn vermisst! ‚Wow!', dachte er und empfand eine tiefe Zufriedenheit bei dem Gedanken, dass er ihr etwas bedeutete. Auch er schlug seine Arme nun enger um sie und konnte den Moment genießen.

„Wie lange warst du denn weg? Erzähl mir, was du alles erlebt hast!"

Lucy löste ihre Umarmung und trat ein Stück zur Seite. Im Augenwinkel sah sie die Truhe und den Aktor mit der fixierten Planetenperle.

„Lass uns zuerst alles einräumen. Es ist eine längere Geschichte."

Christian war einverstanden und hob mit geübten Griffen die Perle mit dem Aktor zurück ins Kästchen. Sobald er die schwarze Kugel in den Rauch tunkte, schimmerte dieser sattgrün.

„Gute Arbeit!", lobte er anerkennend.

„Danke!"

Lucy freute sich sehr über das Lob von Christian. Ihr wurde in diesem Moment bewusst, was sie alles erlebt und geleistet hatte. Sie zuckte kurz zusammen, als er den Aktor ausschaltete und ihre Brille sich deaktivierte. Kurz bedauerte sie, nun auf die gewohnten Zusatzinformationen und Details im Blickfeld verzichten zu müssen. Nachdem Christian alles in der Truhe verstaut hatte, legte sie die Brille als letztes obenauf, verschloss die Truhe und schob sie unter ihr Sofa.

„Es ist ein toller Planet, ganz ähnlich zu unserem", begann sie ihre Erzählung. Christian hörte gespannt zu und unterbrach sie jedes Mal, wenn sie begann, Einzelheiten zusammenzufassen oder zu überspringen. Er wollte alles genau wissen und Lucy freute sich, ihre Erlebnisse jemanden anvertrauen zu können. Am Ende ihrer Erzählung war Christian sichtlich beeindruckt.

„Von Pikomaten habe ich noch nie gehört. Dazu das ganze Zeug in der Truhe. Warum gibt es auf unserem Planeten so viel Technologie, von der wir nichts wissen?"

„Auch auf der Erde gibt es Organisationen, die technologische Entwicklungen vorantreiben, ohne die Gemeinschaft daran teilhaben zu lassen."

„Da haben die beiden Planeten auf jeden Fall etwas gemeinsam."

Lucy berichtete von dem Label der EKA-Pikomaten.

„Hast du schon einmal von EKA gehört?"

„Noch nie! Wir sollten versuchen, etwas darüber herauszufinden!"

Christian zückte sein Smartphone und suchte den Begriff im Internet.

„Die Abkürzung wird für eine Reihe unterschiedlicher Themen verwendet. Mal für eine Firma, mal für ein Produkt. Nichts Auffälliges."

„Robert meinte, es könne vielleicht die Organisation sein, die die Automaten baut und einsetzt."

„Ich finde dazu nichts. Wenn es eine Organisation ist, versteckt sie sich zumindest ziemlich gut."

„Wo können wir denn sonst suchen, wenn es nicht einmal im Internet Anhaltspunkte gibt?"

„Wie wäre es denn, wenn wir noch einmal zur Fundstelle im Park gehen? Dort sind wir bisher immer fündig geworden."

Lucys verzweifeltes Gesicht hellte sich etwas auf. Das war zumindest ein Hoffnungsschimmer, auch wenn sie keine Ahnung hatte, was sie dort finden wollte. Christian war froh, dabei mithelfen zu können, ein Rätsel zu lösen.

„Ich habe das Gefühl, ich war schon ewig nicht mehr draußen. Ein Spaziergang im Park ist jetzt genau das, was ich brauche. Egal, ob wir etwas finden."

Nach wenigen Minuten erreichten sie die Stelle, an der sie vom Weg abbiegen und zu den Steinen gehen mussten. Gespannt und vorsichtig näherten sie sich der Spalte zwischen den Felsbrocken, in der sie den Selimundus und später die Truhe gefunden hatten. Gründlich suchten sie das Gelände ab. Christian beugte sich tief hinunter und leuchtete mit der Taschenlampe in den Spalt.

Nichts.

Lucy und Christian waren enttäuscht. Bisher hatten sie jedes Mal etwas Besonderes gefunden, als sie hier waren. Doch heute, so wurde ihnen in diesem Moment klar, würden sie mit leeren Händen wieder gehen müssen. Niedergeschlagen und ein wenig trotzig setzte sich Lucy auf den Stein neben der Fundstelle. Sie nahm die Beine hoch und schlang ihre Arme darum. Ihr Kinn legte sie zwischen ihren Knien ab und dachte nach.

Jemand hatte ihr hier an diesem Ort die gefundenen Dinge hinterlassen. Dieser Jemand hatte Lucy dazu bestimmt, Reisen zur Erde zu machen und sich um die Erde zu kümmern. Er war ganz offensichtlich um die Erde besorgt und bestens vertraut mit beiden Welten. Warum brauchte jemand, der über derart ausgereifte Technologie verfügte, Lucys Hilfe? Warum konnte dieser Jemand sich nicht allein um die Erde kümmern? Oder seine Pikomaten die Probleme lösen lassen? Lucy senkte den Kopf und schaute auf den Stein. Ihr Blick fiel auf eine kleine Fläche mit feinem Sand direkt neben sich auf dem Stein. Sie hatte den Sand vorher nicht bemerkt. Leicht irritiert und etwas genervt von der Tatsache, dass diese Körner ihre Überlegungen störten, wischte sie den Sand weg. Die Beiläufigkeit dieser Bewegung endete abrupt, als sie merkte, was dabei zum Vorschein kam.

37

Der Sand ließ sich nicht einfach vom Stein wischen. Einige Körner blieben hängen und stauten sich auf der Fläche an kleinen Unebenheiten.

„Christian, das musst du dir ansehen!"

Christian, der seit einigen Minuten an einem Baum in der Nähe saß, stand auf. Lucys aufgeregte Stimme passte nicht zu ihrer Körperhaltung. Sie hockte immer noch da und wischte rechts neben sich aufgeregt Sandkörner beiseite.

„Hier! Auf dem Stein. Hier ist plötzlich Sand auf dem Stein. Der war gerade noch nicht hier."

„Bist du sicher? Warum soll der Sand vorher nicht da gewesen sein?"

„Ich bin ganz sicher. Bevor ich mich hinsetze, kontrolliere ich so etwas. Es ist eine Angewohnheit, um meine Klamotten sauber zu halten. Vorhin war hier kein Sand!"

Sie wurde ernst.

Leicht genervt sagte Christian: „Der Sand liegt doch neben der Stelle, wo du sitzt. Der war bestimmt schon vorher da und du hast ihn übersehen."

Er stand nun direkt vor ihr und wollte sich gerade wieder umdrehen. Da Lucy ihn aber nicht ansah, sondern immer noch auf die Fläche starrte, beugte auch er sich hinunter.

„Darunter ist etwas", bekräftigte sie. „Die Sandkörner werden darunter immer feiner und hängen zwischen kleinen Erhebungen fest."

Als Christian näher hinsah, bemerkte auch er die Besonderheit. Die Strukturen unter dem Sand waren keineswegs natürlichen Ursprungs.

„Rutsch mal zur Seite. Ich versuche sie wegzupusten."

Nachdem Lucy vom Stein aufgestanden war, pustete Christian über die Sandfläche. Die Körner flogen beiseite und offenbarten einen gestochen scharfen Text, der in präzisen Lettern aus dem Stein hervorstand. Wie ein Relief erhoben sich die Buchstaben aus dem Untergrund.

„Der Sand hat exakt die Farbe des Steins", stellte Lucy fest. Sie überlegte kurz und rief dann: „Der Sand war der Stein! Das erklärt, warum ich ihn vorher nicht gesehen habe. Während ich hier saß, haben diese Pikomaten das Gestein zerkleinert und somit den Text aus dem Gestein geschält. Es ist eine Nachricht an uns, die gerade erst geschrieben wurde."

Christian hatte Mühe, ihr zu folgen. Ihre Erzählungen der Pikomaten auf der Erde waren ihm wie eine Geschichte vorgekommen. Nun steckte er selbst mittendrin.

„Du meinst, ein koordinierter Haufen Pikomaten hat in den letzten Minuten die Struktur des Steins verändert und so den Text entstehen lassen?"

„Ja, genau das meine ich. Die Pikomaten mussten nicht einmal neue Moleküle bauen, sondern nur die Molekülketten des Steins so unterbrechen, dass einzelne Sandkörner herausfallen. Direkt um die Kanten der Buchstaben waren die Pikomaten besonders gründlich. Der Sand ist hier so fein wie Staub."

Christian starrte staunend auf den Text auf dem Stein.

»L. und C.
Seid vorsichtig,
Sie sind gefährlich!
B. und S. führen euch hin,
Treffen uns morgen Nachmittag dort.
M.«

„Was hat das zu bedeuten?", fragte Christian, nachdem beide die Zeilen ein paar Mal leise gelesen hatten.

„Ich habe keine Ahnung! Tausend Dinge gehen mir durch den Kopf! Wer ist M.? Wer sind B. und S.? Wer ist gefährlich? Wo treffen wir uns?"

„'L. und C.' sind wohl wir beide", folgerte Christian. „Es ist das erste Mal, dass ich erwähnt werde. Bisher stand immer nur dein Name in den Nachrichten."

„Stimmt. L. und C. stehen für unsere Namen. Wer glaubst du ist mit 'Sie sind gefährlich!' gemeint?"

„Vielleicht die, die wir suchen sollen?", riet Christian.

„Die Organisation, die hinter den Pikomaten steckt. Die EKA. Sie kontrollieren mit den Pikomaten die ganze Erde. Und vermutlich noch mehr Planeten."

„Wenn die EKA böse ist und mit den Pikomaten über uns herrscht, wie kann uns dann M. damit eine Nachricht senden? Das ergibt doch keinen Sinn!"

Lucy grübelte.

„Vielleicht hat M. herausgefunden, wie die Pikomaten gesteuert werden. Oder er gehört zur EKA dazu und will weiteres Unrecht verhindern."

„Vielleicht versucht die EKA auch, uns zu sich zu locken und festzunehmen, weil wir zu viel wissen", befürchtete Christian.

„Das wäre möglich, aber unwahrscheinlich. M. hat uns ja erst auf alles aufmerksam gemacht. Wenn M. das Geheimnis der EKA nicht lüften wollte, hätte er uns nicht vorher die ganzen Tipps gegeben."

„Also kennt M. Details zur EKA und will sich mit uns dort treffen?"

„So verstehe ich das. Nur wer B. und S. sind, verstehe ich nicht."

„Die beiden müssten uns ja auch erst einmal finden. Ich weiß nicht, ob ich denen direkt vertrauen würde."

Lucy überlegte, wen sie mit den Anfangsbuchstaben B. und S. bereits kannte. Einige Freunde und Verwandte fielen ihr ein. Das ergab für sie jedoch keinen Sinn. Es müsste etwas sein, auf das sich M. beziehen konnte, etwas, das auch Christian und sie bereits kannten. Lucy ging in ihren Gedanken alle Dinge durch, die sie bereits gefunden hatte.

„Das ist es! Die Brille und der Selimundus! B. steht für Brille und S. steht für den Selimundus! M. meint, wir sollen die Brille und den Selimundus nutzen, um die EKA zu finden. Das hatten auch Robert und Bob auf der Erde gesagt. Warum bin ich nicht gleich darauf gekommen?!"

„Was genau hatten Robert und Bob gesagt?"

„Sie sagten, ich solle die Brille auf unserem Planeten testen, um zu sehen, ob es hier auch Pikomaten gibt und ob ich damit eine Spur zur EKA finden kann."

„An der Existenz der Pikomaten besteht zumindest kein Zweifel mehr." Christian deutete auf den Stein und die Schrift. Auch er verstand sofort, welche neuen Möglichkeiten diese Spur bot.

„Wir müssen unbedingt ausprobieren, was du mit der Brille in unserer Welt herausfinden kannst!"

38

Völlig außer Atem öffneten Lucy und Christian die Tür zu Lucys Zimmer und traten ein. Lucy ließ sich auf ihr Sofa fallen, um zu verschnaufen. Schon lange war sie nicht mehr so weit gerannt. Eigentlich war es nur ein zügiger Dauerlauf, doch sie war untrainierter als sie gedacht hätte. Christian steckte die Anstrengung deutlich besser weg. Er war bereits auf den Knien und fuhr mit ausgestrecktem Arm unter das Sofa, um die Truhe hervorzuziehen. Lucys kurze Pause fühlte sich an wie die Ruhe vor einem Sturm. Was würde wohl als nächstes passieren? Wer war diese Organisation, die so viel Macht hatte, um über mehrere Planeten zu herrschen? Und warum kannte niemand auf ihrem Planeten diese Einrichtung?

Lucy war in ihre Gedanken versunken. Je länger sie saß, desto stärker meldete ihr Körper seinen Bedarf nach einer längeren Auszeit an.

„Ich bin schon eine gefühlte Ewigkeit wach. Je länger ich hier sitze, desto müder werde ich. Ich glaube, ich brauche eine Pause."

Sie wollte gerade zu weiteren Erklärungen ansetzen, als Christian ihr den Zeigefinger auf die Lippen legte und sie zum Schweigen aufforderte. Ihre Müdigkeit war unübersehbar. Sie brauchte Schlaf. Christian ermutigte sie, ihre Beine hochzulegen und die Augen zu schließen. Auf der Suche nach einer Decke schaute er sich im Zimmer um.

Doch als er danach fragte, bekam er keine Antwort mehr. Lucy schlief bereits. Er fand schließlich eine Decke in ihrem Schrank und deckte sie damit zu. Dann nahm er sich einen Stuhl, setzte sich vor das Sofa und schaute ihr beim Schlafen zu. In diesem Moment empfand er tiefe Zuneigung. Lucy hatte ihn nach ihrer Rückkehr umarmt und gesagt, dass sie ihn vermisst hätte. Das alles war erst vor wenigen Stunden geschehen. Christian spürte, wie durch die gemeinsamen Erlebnisse ein gegenseitiges Vertrauen füreinander entstand. Es fühlte sich an wie die wichtige Basis für alles, was noch kommen würde.

Lucys Eltern schauten Christian mit einem ungläubigen Blick an, als er am Abend allein ihr Zimmer verließ. Er erklärte ihnen, Lucy schliefe bereits und er hätte noch Hausaufgaben gemacht. Nun müsse er auch los. Die Eltern fanden seine Geschichte nicht besonders überzeugend, das konnte Christian deutlich erkennen. Er fand es auch nicht schlimm, wenn ihre Eltern nun vielleicht dachten, er sei Lucys 'echter' Freund. Fakt war, Lucy schlief und brauchte Ruhe. Und somit verabschiedete sich Christian und ging nach Hause.

39

„Was hast du dir dabei gedacht? Meine Eltern machen sich riesige Sorgen, dass ich schwanger sein könnte.”

Für einen Moment klang sie so ernst, wie sie es vorgehabt hatte. Als sie jedoch daran zurückdachte, wie peinlich berührt ihre Eltern am Morgen herumgedruckst hatten, musste sie grinsen. 'Nein, wir hatten keinen Sex und falls wir je miteinander schlafen, werden wir ein Kondom nehmen.' Lucy hatte den Blick ihrer Eltern genossen. Sie waren von Lucys Reife überrumpelt und zugleich erleichtert, dass sie Bescheid wusste.

Christian war erleichtert, als er Lucys Grinsen vernahm. Keineswegs wollte er sie mit seinem Abgang gestern in Schwierigkeiten bringen. Er erzählte ihr, wie er die Situation erlebt hatte.

Lucy staunte.

„Du hast mir wirklich noch drei Stunden beim Schlafen zugesehen?”

„Na klar. Ich wusste ja nicht, ob du gleich wieder aufwachst und wir weitersuchen wollen. Außerdem wollte ich wissen, ob du schnarchst.”

Christian grinste sie provozierend an.

„Und? Schnarche ich?”, fragte Lucy kleinlaut.

„Nein, nein. Du schläfst wie eine Prinzessin und lächelst sogar dabei.”

Lucy merkte erst jetzt, wie sorgsam sich Christian um sie gekümmert hatte. Er war wirklich kein oberflächlicher Typ, so wie die meisten in ihrem Alter. Sie hakte sich bei ihm unter und ging mit ihm in das Schulgebäude.

Am frühen Nachmittag saßen sie sich im Schneidersitz in Lucys Zimmer gegenüber. Wie zu Beginn einer Zeremonie stand die Truhe zwischen ihnen. Feierlich öffnete Christian den Deckel, nahm die Brille heraus und gab sie Lucy.

„Wenn der Aktor ausgeschaltet ist, funktioniert die Brille nicht", erinnerte ihn Lucy, nachdem sie kurz hindurch gesehen hatte. Nichtsdestotrotz behielt sie die Brille auf.

Christian holte den Selimundus heraus, legte ihn sorgsam neben die Truhe und griff nach dem Aktor.

„Soll ich ihn anschalten?"

Lucy nickte.

Mit einem Mal wurde Lucy bewusst, wie sehr sie die Brille vermisst hatte. Es war, als bekäme sie ihren siebten Sinn zurück. Beinahe unbewusst und in Windeseile blendete sie sich Details und Zusatzinformationen zu allen Dingen ein, auf die sie ihren Blick fokussierte. In der Geschwindigkeit ihrer Gedanken erschienen und verschwanden Labels zu Materialien und Herstellungs-Informationen der betrachteten Objekte. Alles funktionierte wie gewohnt. Wie zur Bestätigung blickte sie in Christians Augen und lächelte kurz.

„Was sollen wir denn im Selimundus einstellen?", fragte dieser, als hätte er auf Lucy gewartet.

„Ich weiß es nicht. In der Nachricht von M. stand dazu nichts."

Lucy griff nach dem Selimundus und betrachtete ihn. Noch nie hatte sie ihn sich genauer angesehen, während sie die Brille trug. Sie experimentierte mit verschiedenen Ansichten und blickte schließlich auf die innere Struktur des Selimundus, die wie ein dreidimensionaler Bauplan aussah. Sie betrachtete die verborgene Mechanik der Buchstaben und Zahlenringe, entfernte Schichten und blendete Materialien ein und wieder aus. Dann machte sie eine Entdeckung:

„Da ist etwas drin!"

Lucy schwenkte den Selimundus vor ihren Augen hin und her.

„Es ist Papier! Im Selimundus steckt ein zusammengerolltes Papier!"

Christian erinnerte sich daran, wie sie bereits am Fundort des Selimundus ein Geräusch bemerkt hatten, als sie die Kapsel hin und her bewegten. Das rutschende Papier im Inneren verursachte das Geräusch.

„Ist eine Nachricht darauf?"

„Das kann ich nicht sehen, solange der Zettel zusammengerollt ist und darin steckt. Wir müssen den Selimundus öffnen. Hier an dieser Seite ist ein Gewinde."

Lucy deutete auf den Rand neben den Zahlenringen und versuchte, daran zu drehen. Nichts bewegte sich. Sie drehte den Selimundus mit dem Deckel zu sich und blickte von vorn darauf. Sie drehte vorsichtig am vordersten Zahlenring bis sie eine kleine Kerbe entdeckte, die sie an den Anfang des Gewindes drehte. Konzentriert wiederholte sie diesen Vorgang für alle weiteren Ringe, bis die Kerben aller Ringe genau übereinander standen. Zufrieden blickte Lucy auf und schaute in das bleiche Gesicht von Christian.

„Was ist mit dir?"

„Schau doch, was du auf dem Selimundus eingestellt hast."

Lucy betrachtete die Buchstaben und Zahlen des Selimundus. Sie formten den Namen ihres eigenen Planeten und das Datum von morgen.

„Wir müssen unbedingt lesen, was auf dem Papier steht!"

Sie fokussierte erneut die Mechanik im Inneren. Ein leichter Druck auf den Deckel schob die Ringe, die durch die Kerben etwas Spielraum bekommen hatten, leicht zusammen. Die Ringe rutschten minimal in der Mitte zusammen und das Gewinde des Deckels rastete im Inneren des Selimundus ein. Während sie drückte, konnte Lucy den Deckel drehen. Langsam schob sich der Deckel Runde für Runde nach außen, bis er sich schließlich abnehmen ließ.

Zufrieden legte ihn Lucy auf den Fußboden und angelte mit ihren Fingern nach der Papierrolle im Inneren der geöffneten Kapsel. Ihre Finger waren zu kurz. Sie kam nicht heran und kippte die Öffnung schließlich nach unten. Die Papierrolle rutschte hinaus auf den Fußboden. Christian griff danach und rollte es auf. Nach einem kurzen Moment der Stille seufzte er abfällig.

„Soll das hier vielleicht eine Schnitzeljagd werden? Was sollen wir mit einer Schatzkarte?"

Er betrachtete die Karte vor ihm. Sie war handgemalt. Wer immer sie angefertigt hatte, hatte sich große Mühe gegeben. Die Karte zeigte ein ihnen bekanntes Gebirge nur wenige Autostunden nördlich. Neben Bergen und einigen Straßen waren auch Flüsse eingezeichnet. Die Darstellung

war maßstabsgetreu und enthielt einige symbolische Ab-
bildungen von Landmarken, wie sie auf alten Landkarten
verwendet wurden. Ein roter Pfeil auf der Karte markierte
die Stelle, an der ein Fluss einen Weg kreuzte. Lucy deutete
mit dem Finger auf die Stelle des roten Pfeils.

„Das ist unser Ort. Dort werden wir morgen M. treffen."

40

Lucy war aufgeregt. Noch nie hatte sie die Schule ge-
schwänzt. Und nun, zwei Tage vor ihrem letzten Schultag
würde sie das erste Mal unentschuldigt fehlen. Am meisten
wunderte sie sich darüber, wie wenig Skrupel sie dabei
empfand. Auch Christian, der sonst keine Stunde ver-
passte, hatte sofort eingewilligt. Ihren Eltern hatten sie am
Morgen erzählt, sie würden beim jeweils anderen übernachten. Für ihre Reise hatten sie bis morgen Abend Zeit.

Lucy traf Christian am Rande des Parks. Er hatte sich
das Auto von seinem großen Bruder geliehen. Es war ein
älteres Modell eines Mittelklasse-Wagens. Wenn es sein
musste, konnten sie darin übernachten. Sie begrüßten sich
mit einer langen Umarmung und Lucy verstaute ihren
Rucksack im Kofferraum. Anschließend fuhren sie Richtung Norden aus der Stadt hinaus. Nach drei Stunden
Fahrzeit erreichten sie das Gebiet der gemalten Landkarte.
Die Landschaft um sie herum war bergig und wunder-
schön. Sie waren an sattgrünen Wiesen vorbeigekommen,
auf denen Kühe weideten, und hatten immer wieder kleine
Wälder durchquert. Zwischen zwei Orten pausierten sie an
einem kleinen Parkplatz im Wald, den sie als Zielmarke in
ihr Navigationsgerät eingegeben hatten. Die gemalte Karte
enthielt an dieser Stelle deutlich mehr Details als die elek-
tronische Karte im Auto. Während auf dem Navi nur eine

schematische Waldfläche abgebildet war, zeigte die gemalte Karte Wege und Flüsse. Vom Parkplatz sollte ein Pfad in Richtung Berg führen. Lucy und Christian setzten ihre Rucksäcke auf und suchten den Anfang des Weges.

„Hier zwischen den Büschen ist er! Zufällig findet den wohl niemand!"

Christian schob ein paar Zweige beiseite und zeigte auf einen schmalen Trampelpfad.

„Nicht breit, aber breit genug!"

Lucy lächelte zufrieden und schlängelte sich an ihm vorbei durch das Gebüsch. Der Weg führte durch felsiges Gelände und lag im Halbschatten einiger Nadelbäume. Lucy strotze vor Kraft und Wanderslust. Christian hatte Mühe Schritt zu halten. Nach eineinhalb Stunden Wanderung war die Hälfte der Strecke geschafft. Sie rasteten inmitten der Wildnis auf einer Lichtung. Unterhalb der Gipfel hatten sie eine tolle Aussicht auf die Täler um sie herum. Von hier waren keine Anzeichen einer Zivilisation zu sehen. Sie stärkten sich für den Fußmarsch zum Ziel. Dieser Teil der Strecke erforderte von beiden eine Menge Kondition. Nach weiteren eineinhalb Stunden erreichten sie den markierten Treffpunkt. Der Wald war durchschnitten von einem etwa 15 Meter breiten Flussbett. Ihr Wanderweg überquerte das Flussbett an einer leichten Linkskurve auf einem Damm, der in der Mitte einen runden Durchlass hatte. Ein kleiner Bach schlängelte sich zwischen den riesigen, kahlen Steinen des Flussbettes hindurch.

„Zur Zeit der Schneeschmelze im Frühjahr ist der Fluss sicher beeindruckend", bemerkte Christian und deutete auf den Bach.

„Schau mal unter unseren Weg", sagte Lucy, die sich seitlich über den Rand des Dammes gebeugt hatte und ein riesiges, hohles Rohr betrachtete.

„Warum bauen die nicht einfach eine Brücke über den Fluss?"

„Keine Ahnung. Das Rohr lässt sicher auch genug Schmelzwasser hindurch."

Sie blieben in der Mitte des Dammes stehen.

„Wo genau treffen wir M. denn?"

Sie schaute noch einmal auf die Karte.

„Der Pfeil zeigt genau auf die Mitte des Flusses. Vielleicht müssen wir einfach warten. Es ist erst 14 Uhr und es sind noch zwei Stunden Zeit."

Christian ging zum Rand des Damms und kletterte über die Steine durch das Flussbett.

„Von hier aus kann ich durch das Rohr bis zur anderen Seite des Weges schauen. Das ist wirklich riesig. Darin können wir beide aufrecht stehen."

Er kletterte zum Eingang des Rohrs.

„Warte!", rief Lucy ihm hinterher, „Ich komme mit!"

Beide traten gleichzeitig hinein und achteten darauf, keine nassen Füße zu bekommen. Lucy streckte einen Arm nach oben, um die Höhe des Rohres ermessen zu können, konnte den höchsten Punkt aber auch mit ausgestrecktem Arm nicht erreichen.

Beide bemerkten nicht, wie jemand auf der anderen Seite in die Röhre hineintrat und sie beobachtete.

41

„Schön, dass ihr gekommen seid.”

Die Stimme erklang aus dem Nichts. Lucy und Christian fuhren beide vor Schreck zusammen. Seit Stunden waren sie allein. Der Hall des Rohres verstärkte die Wirkung zusätzlich und erzeugte einen einschüchternden Klang.

Lucy sah als erstes, wem die Stimme gehörte.

„Hallo! Wir sind hier verabredet. Genauer gesagt da oben.”

Lucy deutete auf den Weg über dem Rohr.

„Ihr seid hier unten richtig. Mein Name ist Markus. Ich bin wirklich froh, dass ihr den Mut hattet, hierher zu kommen.”

Für einen Moment bereuten Lucy und Christian ihre Idee, allein zu kommen. Noch dazu ohne jemandem Bescheid zu sagen. Zögernd gingen sie auf Markus zu und standen ihm in der Mitte des Rohres direkt gegenüber. Er war höchstens zehn Jahre älter als die beiden und trug eine Jeans und ein T-Shirt. Auf den ersten Blick erinnerte er sie an Robert. Bedrohlich wirkte er nicht und dennoch war es sonderbar, jemand Fremdes mitten in der Wildnis an diesem Ort zu treffen.

„Hier unten sind wir richtig?”, fragte Lucy verblüfft.

„Ja, hier ist ein Zugang zum Hauptquartier des EKA. Einer der wenigen, der schlecht genug bewacht wird, um ungesehen hinein und wieder hinaus zu kommen.”

„Woher wissen wir, dass wir dir vertrauen können?", prüfte Christian mit ernster Stimme.

„Ihr braucht keine Angst zu haben. Ich tue euch nichts. Wenn ich das vorhätte, bräuchte ich mich euch nicht zeigen und hätte euch nicht hierher einladen müssen. Ich beobachte euch schon eine Weile. Zu Lucy habe ich Kontakt aufgenommen, weil sie über mehrere besondere Begabungen verfügt, die für unsere Mission wichtig sind."

„Was soll das denn für eine Mission sein?", fragte Lucy.

„Das ist eine längere Geschichte. Das EKA hat sich verändert. Es gibt einige Dinge, die schrecklich schieflaufen. Mit eurer Hilfe möchte ich das ändern. Ich würde euch gern mehr darüber erzählen, wenn wir drin sind."

Lucy und Christian schauten sich an und verstanden sich ohne Worte. Beide dachten daran, wie unsinnig der ganze Weg gewesen wäre, wenn sie nun nicht einwilligten. Sie nickten sich kaum merklich zu.

„Wir kommen mit."

„Gut", sagte Markus, „dann kann es ja losgehen."

Neben Markus veränderten sich plötzlich wie von Geisterhand die Form und die Farbe des Rohres. Auf einem Meter Breite hatte sich die gewölbte Innenwand oben und unten zurückgezogen und gab den Blick frei auf eine silbrig glänzende Tür, die wie eine Fahrstuhltür aussah. Die Tür öffnete sich und gab den Blick auf einen länglichen orangefarbenen Gang frei. Christian klappte vor Staunen die Kinnlade hinunter.

„Hereinspaziert, Hereinspaziert!"

Markus machte eine ausladende Handbewegung, als wäre er ein Immobilienmakler bei einer Besichtigung. Vorsichtig traten Lucy und Christian ein. Sie standen in einem hell leuchtenden Gang. Die Länge schätzte Lucy auf mindestens ein paar hundert Meter, denn sie konnte das Ende nicht sehen. Es gab keine Türen und das einzig Bemerkenswerte war das leichte Gefälle, mit dem der Gang immer tiefer in das Bergmassiv eindrang. Markus ging voraus. Nach ein paar Metern blieb er stehen, drehte sich zur Seite und schaute auf die makellose Wand. Genau in diesem Moment erkannte Lucy die Umrisse einer Tür, die zuvor noch nicht da gewesen war. Die Umrisse bildeten sich vor ihren Augen zu einem Türblatt mit einer silbernen Türklinke aus. Wenige Augenblicke später betätigte Christian die Klinke und öffnete den Zugang zu einem modernen, kleinen Besprechungsraum mit einem Besprechungstisch, vier Stühlen und einem Monitor an der Wand.

„Ich fühle mich wie Alice im Wunderland!" Lucy konnte ihre Verwunderung nicht unterdrücken und schüttelte fassungslos den Kopf.

„Wie geht das alles hier vor sich?"

„Den Raum gab es schon vorher. Die Türen entstehen durch ähnliche Pikomaten wie Lucy sie schon auf der Erde gesehen hat. Es sind unzählige kleine Roboter, die Atome verändern und jene Strukturen schaffen, die ad hoc gebraucht werden."

„Sind es nicht die gleichen Pikomaten wie die auf der Erde?"

„Im Prinzip sind sie gleich. Die Steuerung der Pikomaten für die Erde wurde leicht verändert, damit sie ohne dauerhaften Kontakt der Steuerungssignale arbeiten können."

„Wie werden die Pikomaten denn gesteuert?"

„Menschen erteilen die Befehle, indem sie daran denken, was passieren soll. Die Vorstellung in ihren Gedanken triggert Synapsen. Das erzeugt Gehirnströme und die wiederum werden von Kommandozellen empfangen und durch ein neuronales Netzwerk aus dem Körper heraus zum Ziel weitergeleitet.”

„Die Gehirne der Menschen haben eine Verbindung zu den Pikomaten? Das klingt unglaublich!”

„Ja, so ist es. Das neuronale Netz leitet die Befehle in kürzester Zeit an jeden Punkt, mit dem das Netz verbunden ist. So können die Pikomaten an jedem Ort des Planeten aktiv werden.”

Markus schaute bei seiner Erklärung immer wieder in die Gesichter von Lucy und Christian, um sicherzugehen, dass sie ihn verstanden. Er machte eine Pause, um ihnen die Gelegenheit zu geben, über das Gehörte nachzudenken.

„Du sagtest, das EKA habe sich verändert und dass Dinge schief laufen. Warum heißt es das EKA und was hat es damit auf sich?”

„Das EKA ist das Erfindungskontrollamt. Es wurde vor vielen Jahren von der Regierung gegründet, um technischen Fortschritt planmäßig in die Gesellschaft zu tragen. Das Ziel war es, die Gesellschaft nicht mit neuen technischen Entwicklungen zu überrollen, auf die sie nicht vorbereitet ist. Somit sollten die Nachteile disruptiver Technologiewandel vermieden werden.”

„Was bedeutet disruptiver Technologiewandel?”, fragte Christian.

„Neue technische Ansätze führen regelmäßig zu einer Verdrängung althergebrachter Lösungen. In der Folge verändern sich benötigte Produktionskapazitäten und manchmal werden ganze Industrien überflüssig. Wenn solche Änderungen eine Gesellschaft unvorbereitet treffen, werden hunderttausende Menschen arbeitslos und andere plötzlich steinreich. Das erzeugt sozialen Unmut."

„Und diesen Unmut sollte das Erfindungskontrollamt verhindern?"

„Das EKA sollte dafür sorgen, den technischen Fortschritt weniger revolutionär und mehr evolutionär zu steuern. Ein Produzent der alten Technologie sollte Stück für Stück der Produzent der neuen Technologie werden."

„Das klingt doch nach einem guten Vorsatz."

Markus schüttelte den Kopf.

„Das Konzept ist auf ganzer Linie gescheitert!"

„Aber warum denn?"

„Änderungen setzen sich viel zu langsam durch. Ohne den Druck eines Konkurrenten hat ein Produzent gar keinen Anreiz, seine Produktion umzustellen. Neue Technologien werden oft überhaupt nicht eingeführt. Somit verschenkt die Gesellschaft ein riesiges Entwicklungspotential."

„Und warum wurde das Erfindungskontrollamt dann nicht wieder abgeschafft?"

„Das haben mehrere Regierungen bereits versucht. Das EKA hat ein Eigenleben entwickelt und kämpft erfolgreich gegen seine Abschaffung."

„Es muss doch möglich sein, diese Organisation wieder loszuwerden!"

„Immer wieder haben einflussreiche Politiker versucht, gegen das EKA vorzugehen. Doch es ist keine normale

Behörde. Es ist ein Schmelztiegel der neuesten Technologien und hat über die Zeit viele technische Errungenschaften gesammelt, die sich nicht in die Gesellschaft integrieren lassen. Irgendwann haben sie angefangen, Forschungsergebnisse selbst systematisch weiterzuentwickeln. Das EKA ist allen anderen Organisationen des Planeten mittlerweile um Jahrzehnte voraus! Versucht eine neue Regierung dagegen vorzugehen, geht das EKA gegen sie vor. Das EKA hat alle Informationen, um Politiker zu erpressen oder alle Akteure gegeneinander auszuspielen. Die Forderung des EKA lautet 'Lasst uns in Ruhe, dann lassen wir euch auch in Ruhe!' Damit sind sie derart mächtig und erfolgreich, dass niemand in der Gesellschaft auch nur die Abkürzung EKA kennt."

Lucy und Christian nickten schockiert.

„Sind das die Dinge, die so schieflaufen?", hakte Christian nach.

„Das ist erst der Anfang. Irgendwann gab sich das EKA nicht mehr damit zufrieden, Forschungsergebnisse einzusammeln und weiterzuentwickeln. Irgendwann haben sie angefangen, die Gesellschaft aktiv daran zu hindern, sich selbst weiterzuentwickeln. Offiziell natürlich, um Unruhen zu verhindern. In Wirklichkeit geht es dem EKA aber schon lange darum, die eigene Überlegenheit zu sichern. Somit ist eine riesige Schattengesellschaft entstanden, die nicht nur auf unserem Planeten Kriege und Katastrophen schürt."

„Nicht nur auf unserem Planeten?", unterbrach ihn Christian. „Hat das EKA Kontakt zu anderen Planeten?"

„Die Erde!", rief Lucy. „Das Erfindungskontrollamt kontrolliert auch die Entwicklung auf der Erde! Daher die Pikomaten, richtig?"

Markus bestätigte ihre Worte mit einem Nicken.

„Die enorme Rückständigkeit unserer Zivilisation verglichen mit den technischen Erkenntnissen des EKA erzeugte eine brutale Überheblichkeit der Organisation. Sie hatte in ihrer Gier enorm viel Reichtum angehäuft. Niemand sollte jemals in der Lage sein, es ihnen wegzunehmen. Niemand auf unserem Planeten und auch niemand auf irgendeinem anderen Planeten in unserem Sonnensystem."

„Unsere Sonne hat nur einen Planeten. Unseren Planeten."

Astronomie war zwar nicht Christians stärkstes Fach in der Schule gewesen. Doch daran erinnerte er sich sehr wohl.

„Irrtum! Unser Sonnensystem besteht aus einem knappen Dutzend Planeten. Einige davon sind sogar größer als unserer. Auf dem Planeten Erde existiert sogar Leben wie bei uns. Doch das EKA hält diese Erkenntnis von den Menschen fern. Sie haben unseren Blick auf unser Sonnensystem verändert."

42

„Sie haben was?"

Lucy war mit einem Mal völlig durcheinander.

„Warum verändert das EKA unser Sonnensystem?"

„Vor einigen Dutzend Jahren entdeckte das EKA eine zweite Zivilisation in unserem Sonnensystem, die sich rasend schnell zu entwickeln begann. Auf der Erde hatten die Menschen begonnen, intensiv zu forschen und wissenschaftliche Erkenntnisse über Generationen weiterzugeben. Damals hatten die Mächtigen im EKA beschlossen, die Menschen gewähren zu lassen, um zu späterer Zeit auch von deren Erfindungen zu profitieren. Die Bewohner beider Planeten haben sie voneinander abgeschirmt, um sie in Unkenntnis zu lassen."

Lucy schaute fassungslos.

„Was du sagst, klingt unglaublich! Soll etwa alles, was wir in der Schule in Astronomie gelernt haben, falsch sein? Was ist mit den Wissenschaftlern, die mit Fernrohren die Sterne beobachten? Die können doch nicht alle eingeweiht sein?"

„Niemand außerhalb des EKA ist eingeweiht. Und doch sehen alle das Universum nur so, wie das EKA es vorgesehen hat."

„Wie kann denn ein Amt darüber bestimmen, was die Menschen im Fernrohr sehen?"

„Fernrohre waren ursprünglich eine Erfindung der Erde. Dort ist die Atmosphäre viel dünner als bei uns und man kann dort mit einfachen optischen Linsen in den Weltraum sehen. Die Menschen auf der Erde richteten diese Linsen in den Himmel und beobachteten die Sterne und alles, was sie sonst noch fanden. Das hat dem EKA eine Menge Kopfzerbrechen bereitet. Sie fürchteten, irgendwann von der Erde entdeckt zu werden. Viele Jahre tobte ein Streit darüber, wie sich eine Entdeckung unserer Zivilisation durch die Menschen der Erde am besten verhindern ließe. Einige radikale Kräfte im EKA forderten, die Menschen in ihrer Entwicklung zu hindern, indem auch auf der Erde bahnbrechende Erfindungen verhindert würden. Durchgesetzt hat sich damals aber eine andere Idee."

„Nun sag schon!" Lucy konnte es kaum erwarten.

„Das EKA hatte beschlossen, eine hauchdünne Kuppel um die inneren Planeten des Sonnensystems zu errichten. Wie eine Blase schließt diese Kuppel die Sonne und die inneren Planeten ein. Die Kuppel projiziert auf ihrer Innenseite eine Modifikation des Universums. Von den Planeten im Inneren der Kuppel war diese Projektion nicht vom echten Universum zu unterscheiden. Der einzige Unterschied zwischen der Projektion und der Wirklichkeit bestand in unserem Planeten. Der fehlte auf der Projektion. Auf diese Weise konnte das EKA die Entwicklung auf der Erde jahrhundertelang beobachten, ohne Gefahr zu laufen, entdeckt zu werden."

„Und von unserer Seite der Kuppel werden die inneren Planeten ausgeblendet", sprach Lucy mehr leise als laut.

„So ist es", bestätigte er. „Die einzigen, die einen unverfälschten Blick in das Innere unseres Sonnensystems bekommen, sind die Mitarbeiter des EKA."

Tausende Fragen schossen Lucy in diesem Moment durch den Kopf.

„Die Perle!", rief sie und schaute dann zu Markus.

„Die Perle enthält eine miniaturisierte Kopie des Sonnensystems innerhalb der Kuppel. Sie wird vom EKA für Schulungszwecke verwendet. Ich habe eine entwendet und sie euch in die Truhe gepackt."

„Warum hast du mich zur Erde geschickt? Warum die Geheimnistuerei mit der Schatztruhe? Was hat das überhaupt mit uns zu tun?"

„Lucy, das EKA muss gestoppt werden! Der Wahnsinn muss ein Ende haben! Leider ist das nicht so einfach. Einige Ideen habe ich, aber ich brauche Unterstützung. Dich habe ich gewählt, weil du über eine enorme Kreativität und einige andere außergewöhnliche Charaktereigenschaften verfügst. Das EKA speichert ein Profil jeder Persönlichkeit in seinen Datenbanken. Ich habe durch meine Arbeit Zugriff auf eine Menge Daten. Und du bist mir dabei aufgefallen. Erst nachdem ich euch beide sah, wie ihr den Selimundus gefunden habt, sah ich euer Potential als Team."

„Warum hast du Lucy zur Erde geschickt?"

Christian war immer noch skeptisch.

„Zuerst hatte ich überlegt, euch direkt zu kontaktieren. Es erschien mir zu riskant. Lange Zeit hatte ich keinen Kontakt mehr zu Menschen außerhalb des EKA. Ich hatte keine Ahnung, wie ihr auf das alles reagieren würdet. Ich war mir sicher, Lucy versteht besser, worum es mir geht, wenn ich sie es mit eigenen Augen erleben lasse."

„Natürlich hättest du Lucy und mich direkt kontaktieren können! Das EKA versklavt unseren Planeten und verhindert den Fortschritt bei uns. Das allein ist Skandal genug! Das EKA muss gestoppt werden. Das ist ganz allein ein Problem unseres Planeten. Dafür hättest du uns nicht zur Erde schicken müssen. Wenn wir uns Verstärkung suchen und das EKA von hier aus besiegen, ist doch auch der Erde geholfen, oder?"

„Deine Gedanken sind an sich richtig, Christian. Ich glaube nur leider nicht daran, das EKA von hier aus allein besiegen zu können. Der Wissensvorsprung des EKA ist zu mächtig, um es einfach zu besiegen. Um meine Pläne umzusetzen, brauche ich eure Unterstützung und auch die Unterstützung der Erde. Wir müssen ein Team werden und an einem Strang ziehen. Und vor allem müssen wir sehr vorsichtig sein, um nicht entdeckt zu werden."

43

Fassungslos starrte Harald auf seinen Monitor. Hier nun sah er den Beweis seiner schlimmsten Vermutungen. Er war sauer. Sauer auf seine Vorgesetzten, die ihre Verantwortung nicht wahrnahmen und alles viel zu locker sahen. So ein Verstoß durfte nicht ungestraft bleiben! Doch sie hatten anders entschieden. Dreimal hatte er nun schon vorgesprochen und dreimal war er abgeblitzt. Die Untätigkeit seiner Vorgesetzten quälte ihn. Die Ignoranz und Dummheit, mit der sie ihm begegneten, war beleidigend. Er arbeitete zwar erst wenige Wochen hier und kannte noch nicht alle Feinheiten des Geschäftes, aber er wusste mittlerweile wer Freund und wer Feind war. Ganz im Gegensatz zu seinen Vorgesetzten. Der Job in der Abteilung für Monitoring und Compliance war wie geschaffen für Harald. Hier gab es klare Regeln und Vorgaben zu prüfen. Hier konnte er seine Stärken ausspielen. Wochenlang hatte er sich auf seinen ersten Arbeitstag vorbereitet und alle Vorschriften und Grundlagen der Mitarbeiterüberwachung auswendiggelernt. In kürzester Zeit hatte er sich die Arbeitsweise sämtlicher Beobachtungswerkzeuge angeeignet und erlernt, wie er Regelverstöße erkennen kann. In den ersten Wochen erntete Harald viel Lob von seinen Chefs. Er war sehr fleißig und zielstrebig. Er deckte fehlerhafte Arbeitsweisen von Mitarbeitern auf und kümmerte sich um die Einhaltung der Vorschriften. In wenigen

Wochen hatte er sich einen Ruf als Musterschüler erarbeitet, der für sein Engagement bekannt war. Doch einige Kollegen begannen sich in seiner Nähe unwohl zu fühlen. Die Vielzahl der Verstöße, die Harald aufdeckte, rückte ihre Arbeit in ein schlechtes Licht. Er wurde als Streber beschimpft und auch seine Vorgesetzten mussten immer öfter die Daseinsberechtigung der anderen Mitarbeiter begründen, wenn bereits einer so viele Verstöße aufdecken konnte. Harald wurde seinen Vorgesetzten zur Last. Bei ihnen schwand die Lust, jedem Hinweis von Harald nachzugehen und akribisch zu verfolgen. Es genügte ihnen, nur die gröberen Regelverstöße zu untersuchen und darauf zu achten, dass die Regeln insgesamt befolgt wurden. Nicht jeder kleine Verstoß sollte an die ganz große Glocke gehängt werden. Auch wenn jeder Fehler aus Haralds Sicht natürlich seine ganz eigene Besonderheit hatte.

Die Verstöße von Markus stellten für Harald alles in den Schatten, was er bisher erlebt hatte. Im Vergleich dazu waren die vorherigen Vorgänge tatsächlich Kleinigkeiten. Die meisten Fälle waren geschwätzige Mitarbeiter, die mit Kollegen Geheimnisse teilten, ohne dass diese die entsprechenden Freigaben besaßen. Der Fall Markus war da ganz anders! Markus hatte EKA-Technologie außerhalb des Campus verwendet und er hatte Wissen über das EKA an Nicht- EKA-Mitarbeiter weitergegeben. Diese Vorgänge stellten nach den Regeln des EKA schlimme Straftaten dar! Daher musste dieser Fall besonders sorgsam verfolgt werden! Die Observationen aus der Ferne waren nicht länger ausreichend. Es musste eine Verfolgung her, bei der genauer ermittelt werden konnte, was Markus mit seinen Kontaktpersonen außerhalb des EKA besprach. Doch die

Einzigen, die eine solche Verfolgung anordnen konnten, waren die drei Vorgesetzten, mit denen er bereits geredet hatte. Und alle drei ignorierten seine eindringlichen Appelle. Sie schienen keine Lust zu haben, sich mit dem Fall zu beschäftigen. Der Chef der Monitoring-Abteilung meinte, Harald solle sich um andere Kollegen kümmern. Er kenne Markus. Dieser gehöre schon seit Jahren zum Kreis der engsten Vertrauten und sei mit weitreichenden Freigaben ausgestattet. Er sei durch und durch integer und von ihm ginge keine Gefahr aus. Harald traute seinen Ohren kaum und verließ nach dem Gespräch aufgebracht das Büro. Er hielt es für seine Pflicht, weitere Versuche zu unternehmen, das Problem zu adressieren und kontaktierte die Chefin der Compliance-Abteilung. Diese war der Meinung, solange Markus nichts nachzuweisen wäre, sei ein Mitarbeiter seines Ranges nicht anzuklagen. Außerdem könne es sehr gut sein, dass sein Handeln im Sinne des EKA sei. Markus sei schließlich ein angesehener Mitarbeiter. Solch einen Kollegen klage man nicht leichtfertig an. Zu groß sei die Gefahr für die Compliance-Abteilung, künftig als störend und hinderlich abgestempelt zu werden. Erschüttert im Glauben an die hehren Ziele des internen Kontrollwesens, wandte sich Harald an den Bereichsleiter. Dieser war der Chef der Abteilungen Monitoring und Compliance und zum Glück ebenfalls bereit, Harald anzuhören. Leider war er währenddessen sehr beschäftigt und schaute im Gespräch immer wieder auf sein Smartphone. Am Ende fragte ihn der Bereichsleiter, was der Chef der Monitoring-Abteilung von seinen Erkenntnissen hielte. Als Harald berichtete, dass Markus für vertrauenswürdig gehalten würde, winkte der Bereichsleiter ab und bat Harald, sich auf andere Themen zu konzentrieren.

Wut staute sich in Harald auf. Es war unfassbar, wie unfähig seine Vorgesetzten waren! Er beschloss, aktiv zu werden und das Problem selbst anzugehen. Seine Aufgabe bestand schließlich darin, Gefahr vom EKA abzuwenden und wenn seine Vorgesetzten versagten, musste er es eben selbst in die Hand nehmen. Er würde Markus verfolgen und ihn stoppen. Notfalls mit Gewalt.

44

„Eine Organisation verhindert den Fortschritt eures ganzen Planeten?" Bob schaute Lucy skeptisch an. „Ich hätte gedacht, die Macht der NSA könnte niemals irgendwo von irgendjemandem übertroffen werden."

„Das EKA übertrifft die NSA nicht nur auf unserem Planeten. Das EKA ist auch auf der Erde mächtiger als die NSA!"

Lucy berichtete von der Kuppel mit der Projektion des Universums an der äußeren Grenze des Sonnensystems. Sie saß im Wohnzimmer auf dem Bauernhof und blickte in drei ungläubige Gesichter. Robert und Sara hatten es sich auf der neuen Couch gemütlich gemacht und nippten an ihren Weingläsern. Seit der Renovierung war das alte Zimmer noch gemütlicher geworden. Bob saß in einem alten Schaukelstuhl neben dem Sofa. Auf dem Couchtisch in ihrer Mitte leuchtete eine Kerze. Alles war viel wohnlicher als bei Lucys Abreise. Während ihrer Abwesenheit hatte Robert alle Formalien seines Erbes klären können und war nun vollwertiger Bauernhofbesitzer. Ein Gedanke, an den er sich langsam gewöhnte. Gemeinsam mit Sara und Bob hatte er die wichtigsten Räume des Hauses neu gestrichen und einige kaputte Gegenstände repariert. Seine Wohnung in der Stadt hatte Robert behalten. Während er dort war, kümmerte sich Bob um den Bauernhof. Robert war froh, jemanden zu haben, der sich vor Ort um die Belange kümmerte. Bob war handwerklich sehr begabt und hatte ein kleines Zimmer im Obergeschoss bezogen. Stück für Stück arbeitete er auf dem Hof und im Haus, pflegte, malerte und reparierte, was ihm in die Finger kam. Bob war froh, ein paar Jahre abtauchen zu können. Er rechnete fest damit, von der NSA gesucht zu werden und konnte sich keinen Ort der Welt vorstellen, an dem er sich im Moment sicherer und wohler fühlen würde.

„Mächtiger als die NSA? Wie mischt sich denn das EKA bei uns ein?", fragte Bob und schaukelte in seinem Stuhl hin und her.

„Sie klauen eure Forschungsergebnisse. Stehlen geistiges Eigentum und verwenden es auf unserem Planeten gegen die Bevölkerung.", sagte Lucy.

„Das alles beeinträchtigt uns ja noch nicht", konterte Robert schnippisch.

Sara schaute Robert entsetzt an. „Was die machen, ist unerhört! Und außerdem sind deren Pikomaten überall auf der Erde! Das ist doch schlimm genug!"

„Ihr habt beide Recht", beschwichtigte Lucy. „Bisher hat sich das EKA auf der Erde weitgehend zurückgehalten. Sie beobachten das Geschehen hier sehr genau und haben die Pikomaten in Stellung gebracht, um bei Bedarf eingreifen zu können."

„Beim letzten Besuch hattest du erwähnt, die Erde soll als ein Fluchtplanet genutzt werden, falls ihr euren Heimatplaneten verlassen müsst", erinnerte sich Bob und schaute sie fragend an.

„Das hatte Markus in das Buch geschrieben, um mich zur Erde zu locken. Früher gab es beim EKA tatsächlich solche Ambitionen. Mittlerweile ist man jedoch der Meinung, den eigenen Planeten ausreichend im Griff zu haben. Die Option, die Erde als Fluchtplaneten zu nutzen, hat für das EKA nur noch eine nachrangige Bedeutung."

„Und was wollen sie stattdessen?"

„Kontrolle ausüben und die Zügel in der Hand behalten. Was sie gebrauchen können, wird genutzt. Was ihnen nicht passt, wird zerstört. Das EKA versucht, der Menschheit auf der Erde zu schaden. Es löst Katastrophen aus, um einem zu rasanten Aufstieg entgegenzuwirken. Sie wollen mit allen Mitteln verhindern, dass die Menschen eine Gefahr für sie werden. Dafür ist ihnen jedes Mittel recht."

„Das ist eine unglaubliche Frechheit! Wir haben ein Recht auf Freiheit!"

„Jetzt klingst du wie ein typischer Amerikaner, Bob", witzelte Sara.

„Stört euch das nicht? Die ganze Zeit fühlen wir uns frei und sind es nicht. Wir sind Sklaven, geduldet von einer Schar arroganter Arschlöcher im Bergmassiv eines fremden Planeten!"

„Wie viele sind es überhaupt?", fragte Robert.

„Das wusste auch Markus nicht so genau. Er schätzt aber, dass es mehrere hundert oder tausend Menschen sind. Obwohl sie alle unterhalb der Planetenoberfläche in einem Bergmassiv wohnen, erstrecken sich die Gänge und Räume über mehrere Kilometer in verschiedene Richtungen. Sogar über mehrere Ebenen. Zentrale Veranstaltungen gibt es nicht. Niemand weiß, wie viele Mitarbeiter das EKA hat. Die meisten sind bereits dort geboren und verlassen nur sehr selten das Bergmassiv. Im Inneren ist alles nachgebaut, was der menschliche Körper und die Seele benötigen, um sich wohl zu fühlen."

„Das klingt echt gruselig."

„Wir sollten sie bekämpfen, um unsere Freiheit zurückzubekommen!"

„Und wie willst du das anstellen?", fragte Sara provozierend. „Eure amerikanischen Atombomben sind ja schon mit Bergmassiven auf der Erde überfordert."

Bob winkte ab. Er war sicher, Sara meinte es nicht böse. Und sie hatte ja Recht. Dieser Gegner ließ sich nicht mit Gewalt bezwingen.

„Was schlägt Markus vor?", fragte Robert und schaute zu Lucy.

„Er hat noch keinen genauen Plan. Sein Vorschlag ist, es gemeinsam anzugehen. Er ist der Meinung, wir müssten alle zusammenarbeiten. Nur eine gemeinsame, abgestimmte Aktion könne das EKA nachhaltig beseitigen. Wie genau das gehen kann, weiß er noch nicht."

„Warum ist er denn so sicher, dass wir das herausfinden?" Sara schaute zuerst zu Robert und dann zu Bob.

„Markus schätzt eure Kreativität und euren Forschergeist. Fast allen Menschen, die auf unserem Planeten leben, fehlt diese Kreativität. Über Generationen gab es bei uns ein gleichbleibend hohes Wohlstandsniveau, ohne dass sich irgendetwas radikal verändert hätte. Die Menschen haben sich in diesem Zustand eingerichtet und verlernt, große geistige Anstrengungen zu unternehmen, um echte Probleme zu lösen. Diese Fähigkeit ist auf der Erde noch vorhanden."

Sara schaute skeptisch und dachte an all das Unheil, das Menschen mit ihrem Erfindungsgeist über andere Menschen gebracht haben.

„Es stimmt wohl: Die Menschen der Erde haben bisher viel Energie darauf verwendet, herauszufinden, wie sie andere Menschen effektiv bekämpfen und ermorden können. Ich möchte aber ehrlich gesagt nicht zu den Menschen gehören, die das jetzt auch noch auf Menschen anderer Planeten übertragen.“

„Wir müssen sie ja nicht gleich alle umbringen“, beschwichtigte Robert, „es reicht doch, wenn wir ihr Wissen vernichten.“

„Vernichten?“ Bob schaute entsetzt. „Wir können doch diesen unermesslichen Schatz nicht einfach vernichten. Vermutlich hat das EKA Erkenntnisse zu einigen der grundlegendsten wissenschaftlichen Forschungsfragen der letzten Jahrzehnte. Wichtige zentrale Problemstellungen können vom EKA bereits gelöst sein. Stellt euch vor, wie es wäre, wenn wir dieses Wissen freilegen und für alle verfügbar machen?“

„Es wäre schrecklich!“, riefen Sara und Robert wie aus einem Mund. Bob schüttelte den Kopf.

„Es wäre fantastisch!“

45

„Ich bin auch dafür, das EKA mit all seiner monströsen Technik zu vernichten", pflichtete Sara Robert bei. „Was deren Stärke ausmacht, ist der Wissensvorsprung. Niemand wird jemals eine Chance haben, eine Technologie zu entwickeln, wenn das EKA es nicht möchte. Niemand wird jemals etwas entwickeln können, um das EKA zu besiegen. Und daher müssen wir ihnen die Technologie wegnehmen!"

Sara schaute zu Bob, der mit einem Mal nachdenklich wirkte.

„Wie wäre es, wenn wir deren Wissen stehlen und auf der Erde verbreiten?"

Robert lenkte ein: „Das kommt ganz auf die Technologie an, die in den Gängen des EKA schlummert. Je nachdem, wie revolutionär die Erfindungen sind, gibt es sicher verschiedene Folgen für die Erde."

„Denken wir doch einmal an die Pikomaten", schlug Bob vor. „Was wäre, wenn wir herausfinden, wie die Pikomaten gesteuert werden und dieses Wissen auf der Erde verbreiten? Die Pikomaten sind ja schon da."

„Es wäre die ultimative Allzweckwaffe! Eine Horrorvorstellung", warnte Sara.

„Aber warum denn?", protestierte Bob. „So viele Probleme lassen sich mit solchen Automaten lösen. Durch planmäßige Umbildung von Atomen können die Materialien erzeugt werden, die auf der Erde fehlen. Hungersnöte würden der Vergangenheit angehören und wo immer Wasserknappheit herrscht, bauen die Pikomaten die Atome zu Wassermolekülen zusammen."

Sara zog die Augenbrauen hoch.

„Das ist eine Möglichkeit der Entwicklung. Aber was wäre, wenn es ganz anders liefe? Was wäre, wenn die Menschen sich Waffen bauen, um sich zu bekriegen?"

„Das wird nicht nötig sein. Was immer eine vermeintliche Kriegspartei begehrt, kann sie sich durch die Pikomaten selbst beschaffen, ohne angreifen zu müssen. Wem es an Reichtum oder Ressourcen mangelt, lässt die Pikomaten für sich arbeiten und hat keinen Grund mehr, in den Krieg zu ziehen."

„Das erinnert mich an die Versprechen des Kommunismus", warf Robert ein. „Alle Güter für alle. Jeder hat genug zum Leben. Alles gehört allen. Jeder arbeitet nur noch so viel, wie er möchte."

„Als Amerikaner habe ich dabei nicht an Kommunismus gedacht. Ich bin kein Kommunist. Mit den Pikomaten kann jeder seine Freiheit behalten und trotzdem gleich sein. Das ist nach meiner Auffassung jedenfalls nicht der klassische Kommunismus von Marx und Lenin."

„Es wird auch nicht funktionieren, denn es gibt immer Menschen, die neidisch auf andere sind und mehr haben wollen als andere", durchkreuzte Sara abermals den Optimismus der anderen.

Lucy hatte eine Weile stumm zugehört und mischte sich nun ein.

„Ich teile die Sorgen von Sara. Nach alldem, was ich von der Erde gelernt habe, glaube ich, einige Menschen werden auf ziemlich dumme Ideen kommen. Ich hätte ein mulmiges Gefühl bei dem Gedanken, jedem Menschen auf eurem Planeten Zugriff auf die Pikomaten zu ermöglichen.”

„Wäre die Technologie der Steuerung denn überhaupt von Menschen erlernbar?”, fragte Robert.

„Ich denke ja”, sagte Lucy. „Markus hat mir erklärt, wie er die Pikomaten über seine Gedanken steuert. Das klang nicht sonderlich kompliziert. Wir müssten herausfinden, wie die Kommando-Pikomaten an die Synapsen im Gehirn andocken. Einmal angedockt, geben sie die Befehle des Gehirns leicht weiter. Die Steuerung über die Gedanken dürfte leicht erlernbar sein. Wenn die Gehirne hier gleich funktionieren, sollte es gehen.”

„Wir haben ein anderes Problem noch nicht bedacht.”
Robert schaute in die Runde und blickte in schweigende Gesichter.

„Wenn wir die Technologie auf der Erde verfügbar machen, wird das EKA auf uns aufmerksam. In diesem Moment haben wir einen mächtigen Feind. Das EKA wird seine Technologie nur ungern aus den Händen geben.”

„Dann wäre auch Markus in Gefahr. Wenn sie herausfinden, wer ihr Whistleblower ist, werden sie kaum gnädig mit ihm sein”, gab Lucy zu bedenken.

„Dieses Schicksal droht mir von der NSA auch. Und beim EKA werden sie nicht nachsichtiger sein. Wir müssen also mindestens ebenso vorsichtig sein! Im schlimmsten Fall vernichtet das EKA Markus und die Erkenntnisse auf der Erde gleich mit.“

„Und was ist, wenn nur wir uns das Wissen aneignen?”

Sara war selbst überrascht über ihren offensiven Vorschlag. Noch überraschter war sie von den Reaktionen in den Gesichtern der anderen. Alle dachten darüber nach und niemandem schien etwas einzufallen, was dagegen spräche.

Lucy sprach ihre Gedanken laut aus:

„Wenn wir es vorsichtig anstellen, könnte das klappen. Markus hat mir erzählt, wie nachlässig die Kontrollen im EKA im Laufe der Zeit geworden sind. Sie glauben, sie sind allmächtig und hätten es nicht mehr nötig, überall hinzusehen. Diese Überheblichkeit können wir nutzen."

Bob freute sich, nun doch noch in den Genuss bahnbrechender Erfindungen zu kommen.

„Wir sollten uns Stück für Stück mit einer Reihe der Schlüsseltechnologien des EKA vertraut machen. Je mehr wir erfahren, desto präziser können wir den Sieg gegen das EKA planen."

46

Markus klatschte begeistert in die Hände.

„Sie wollen uns also tatsächlich helfen! Die drei sind wirklich mutig! Danke Lucy, für deine Überredungskünste!"

„Ich musste die drei nicht lange überzeugen. Die Fakten sprechen für sich und zumindest Bob hat keine Angst davor, sich einen weiteren übermächtigen Gegner zum Feind zu machen."

Zufrieden lauschte Markus Lucys Bericht ihrer Erlebnisse auf der Erde. Sie hatten sich zu dritt direkt nach der Schule im Park an der Stelle verabredet, an der auch der Selimundus und die Truhe lagen.

„Sie wollen sich Teile der Technologie des EKA aneignen, um die Organisation mit der Stärke ihrer eigenen Waffen schlagen zu können", informierte Lucy.

Markus hob nachdenklich den Blick und schien darüber nachzudenken.

„Das wird nicht ganz einfach. Der Einsatz der Technik wird normalerweise penibel kontrolliert. Und technische Prototypen werden streng bewacht."

„Du hast doch schon einiges aus dem EKA herausgeschmuggelt! Das muss doch auch mit anderen Erfindungen möglich sein!"

Christian klang im Anschluss an diese Forderung trotziger als er es beabsichtigt hatte.

„Ganz so einfach ist das nicht. Der Zugriff auf die Erfindungen ist nicht zentral organisiert. Es gibt keine Stelle, an der alles bereitliegt. Ich hatte als Mitarbeiter des Leitstandes Einblick in die Themen rund um die Kuppel, die das Sonnensystem umgibt, sowie die anderen Baustellen, für die Pikomaten eingesetzt wurden. Viele andere Schöpfungen kenne ich selbst nicht. Und ich wüsste auch nicht, wie ich diese Informationen beschaffen kann, ohne aufzufallen."

„Wie sollen wir den dreien auf der Erde denn dabei helfen, an das Wissen des EKA zu kommen, wenn nicht einmal du darauf Zugriff hast?"

Christian klang resigniert.

„So wenig Zugriff hat Markus doch gar nicht!", widersprach Lucy. „Wir wissen zwar nicht, welche Erfindungen das EKA noch hütet, aber wir wissen immerhin von den Pikomaten und den Dingen in der Truhe. Damit lässt sich doch arbeiten!"

„Die Truhen und deren Zubehör gehören zur Ausrüstung einer Notfalleinsatzzentrale, die neben unserem Leitstand liegt. Von dort werden im Katastrophenfall die Aktivitäten des EKA gesteuert."

„Es gibt also noch mehr Truhen als die, die du für uns hier versteckt hast?", fragte Lucy und zeigte auf den Fundort bei den Steinen hinter sich.

„Ja. Noch etwa 20 Stück. Die Ausstattung der Truhen ist so wie ihr sie kennt. Sie wurden angeschafft, als die Erde noch als Fluchtplanet gehandelt wurde. Nur das Buch und die Geschichte der Planeten-Fürsorge-Berechtigten hatte ich selbst hinzugefügt, um dich dazu zu bringen, zur Erde zu reisen, ohne zu viel über die Hintergründe zu verraten."

Lucy würdigte seine Fantasie mit einem anerkennenden Blick.

„Wird der Inhalt der Truhen regelmäßig kontrolliert?"

„Das sollte eigentlich so sein. Die Kontrollen finden aber in der Praxis nicht statt. Die Truhen stehen in einem Regal der Notfalleinsatzzentrale hinter einem Vorhang. Warum fragst du?"

„Wegen der Brillen!"

Lucys Antwort kam wie aus der Pistole geschossen.

„Wir könnten Christian, Sara, Robert und Bob mit ebensolchen Brillen ausstatten wie ich sie bei meinen Reisen zur Erde verwende. Allein damit können sich die drei auf der Erde schon ein enormes Wissen aneignen!"

Markus hielt das für eine gute Idee.

„Das müsste gehen! In der Notfalleinsatzzentrale ist für gewöhnlich niemand. Wenn ich dort hineingehe, fällt das nicht weiter auf."

Doch Christian schien diese Idee noch nicht ausgereift genug zu sein.

„Warum habt ihr nur die Brillen im Kopf? Stellt euch doch mal vor, wie es wäre, wenn die anderen auch einen Selimundus, eine Perle mit Aktor und einen Gürtel hätten. Sie könnten uns hier besuchen!"

Schweigend dachten Lucy und Markus über Christians Vorschlag nach.

„Dazu müsste Markus die Truhen hinausschmuggeln und ich müsste sie zur Erde transportieren", sagte Lucy.

„Er hat bereits eine Truhe hinausbekommen. Vielleicht schafft er auch vier weitere. Oder, Markus?"

Christian schaute erwartungsvoll zu Markus. Dieser schaute unsicher.

„Möglich ist vieles. Aber es ist riskant. Wenn ich erwischt werde, seht ihr mich nie wieder." Die anderen schwiegen bedächtig.

„Mir würden am Anfang die Brillen reichen. Damit kommen wir schon ein großes Stück weiter", sagte Lucy.

Markus schüttelte nachdenklich den Kopf.

„Christian hat schon Recht. Wenn ich die Truhen stehle und du sie zur Erde transportierst, erhält das gesamte Team ein vielseitiges Universalwerkzeug."

„Wir haben aber nichts davon, wenn du dabei stirbst!", entgegnete Lucy.

„Ich werde vorsichtig sein."

„Und was ist mit den Pikomaten? Wie lernen wir, wie man die steuert?"

Markus erklärte: „Selbst innerhalb des EKA können das nur eine Handvoll Leute. Es gibt keine Ausbildungsstelle innerhalb der Organisation, die das den Leuten beibringt."

Christian ließ nicht locker.

„Irgendwie müsst ihr das doch gelernt haben!"

Markus sagte zunächst nichts. Dann fuhr er fort:

„Soweit ich weiß, hatte ich eines Tages einfach die Fähigkeit."

Lucy hakte nach: „Du sagtest, es wären Kommando-Pikomaten, die an Synapsen andocken und von dort die Signale des Gehirns aufnehmen."

Markus nickte und Lucy versuchte, ihre Gedanken zu sortieren.

„Demnach bräuchte es nur einen Auslöser, der die Kommando-Pikomaten dazu bringt, anzudocken. Alles Weitere regeln sie dann selbst, indem sie nach und nach lernen, richtig auf die Gehirnströme der Person zu reagieren."

Markus nickte.

„Ich kann mich an die ersten Stunden mit dieser Fähigkeit noch gut erinnern. Anfangs ist es schwierig, auf die richtige Art und Weise zu denken und sich zu gedulden. Wenn du den Pikomaten in Gedanken befiehlst: ‘Pikomaten, lasst hier einen Holzklotz entstehen’, dauert es erst eine ganze Weile. Erst nachdem ein Gedanke zu Ende gedacht ist, formieren sich die Pikomaten und setzen Stück für Stück die Atome zusammen. Vom Wunsch bis zur Erfüllung vergehen dabei durchaus ein paar Minuten. Doch dann ist es ein überwältigendes Gefühl der Macht, alles beeinflussen und entstehen lassen zu können. Es kombiniert die Sinneserweiterung der Brille mit der Fähigkeit, das Bild in der Brille beeinflussen zu können."

„Ich glaube ich weiß, wie diese Gabe weitergegeben wird!"

Lucy unterbrach Markus mitten in seinen Gedanken.

„Und wie?", reagierte er stutzig.

„Durch jemanden, der die Gabe bereits hat! Du könntest beliebige Pikomaten dazu bringen, an mein Gehirn anzudocken und von meinen Synapsen die Signale zu empfangen. Diese Signale sollen sie an das Netzwerk weitergeben und somit die Funktion von Kommando-Pikomaten übernehmen!"

Markus schaute Lucy immer noch verdutzt an. Er fühlte sich wie ein Schuljunge, dem die Lehrerin gesagt hatte, dass er bereits alles wisse und nun endlich hinausgehen solle, um die Welt zu verbessern. Sein verunsicherter Blick hellte sich langsam auf. Er vollzog ihre Idee in seinem Kopf noch einmal nach und fand, es sei einen Versuch wert. Eine angenehme Wärme durchzog ihn. Er freute sich, mit diesen beiden jungen, intelligenten Menschen im Austausch zu sein. Es erfüllte ihn mit Zuversicht, zu sehen, wie sich das Vertrauen auszahlte, was er beiden entgegengebracht hatte. Das Vertrauen hatte beide schließlich in die Lage versetzt, ihm etwas über sich selbst beizubringen. Dieses Vertrauen war es, das den Unterschied machte. Dieses Vertrauen war es, was das EKA bei allen Menschen zu zerstören versuchte. In diesem Moment war Markus sicher, mit seinem Team an sein Ziel zu kommen. Zusammen würden sie einen Weg finden, das EKA zu besiegen.

„Das muss es sein! Ich kann mir keinen besseren Weg vorstellen, die Pikomatensteuerung weiterzugeben. Das sollten wir mit dem gesamten Team auf der Erde ausprobieren! Ich werde zum EKA zurückreisen und fünf weitere Truhen holen. Zwei davon können Christian und ich nutzen, um mit dir zur Erde zu reisen. Die restlichen drei Truhen nehmen wir als Gepäck für unser Team auf der Erde mit. Passt es euch, wenn wir uns morgen hier treffen?"

Zufrieden stellte Harald fest, dass ihn sein Gespür nicht getäuscht hatte. Er hatte dutzende Regeln des EKA gebrochen, um Markus bis hierhin zu verfolgen. Zudem war er erstmals seit Jahren außerhalb des EKA-Geländes. Aber es hatte sich gelohnt. Dieser Schuft! Dieser Verräter! Die Verachtung, die Harald für ihn verspürte, quoll beinahe über. Am liebsten wäre er hinter seinem Versteck hervorgesprungen und hätte die drei an Ort und Stelle zur Rede gestellt. Doch so primitiv war er nicht. Er zügelte seinen Impuls zum sofortigen Handeln und zog sich zurück. Er hatte genug gehört! Alles war noch viel schlimmer, als er es geahnt hatte. Wie konnte es dieser Markus nur wagen, eine so ehrwürdige Organisation wie das EKA zu verraten? Nicht nur, dass er Nicht-EKA-Mitgliedern geheime Technologie zugänglich gemacht hatte. Er hatte offensichtlich auch Menschen auf der Erde eingeweiht. Das war viel mehr, als für eine Höchststrafe nötig gewesen wäre. Erschüttert und voller Zorn trat Harald den Rückweg zum EKA an. Er wollte unbedingt vor Markus dort sein.

47

Der Rückweg zog sich elendig in die Länge. Harald war angespannt. Dies hier war nicht seine Welt. Nur wenige Male waren seine Eltern mit ihm und seinem Bruder außerhalb des EKA gewesen. Sie waren der Meinung, es sei wichtig zu wissen, wie die Welt außerhalb aussah und welche Probleme es noch gab. Für Harald waren diese Ausflüge stets langweilige Zeitverschwendung. Welchen Sinn hatte es, all die Unannehmlichkeiten ansehen und aushalten zu müssen, die zu Hause im EKA keine Rolle spielten? Regenwetter, kranke Menschen, starker Wind, Warteschlangen an der Kasse. Dies alles waren Erlebnisse, auf die er gut hätte verzichten können.

Seinem Bruder Markus ging es immer ganz anders dabei. Kaum hatten sie als Familie das Bergmassiv verlassen, blühte er auf. Staunend starrte er aus dem Autofenster und schien sich für alles und jeden zu interessieren. Darum war er wohl auch das Lieblingskind seiner Eltern. Auch wenn sie es nie zugaben und immer sagten, sie hätten ihre beiden Jungs gleich lieb. Harald wusste, es war gelogen. Sie mochten Markus viel mehr und schenkten ihm daher auch viel mehr Aufmerksamkeit. Das war ungerecht. Besonders auf den Reisen außerhalb des EKA spürte Harald diese Ungleichbehandlung. Ausschweifend erklärten die Eltern Markus alles, was er wissen wollte. Meistens sogar noch mehr. Stundenlang diskutierten sie die Probleme der Welt, die sie doch eigentlich nicht hätten interessieren müssen. Schließlich war alles geregelt im EKA und es gab nicht mal einen Grund, sich das Elend außerhalb anschauen zu müssen. Drinnen war die Welt in Ordnung und das zählte für Harald. Diese Erkenntnis führte ihn im Laufe seiner Entwicklung dazu, sich für eine Ausbildung bei den Wächtern zu interessieren. Die Wächter waren seine großen Vorbilder. Sie waren es, die das Schützenswerte schützten und das Gute bewahrten. Für seine Eltern war es keine Überraschung, als er ihnen von seinen Zielen erzählte. Sie fanden, es passe zu ihm, schließlich sei er immer korrekt, artig und regeltreu gewesen. Wenigstens dies gestanden sie ihm zu.

„Deinem kleinen Bruder wird es schwerer fallen, einen Job zu finden, der ihn zufriedenstellt", hatte seine Mutter damals gesagt. Als ob Harald leicht zufriedenzustellen gewesen wäre. Pah. Er wusste nur genauer, was er wollte. Ganz im Gegensatz zu seinem Bruder. Dem Verräter! Nun war es soweit. Markus war zu weit gegangen. Nun würden auch die anderen zugeben müssen, dass Harald der bessere Mensch war. Lange hatte Harald diesen Tag herbeigesehnt. Einen 'Querdenker' hatten sie Markus damals genannt. Einen 'klugen Kopf', der sich nicht mit den Gegebenheiten zufrieden gab. Gelächelt haben sie, wenn er wieder einmal die 'Regeln gebeugt' hatte, um die Welt ein bisschen besser zu machen. ‚Die Welt ein bisschen besser machen', so hatte Markus es immer formuliert. Und seine Mitmenschen waren voller Anerkennung und Respekt. Ekelhaft. Niemand schien zu bemerken, wie er einfach seinen Willen durchsetzte und mit ihnen spielte. Damit würde bald ein für alle Mal Schluss sein.

Harald kehrte zum EKA zurück und machte sich sofort auf den Weg zum Leitstand. Er kannte diesen Trakt nicht besonders gut. Bei seinem ersten Arbeitstag vor vielen Jahren war er einmal hier gewesen und hatte die Ingenieure dabei beobachtet, wie sie irgendein bedeutendes Ereignis feierten. Nun suchte er die Notfalleinsatzzentrale. Er schritt den Flur entlang und machte einen ernsten Gesichtsausdruck. Da er seine Wächteruniform trug, würde niemand hier auf die Idee kommen, er gehöre hier nicht her. Ganz anders sah es für Markus aus. Sein Bruder gehörte schon länger nicht mehr unmittelbar zum Leitstellen-Personal und würde es deutlich schwerer haben, unbemerkt zu bleiben.

Harald versuchte unauffällig die Beschriftung zu lesen, während ein Türschild nach dem anderen an ihm vorüber zog. 'NEZ.' Harald stutzte und dann schoss ihm ein kurzer Adrenalinstoß durch den Körper. Er kannte diese Abkürzung zwar nicht. Dennoch war er sicher: NEZ stand für Notfalleinsatzzentrale. Er hatte sein Ziel erreicht. Da er nicht wusste, was ihn hinter der Tür erwarten würde, scheute er sich, einfach hineinzugehen. Auf der gegenüberliegenden Seite des Ganges war eine Nische mit einer weiteren Tür, die offen stand. Die Tür führte in einen kleinen Raum, der vielleicht früher als Abstellkammer genutzt wurde. Nun war der Raum leer. Das passte Harald gut und so schlüpfte er hinein und lehnte die Tür leicht an. Wenn er sich Mühe gab, konnte er durch einen Spalt die gegenüberliegende Tür der NEZ im Blick behalten. Hier würde er auf Markus warten und ihn zur Rede stellen, bevor er hineinging.

48

Markus hatte ein mulmiges Gefühl. Er zweifelte nicht an seinem Plan, denn er hatte sich alles gut überlegt. Unverzüglich nach seiner Ankunft im EKA war er zur Notfalleinsatzzentrale aufgebrochen. Er hatte sich einen Rollwagen besorgt und eine glaubhafte Geschichte zurechtgelegt. Falls ihn jemand danach fragte, würde er Dokumente zeigen, die ihn anweisen, fünf Truhen für einen neuen, geheimen Einsatzzweck abzuholen. Die Dokumente trugen das Siegel des EKA und sahen sehr authentisch aus. Alles zusammen machte ihm ein ungutes Gefühl. Eigentlich konnte nichts schiefgehen, aber wenn er zufällig auf einen ambitionierten und skeptischen Leitstellenmitarbeiter traf, konnte es durchaus zu einer längeren Diskussion kommen. Zwar würde er im Laufe des Gespräches sicher alle Bedenken ausräumen können, dennoch wäre es Markus lieber, er müsste nicht auf seine Lügengeschichte zurückgreifen. Falls er mit seinen gefälschten Dokumenten aufflöge, hätte er ein Problem.

Bisher sah alles sehr gut aus. Er war problemlos in die NEZ gelangt und hatte bisher auch niemanden getroffen. Der große Raum wirkte kalt und mächtig. Im Falle einer Krise fanden hier gut zwei Dutzend Mitarbeiter Platz. Die Tische waren in einem großen U angeordnet und auf eine Wand aus Monitoren ausgerichtet. Am Rand des Raumes stand Markus und stellte fünf Truhen auf seinen Rollwagen. Anschließend rückte er sorgfältig den Vorhang zurecht und schob den Wagen zurück zur Tür.

Harald traute seinen Augen kaum. Wie hatte Markus es geschafft, vor ihm hier zu sein? Das war nicht möglich. Er war direkt mit seinem Auto hergefahren und hatte sich sofort hierher begeben. Markus schien es bei seiner Rückreise nicht eilig gehabt zu haben. Er blieb noch einen Moment, nachdem er sich von Lucy und Christian verabschiedet hatte. Wie war das möglich? Sicher hatte Markus mal wieder Technik eingesetzt, von der er nichts wissen durfte. Dieser bevorteilte Schnösel! Harald musste sich beeilen, um ihn nicht zu verpassen. Er schlüpfte aus der Abstellkammer und ging mit zügigen Schritten in die Richtung, in die Markus verschwunden war. Gerade rechtzeitig hatte er ihn rechts abbiegen sehen und so legte er die Entfernung bis zum Abzweig im Dauerlauf zurück. Kurz bevor er diesen erreichte, verlangsamte er sein Tempo und schaute vorsichtig um die Ecke. Er sah Markus vor einem Fahrstuhl warten. Kurz ging er seine Optionen im Kopf durch. Er musste ihn hier und jetzt zur Rede stellen. Falls Markus in den Fahrstuhl stieg, war die Gefahr zu groß, ihn zu verlieren. Er entschloss, ihn mit seiner Straftat zu konfrontieren:

„Du elender Dieb! Du Verräter!"

Harald versuchte gar nicht erst unbemerkt zu bleiben. Laut und deutlich rief er ihm die Worte entgegen, während er um die Ecke auf Markus zuging. Dieser wirkte sichtlich überrascht und blieb dennoch erstaunlich ruhig. Er warf einen Blick auf das Display des Fahrstuhls und schaute dann hinüber zu Harald.

„Mein Bruder. Wir haben uns lange nicht mehr gesehen. Wie läuft es bei den Wächtern?"

„Oh sehr gut! Das EKA und seine Bewohner sind so wenigen Gefahren ausgesetzt wie seit Jahren nicht mehr. Alles könnte perfekt sein. Nur einige einzelne Personen scheinen kein Interesse daran zu haben, dass dies noch lange so bleibt."

Harald bohrte seinen scharfen Blick buchstäblich in Markus hinein. Er hatte ihn nun erreicht und blieb nur wenige Zentimeter vor ihm stehen.

„Ich beobachte dich schon eine Weile, Markus. Anfangs verstand ich nicht viel von dem, was ich sah, doch ich wusste, es würde sich lohnen, dranzubleiben. Ich habe dich bewundert für die Anerkennung, die du schon dein ganzes Leben bekommst. Ich wollte wissen, was du tust, wenn du allein bist. Ja, ich wollte sogar so werden wie du. Meine Berufung als Wächter war eine tolle Gelegenheit, Dinge über dich herauszufinden, die ich früher nicht mitbekam. Ich habe so viel über dich gelernt. Und jetzt ekelst du mich nur noch an. Du hintergehst alle! Du nutzt deren Vertrauen aus, um deinen Willen über den Willen aller anderen zu stellen. Du bist ein widerlicher Egoist!"

Anfangs versuchte Markus Harald zu unterbrechen, um sich zu erklären. Doch Haralds Wut erstickte seine Versuche im Keim. Die Wucht seiner Anschuldigungen stand wie eine Betonmauer zwischen ihnen. Markus hatte sich innerhalb des EKA niemals jemandem offenbart, weil er wusste, wie verblendet hier alle waren. Zu abwegig mussten seine Gedanken auf Menschen wirken, denen das EKA alles bedeutete. Und nun stand er vor so jemandem und musste versuchen, ihn auf seine Seite zu ziehen, damit er nicht aufflog. Einen Verräter hatte Harald ihn genannt. Er musste viel von dem mitbekommen haben, was Markus plante. Schlimmstenfalls sogar alles. Das wäre eine Katastrophe. Alles stand auf dem Spiel. Er dachte an Lucy. Wenn er aufflog, schwebte auch sie in großer Gefahr. Er dachte daran, wie er sie schützen könnte und schaute einen Moment geistesabwesend durch Harald hindurch.

Harald tobte innerlich. Sein arroganter, selbstverliebter Bruder brachte mit seinem Handeln das gesamte EKA und all seine Bewohner in Gefahr. Niemand außer ihm war bereit, diese große Gefahr wahrzunehmen. Wenn Markus so weitermachte, hätte das unvorstellbare Konsequenzen. Nicht auszudenken, was passierte, wenn sich die Menschen außerhalb des EKA gegen die Organisation auflehnen würden. Der Frieden war in Gefahr. Für viele Jahre wäre der Ursprung der Unruhen mit dem Namen seiner Familie verbunden. Vermutlich würden die anderen sogar denken, er stecke mit seinem Bruder unter einer Decke. Der Gedanke, mit diesen abscheulichen Taten in Verbindung gebracht zu werden, ließ das Ekelgefühl in seinem Hals unerträglich anschwellen. Ein ferner Gedanke wurde mit einem Mal zur Gewissheit. Es war Zeit zu handeln. Harald musste handeln und Markus aufhalten. Er würde es hier und jetzt tun. Mit einem Mal stand sein Entschluss unwiderruflich fest. Er fingerte hinter seinem Rücken nach dem Messer in seinem Gürtel. Ursprünglich hatte er es zu seiner Verteidigung eingesteckt, falls es zu einem Handgemenge käme. Zumindest glaubte er das. Vielleicht war es auch sein Unterbewusstsein, das ihn mit dem Messer auf diesen Moment vorbereitet hatte. Vielleicht war alles vorbestimmt und alles musste so passieren. Harald war sich jetzt sicher. Er hatte hier und jetzt die Gelegenheit, das EKA zu verteidigen und er würde nicht zögern, seine Pflicht zu tun. Auch wenn er dafür seinen Bruder töten müsste. Manchmal waren Opfer notwendig.

Markus nahm die Bewegung von Haralds Arm kaum wahr. Da Harald sehr dicht vor ihm stand, spielten sich diese Bewegungen auch nur am Rand seines Blickfeldes ab. Er dachte an Lucy und wurde durch den Stich unterhalb seines Brustkorbes jäh aus seinen Gedanken gerissen. Die Erkenntnis traf ihn wie ein Schlag. Er hatte ein Messer im Bauch. Harald war dabei, ihn umzubringen. Er sah, wie Harald seinen Arm zurück zog und spürte, wie Wärme seinen Bauch durchströmte. Es war viel weniger schmerzvoll als Markus es sich vorgestellt hatte. Er stand unter Schock. Sein Leben ging zu Ende. Seitdem er begonnen hatte, gegen das EKA zu arbeiten, hatte er daran gedacht, dass es ihn einmal sein eigenes Leben kosten konnte. Er hatte geplant, vor seinem Tod dafür zu sorgen, nicht umsonst gestorben zu sein. Doch nun wurde er eiskalt erwischt. Noch dazu von seinem eigenen Bruder. Hektisch versuchte sich Markus daran zu erinnern, was er sich für diesen Fall zurechtgelegt hatte, doch die Wärme in seinem Bauch war zu einer Hitze geworden, die ihm seinen Verstand nahm. Vielleicht hatte das Messer sein Herz getroffen? Ausgerechnet sein Bruder durchkreuzte seine Pläne. Das würde er bereuen. Ihm kam ein Gedanke. Viel Zeit blieb ihm nicht mehr, bevor seine Welt schwarz wurde und er starb.

Markus sackte nach vorn. Harald stütze ihn und legte ihn langsam auf den Boden. Die Wut war einem Gefühl von

Macht gewichen. Harald hatte gesiegt und war für einen Augenblick sehr zufrieden mit sich und seiner Entschlossenheit. Nun würde es darauf ankommen, die anderen davon zu überzeugen, dass er das Richtige getan hatte. Die Beweise gegen Markus waren erdrückend, schließlich hatte er ihn auf frischer Tat ertappt. Für seine Zukunft war es wohl am besten, wenn alles nach Notwehr aussah. Er hatte Markus im Affekt getötet, bevor dieser ihm zuvorkommen konnte. Und nun, da Markus tot war, musste er dringend Hilfe holen, um die Sache ins Rollen zu bringen. Er entschied sich für einen der Alarmknöpfe, die mit einigem Abstand überall im EKA an den Wänden angebracht waren, um Wächter zu alarmieren. Nach wenigen Schritten erreichte er den Knopf und drückte ihn. Als er seine Hand vom Knopf nahm, traute er seinen Augen nicht.

Harald verstand nicht, was er sah, aber er war sich sicher, wer dahinter steckte.

'Dieser Mistkerl', dachte er. Doch es war sein letzter Gedanke. Er blickte von seiner Hand zu seinem Körper und sah, wie sich dieser auflöste. Die Kleidung verschwand, seine Haut wurde durchsichtig und offenbarte für einen Bruchteil einer Sekunde einen Blick in das Innere seines Körpers. Auch die darunterliegenden Schichten seines Körpers verschwanden. Es ging wahnsinnig schnell. Pikomaten hatten begonnen, die Moleküle seines Körpers zu zerlegen und kamen dabei schnell voran. Es war die letzte Aufgabe, die Markus ihnen übertragen hatte. Nach wenigen Sekunden war Haralds Existenz ausgelöscht.

49

Lucy und Christian erreichten den Treffpunkt am Fundort des Selimundus vor der vereinbarten Zeit. Christian war nervös und voller Vorfreude. Noch niemals zuvor war er weit von zu Hause weggekommen. Und heute würde er gemeinsam mit Lucy und Markus sogar zu einem anderen Planeten reisen. Je länger er darüber nachdachte, desto absurder kam ihm alles vor. Abenteuerlustig schaute er Lucy an.

Sie setzten sich auf den Stein, auf dem sie schon mehrere Male gesessen hatten und warteten.

„Wie wäre es, wenn du ihn durch die Brille suchst und schaust, wie weit er schon ist?", fragte Christian in die Stille hinein.

„Ich stalke doch nicht! Markus wird schon kommen. Vielleicht sind die Truhen schwerer als er dachte. Gedulde dich."

Christian kramte in seinem Rucksack nach Lucys Truhe. Er holte sie heraus und drehte sie vor seinen Augen hin und her, als betrachtete er sie gerade zum ersten Mal.

„Wie unhandlich sie ist. Fünf Stück davon passen doch in keinen Rucksack der Welt. Markus wird aussehen wie der Weihnachtsmann. Er wird Schwierigkeiten haben, sie zu transportieren, ohne allzu verdächtig auszusehen."

„Ist ja schon gut. Gib mir die Brille. Ich werde nachschauen."

Lucy klang unfreundlicher als sie wollte. Im Grunde stimmte sie Christian zu und fragte sich auch, wo Markus steckte.

Christian reichte ihr die Brille aus der Truhe. Lucy setzte sie auf und blickte in die Ferne.

„Ich schaue von weit oben auf unseren Standpunkt und finde ihn im Umkreis des ganzen Waldes nirgends. Er ist nicht in der Nähe.”

„Wenigstens wissen wir nun, dass wir nicht warten müssen. Kannst du denn mit der Brille auch Personen suchen?”

„Ich probiere es gleich mal aus.”

Lucy kniff die Augen zusammen und zuckte wenig später ratlos mit den Schultern.

„Also entweder bin ich zu dumm oder es geht nicht. Ich bekomme nur eine Liste mit den letzten bekannten Aufenthaltsorten. So wie es aussieht, ist er gestern nach unserem Treffen direkt zurück zum EKA gefahren. Am Abend endet die Liste plötzlich vor einem Fahrstuhl.”

„Was heißt, die Liste endet vor einem Fahrstuhl? Ist er eingestiegen und kann nun nicht mehr geortet werden?”

„Das wäre möglich. Ich schaue mich dort vor Ort gerade um.”

Lucy wurde plötzlich ganz bleich.

„Da liegt jemand. Jemand liegt neben dem Fahrstuhl auf dem Boden. Es ist Markus. Er ist…”

„Was ist er? Ist er verletzt?”

Lucy schaute auf den Boden.

„Er ist tot. Jemand hat ihn mit einer Decke zugedeckt, sich aber keine große Mühe gegeben.”

Christian wollte nicht glauben, was er hörte. Er keuchte:

„Ist da noch jemand? Irgendetwas?"

„Nein. Der Gang ist leer. Nur Markus liegt dort und eine Blutlache sammelt sich neben der Decke."

Lucy setzte die Brille ab und hatte einen ausdruckslosen Blick.

„Es ist vorbei, Christian. Markus ist tot. Sie haben ihn einfach umgebracht. Er musste sterben, weil er sich für das Gute einsetzen wollte."

Tränen stiegen ihr in die Augen.

„Er war so anders als alle anderen dort! Unsere ganze Hoffnung ist dahin. Der ganze Weg bis hierhin war umsonst. Meine Reisen zur Erde. Unsere Pläne, alles zu verändern. Es ist hoffnungslos! Wir werden die Erde nicht retten und wir werden auch das EKA nicht besiegen. Ohne Markus ist das unmöglich."

Christian schwieg. Er hörte Lucys Worte und wollte widersprechen. Doch tief im Inneren wusste er, dass das stimmte. Auch Christian sah keinen Ausweg.

Schweigend saßen beide für Minuten nebeneinander.

„Du solltest zur Erde reisen und Sara, Robert und Bob davon erzählen."

Lucy verharrte reglos. Christian setzte nach.

„Sie haben ein Recht, davon zu erfahren. Vielleicht haben sie sogar eine Idee, was jetzt zu tun ist."

Lucy blickte ihn an und sah nicht besonders überzeugt aus.

„Selbst wenn es kaum Hoffnung gibt, solltest du wenigstens einen Versuch unternehmen", redete er weiter auf seine Freundin ein.

Lucy merkte, wie verbissen sich Christian an seinen Vorschlag klammerte. Sie konnte sich nicht vorstellen, was den dreien dazu einfallen sollte. Im Kopf ging sie zahllose Optionen durch und verwarf eine nach der anderen. Nur eines von Christians Argumenten konnte sie nicht entkräften. Sie musste hinreisen und ihnen von Markus' Tod berichten. Auch sie empfand es als ihre Pflicht, dies zu tun.

50

„War doch klar, dass sich so eine Organisation nicht so einfach geschlagen gibt. Jetzt wissen wir, dass wir auf dem richtigen Weg waren. Sie fühlten sich durch Markus ernsthaft in ihrer Macht bedroht!"

Bob stand vom Gartentisch auf und durchbrach damit die Schockstarre, in der sich alle befanden.

„Bob, du bist total unsensibel! Markus ist tot und wir werden wohl kaum eine Chance haben, dem EKA noch einmal annähernd die Stirn zu bieten."

Sara schaute Bob verärgert hat. Die Nachricht von Lucy hatte sie völlig unvorbereitet getroffen. Auch wenn sie Markus nicht persönlich kannte, empfand sie eine tiefe Trauer bei dem Gedanken an seinen Tod.

„Markus ist auch für uns gestorben. Er wollte für uns die Truhen holen, weil wir die Technologie des EKA lernen wollten. Wir waren seine Hoffnung und wir konnten nichts für ihn tun."

Sara schaute hinüber zu Robert. Auch er hatte bisher noch nichts gesagt.

„Wir alle haben die Gefahr wohl unterschätzt, der Markus sich ausgesetzt hat. Wenn Markus getötet wurde, weil er das EKA zerstören wollte, steckt auch Lucy in Gefahr! Sie haben ihre Augen und Ohren vermutlich überall."

Robert schaute am Wallnussbaum vorbei hinauf in den Himmel, als spräche er direkt zum EKA.

Bob schüttelte den Kopf.

„Ich glaube nicht, dass das EKA uns belauscht hat oder bereits von uns weiß. Wenn das so wäre, hätten sie Lucy davon abhalten können, das Geheimnis zur Erde zu tragen. Sie hätten Markus viel eher töten oder festhalten können. Sie haben ihn vermutlich auf frischer Tat ertappt, als er die Truhen stehlen wollte. Früher oder später werden sie merken, dass eine fehlt und dann den Weg zu Lucy finden."

Lucy war ganz bleich. Bisher hatte sie vor allem um Markus getrauert, doch nun stieg Beklommenheit und ein diffuses Angstgefühl in ihr auf. Sie fühlte sich mit einem Mal so hilflos wie noch nie. Ausgeliefert an eine mächtige Organisation, die jederzeit über ihr Schicksal bestimmen konnte. Es war ein ohnmächtiges Gefühl und sofort regte sich Widerstand in ihr. Sie wünschte sich, sie wüsste was zu tun war oder irgendjemand würde es ihr mitteilen. Sie wünschte sich, die Lösung sollte einfach vor ihr erscheinen.

„Robert, was ist das?"

Sara klang panisch und deutete mit ausgestrecktem Zeigefinger auf die Mitte des Gartentisches. Anfangs sah es aus wie eine Staubschicht, die in wenigen Sekunden zu einem dicken Klumpen anwuchs. Nur wenige Sekunden später erreichte der Staub eine längliche Form. Während Bob einen Schritt nach vorn machte, um alles besser sehen zu können, war Sara aufgestanden und hatte auch Robert mitgezogen. Nur Lucy war sitzen geblieben und hatte am ganzen Körper Gänsehaut.

„Ich kann es", flüsterte sie.

Die anderen drei achteten nicht auf Lucy, sondern betrachteten die vergilbte Papierrolle, die vor ihnen lag.

„Ich kann es!", rief Lucy noch einmal lauter. „Ich kann mit meinen Gedanken Pikomaten steuern und Dinge entstehen lassen. Die Rolle dort! Ich habe sie gemacht. Ich habe mir gewünscht, auf dem Tisch eine Lösung zu finden."

Lucy blickte in drei überraschte Gesichter.

„Und was steht drin?", fragte Sara Lucy mit erwartungsvollem Blick.

„Ich weiß es nicht!"

51

»Ich sterbe Lucy!
Du wirst die Pikomaten wirksam steuern.
Den Körper meines Bruders lasse ich zerle-
gen, dann kennen sie weder Mörder noch
Motiv.
Viel Glück!«

Sara stand hinter Lucy und schaute über ihre Schulter auf das Blatt.

„Er hat diese Nachricht im Angesicht des Todes verfasst! Das ist unglaublich! Aber warum ließ er den Körper seines Bruders zerlegen?"

„Vermutlich hat sein eigener Bruder ihn getötet", ergänzte Robert, „und als Markus im Sterben lag, hat er seinen Mörder durch Pikomaten zersetzen lassen."

„Markus schien sicher gewesen zu sein, dass sein Bruder allein gehandelt hat. Daher hat er sich entschlossen, dir diese Nachricht zukommen und seinen Bruder verschwinden zu lassen."

Robert wandte sich an Lucy.

„Wenn das stimmt, bist du nach dieser Nachricht auf jeden Fall weniger gefährdet."

Lucy wirkte wenig begeistert und winkte ab.

„'Viel Glück!' Was meint er mit 'Viel Glück!'? Wollte er mich ins EKA rufen, um die Truhen an seiner Stelle zu holen?"

Sara versuchte Lucy zu beruhigen.

„Nein, Lucy. Das glaube ich nicht. Das wäre auch viel zu gefährlich. Wenn nicht mal er das geschafft hat, obwohl er sich bestens auskannte, würde er das niemals von dir verlangen."

„Ich glaube, er möchte dir und uns allen Mut machen, weiter gegen das EKA zu kämpfen", mischte sich Robert ein, „vielleicht hat ihn der Mord durch seinen Bruder überrascht und er ging noch im Sterben davon aus, dass du mit uns das EKA besiegen kannst."

Sara stellte sich Robert entgegen.

„Aber wie soll das gehen? Wir haben nicht mal eine Ahnung davon, über welche Technologien das EKA verfügt. Wir wissen nicht, ob sie von uns wissen, was sie von uns wissen und wie sie uns beobachten. Jeder Schritt, den wir unternehmen, um gegen das EKA zu kämpfen, könnte ein falscher Schritt sein, der uns in Lebensgefahr bringt. Es ist ein völlig ungleicher Kampf und es wäre töricht, ihn zu kämpfen."

„Natürlich sind die Kräfte völlig ungleich verteilt. Auch Markus wusste das, als er sich entschlossen hat, gegen das EKA zu kämpfen. Er tat es, weil er von seiner Sache überzeugt war. Deshalb empfand er es als seine Pflicht, Widerstand zu leisten. Seine Überzeugung gab ihm die Kraft, seinen Weg zu gehen, auch wenn dies ein einsamer Weg war. Er riskierte sein Leben für eine bessere Welt. Für zwei bessere Welten. Er starb für ein ehrenwertes Ziel und würde sicher alles noch einmal genauso machen. Es liegt nun an uns, sein Lebenswerk zu vollenden. Oder zu entscheiden, ob er umsonst gestorben ist."

Roberts Worte brachten die aufgebrachte Diskussion für einen Moment zum Erliegen.

„Ich denke, wir sollten Lucy die Entscheidung überlassen, ob sie weiter gegen das EKA kämpfen will oder nicht. Sie ist schließlich von uns allen in größter Gefahr, weil Markus zu ihr Kontakt aufgenommen hat", sagte Sara.

„Ich habe Markus vertraut und bin überzeugt, er hat sehr vorsichtig gehandelt. Er war sich sicher, wir könnten gemeinsam einen Weg finden, die Herrschaft des EKA zu beenden. Andernfalls hätte er uns nicht kontaktiert. Wir waren seine Hoffnung, als er erkannte, dass er außerhalb des EKA Verbündete braucht. Gemeinsam sind wir schon weit gekommen. Markus Tod darf uns nicht von unserem Ziel abbringen! Gerade jetzt ist es wichtig, weiterzumachen. Wir müssen aus seinem Tod lernen und vorsichtiger sein. Wir wissen nun, dem EKA ist jedes Mittel recht, um seine Macht zu erhalten. Wir müssen einen Weg finden, der uns nicht weiter in Gefahr bringt als unbedingt nötig."

Bob, der den dreien schon eine Weile zugehört hatte, ergriff das Wort.

„Uns die Technologie des EKA anzueignen, um sie mit ihren eigenen Waffen zu schlagen, war unser Plan. Durch Markus Tod ist dieser Plan gescheitert. Ich glaube nicht mehr daran, dass wir weitere Technologie des EKA stehlen können, ohne dass sie es bemerken. Wenn es Markus nicht gelungen ist, für uns die Truhen zu besorgen, wird es uns auch nicht gelingen. Ohne Markus' Hilfe sollte sich auch Lucy dem EKA-Gelände nicht nochmals nähern. Ich denke, wir müssen unsere Strategie radikal ändern!"

„Und was schlägst du vor? Ohne zu wissen, welche Technologien das EKA besitzt, wissen wir auch nicht, was wir alles erlernen müssen, um es zu besiegen", fasste Robert zusammen.

„Wir müssen mit dem auskommen, was wir haben, um unser Ziel zu erreichen. Ich habe da schon eine Idee."

52

„Wie genau bist du zu der Gabe gekommen, Lucy?“, fragte Bob.

„Es steht doch im Brief. Markus hat das veranlasst. Vermutlich hat er sie mir verliehen.“

„Und wie glaubst du, hat er das genau angestellt?“

„Er hatte die Fähigkeit, Pikomaten durch seine Gedanken zu steuern. Vielleicht hat er kurz bevor er starb die Pikomaten mit seinen Gedanken angewiesen, an mein Gehirn anzudocken und ebenfalls Befehle entgegenzunehmen.“

„Das sehe ich auch so. Ich frage mich nur, warum Markus die Pikomaten nicht angewiesen hat, seine Stichverletzungen zu reparieren.“

„Vielleicht wurde er von der Attacke überrascht und ist nicht so schnell auf diese Idee gekommen. Oder er war unsicher, ob das klappen würde, weil die Pikomaten eine Weile brauchen. Jedenfalls schien es ihm wichtig gewesen zu sein, die Gabe noch vor seinem Tod an mich weiterzugeben.“

„Lass uns einmal versuchen, wie präzise das funktioniert. Kannst du hier und jetzt ein Glas voller Mango-Lassi entstehen lassen? Direkt vor uns auf dem Tisch?“

Lucy schaute etwas ungläubig ob des ausgefallenen Wunsches, nickte dann aber und stellte sich das gefüllte Glas vor. Auf dem oberen Rand des Glases fügte sie in

Gedanken ein aufgeschnittenes Stück Mango hinzu. Nun mussten die Pikomaten an die Arbeit. Für einen Moment war nichts zu sehen. Erst nach einigen Sekunden entstand wie von Geisterhand ein durchsichtiger Gegenstand, der sich von der Tischplatte nach oben vergrößerte. Bereits ab den ersten Zentimetern war die feingelbe Flüssigkeit erkennbar, die in der gleichen Höhe wie das Glas empor wuchs. Nach weniger als einer halben Minute stand das Glas zwischen ihnen, als hätte es ein Kellner gerade frisch serviert.

Sara und Robert schauten beeindruckt in die Tischmitte und auch Lucy war mit sich zufrieden.

„Für uns bitte auch welche!", forderte Sara staunend und Lucy stimmte lächelnd ein. Bobs Blick hingegen wurde ernst und sehr nachdenklich.

„Das ist eine sehr mächtige Fähigkeit, die dir Markus hinterlassen hat. Wenn ich es richtig deute, kannst du alles entstehen lassen, was dein Gehirn zu denken in der Lage ist. Es ist kaum vorstellbar, dass jemals irgendjemand über ein mächtigeres Werkzeug verfügen konnte. Sei bitte äußerst vorsichtig damit und lass' dich durch niemanden leichtfertig zu einem Wunsch überreden. Nicht einmal durch uns!"

Lucy, die in Gedanken die Entstehung drei weiterer Mango-Lassis beobachtete, verstand nicht sofort.

„Wie meinst du das, Bob?"

Sie schaute ihn nun sehr ernst an.

„Diese Fähigkeit macht dich zur Herrin über alle Welten. Es ist vielleicht sogar die stärkste Waffe des EKA. Du kannst damit alles erreichen und jeden zerstören. Vermutlich sogar das EKA selbst mit all seinen Gebäuden und Anführern."

„Und von euch soll ich mich nicht zu diesem Gedanken verführen lassen? Darauf wäre ich früher oder später auch selbst gekommen."

„Ja, das kann sein. Aber ich fürchte ein ganz anderes Szenario: Du könntest die Gabe auch auf einen von uns oder sogar auf uns alle übertragen. Der Wunsch, über diese Fähigkeiten zu verfügen ist sicher bei uns allen groß. Trotzdem glaube ich, es wäre keine gute Idee."

„Also ich könnte mir vorstellen, damit eine Menge guter Dinge umzusetzen", warf Robert ein, „wenn wir vier uns darauf besinnen, die Welt zu einem besseren Ort zu machen, könnten wir die Pikomaten nutzen, um viele Probleme der Erde zu lösen."

Sara schüttelte den Kopf.

„Bob hat Recht. Diese Technik ist zu mächtig, um sie dauerhaft jemandem in die Hand zu geben. Niemand weiß, wie wir uns verändern, wenn wir erst einmal im Besitz einer solchen Macht sind. Auch wenn es eine schwere Bürde ist, finde ich, Lucy sollte sie allein tragen."

53

Der Gegensatz könnte kaum größer sein. Lucy betrat die Aula ihrer Schule und erblickte dutzende fröhliche Mitschüler, die in festlicher Abendgarderobe darauf warteten, ihren Schulabschluss zu feiern. Lucy hingegen hatte seit eineinhalb Tagen jede Feierlaune verloren. Sie dachte pausenlos an Markus, der ihretwegen gestorben war, als er versuchte die fünf Truhen zu stehlen. Sie war es gewesen, die ihn dazu gedrängt hatte und daher fühlte sie sich schuldig an seinem Tod. Ihr Ehrgeiz und ihre Leichtfertigkeit hatten einen Menschen das Leben gekostet. Im Nachhinein empfand sie es als feige, Markus nicht ins EKA begleitet zu haben. Sie suchte pausenlos nach Möglichkeiten, wie sie seinen Tod hätte verhindern können. In ihrer Hilflosigkeit blieb sie stets mit einem Gefühl der Frustration und des Trotzes zurück. Sie wollte das EKA nicht siegen lassen und sie wollte Rache. Ja, sie würde den Tod von Markus rächen und seine Sache vollenden! Sie hasste das EKA. Sie hasste es dafür, Markus umgebracht zu haben und sie hasste es dafür, ihren Planeten und die Erde zu bevormunden.

Die Schüler hatten auf den Stühlen vor der Bühne Platz genommen und lauschten der Rede der Schulleiterin. Es ging um Zukunft und Selbstverwirklichung. Lucy jedoch war mit ihren Gedanken bei den Details ihres Plans. Alles, was das EKA ausmachte und je geschaffen hatte, würde

sie zerstören. Am nächsten Morgen würde sie die Pikomaten losschicken.

Epilog

Sara und Robert saßen in der Nähe ihres Hofes am Rande einer kleinen Böschung auf einer Wiese und schauten in den Nachthimmel.

„Ich frage mich, ob es Lucy und Christian gut geht."

„Das hoffe ich für die beiden", sagte Robert.

„Was glaubst du, wann die Menschen den Planeten Nau bemerken werden?"

Sara nahm ihren Blick von den Sternen und schaute hinüber zu Robert.

„Anfangs dachte ich, es würde sehr schnell gehen. Aber nun sind schon so viele Wochen vergangen. Manchmal bezweifle ich, dass Lucy wirklich erfolgreich war. Ich hoffe, sie wurde nicht im letzten Moment aufgehalten."

„Sie war ganz bestimmt erfolgreich! Unser Anblick der Sterne hat sich von der Erde aus fast nicht verändert."

„Es würde mich nicht wundern, wenn der neue Planet überhaupt niemandem auffiele."

Sara blickte in Richtung des Hofes und sah Bob, der mit einer Taschenlampe auf sie zukam. Er grinste über das ganze Gesicht.

„Ich störe euch wirklich nur ungern, aber das müsst ihr euch ansehen!"

Bob wedelte mit seinem Smartphone, auf dem die Meldung eines Nachrichtenportals zu lesen war. Einige

Schritte vor ihnen blieb er stehen, schaute auf sein Gerät und las laut vor.

„Die Hinweise auf die Existenz eines weiteren großen, bislang jedoch noch nicht entdeckten Planeten am äußeren Rand unseres Sonnensystems mehren sich zusehends. Eine Bestandsaufnahme der bereits vorliegenden indirekten Beweise für diesen neunten Planeten zeigt sogar, dass der Aufbau unseres Sonnensystems und die Eigenschaften seiner Körper schwieriger zu erklären wären, wenn es den postulierten Planeten nicht geben würde. Zwar handelt es sich bislang lediglich um indirekte Hinweise – hauptsächlich sind dies die Schwerkraftauswirkungen des postulierten neunten Planeten auf andere Körper im äußeren Sonnensystem – aber die Sachlage werde immer eindeutiger. Nachdem einige Astronomen schon seit Monaten in Merkmalen von Umlaufbahnen transneptunischer Objekte und Zwergplaneten Hinweise auf einen weiteren Felsplaneten sehen, haben andere Kollegen diese Berechnungen konkretisiert und auf einen neunten Planeten heruntergebrochen. Demnach hätte dieser Planet in etwa dieselbe Masse unserer Erde und würde die Sonne etwa 20 Mal so weit umkreisen wie der bislang äußerte Planet Neptun.“

Die drei strahlten einander an.

„Dann ist es wirklich geschehen“, flüstere Sara ungläubig.

„Lucy hat es geschafft!“ Auch Robert war ganz aus dem Häuschen vor Freude. „Sie hat die Kuppel der Pikomaten um unser Sonnensystem aufgelöst, die Projektion zerstört und damit die Trennung der Welten beendet.“

„Dann ist endlich auch die Ära der Bevormundung durch das EKA vorbei!", triumphierte Bob und steckte sein Smartphone in die Tasche.

Er setzte sich zu Sara und Robert und schaute nach oben. Die drei hatten zum ersten Mal das Gefühl, tatsächlich in die unendlichen Weiten des Weltalls zu blicken.

Danksagung

Ich danke meiner lieben Frau, ohne die ich das Buch nicht hätte schreiben können. Sie hat mir in zahllosen Stunden der vergangenen Monate ermöglicht, alles andere ohne schlechtes Gewissen liegen zu lassen, um in meine Geschichte einzutauchen.

Andi gab mir das erste ausführliche Feedback und damit den Mut, die letzten Schritte bis zur Veröffentlichung auch noch zu gehen. Danke dafür!

Mit Norbert teile ich die Leidenschaft für Romane dieser Art. Sein Feedback half mir, Etliches noch klarer herauszustellen.

Ich danke Christina Hertz für zahlreiche Korrekturen, Anmerkungen und Hinweise.

Einige wesentliche Ideen für die Handlung entstammen verschiedenen Büchern, die ich leidenschaftlich verschlungen habe. Das Büro of Technologie Control (BTC) im Roman „Control" von Daniel Suarez war Vorbild für das Erfindungskontrollamt (EKA).

Eine große Inspiration war auch der Roman „Paradox: Am Abgrund der Ewigkeit." von Phillip P. Peterson. Er thematisiert die Zoohypothese des Fermi-Paradoxons. Von ihm stammt die Idee der Kuppel um das Sonnensystem.

Andreas Eschbachs Roman „Herr aller Dinge" inspirierte mich zu den Pikomaten. Eschbach entnahm die Idee der Nanoroboter dem Buch „Die Physik in 100 Jahren", von dem ich gleichermaßen fasziniert bin.